Une HISTOIRE D'ALCHIMIE

Du même auteur

Une histoire de magie
Une histoire de sorcellerie

★

Dans la série « Le Pays des contes »

Le Sortilège perdu
Le Retour de l'enchanteresse
L'Éveil du dragon
Au-delà des royaumes
L'Odyssée imaginaire
La Collision des mondes

★

Struck
Le Voyage de nos vies

Une histoire d'alchimie

CHRIS COLFER

Illustrations de Brandon Dorman

Traduit de l'anglais (États-Unis) par Cyril Laumonier

Michel Lafon

Titre original : *A Tale Of Sorcery…*

Première publication en langue originale par Little, Brown and Company,
une filiale de Hachette Books Group, Inc.

Loi n° 49-956 du 16 juillet 1949 sur les publications destinées à la jeunesse

À tous les « Bienfaiteurs »
qui se battent pour notre planète
et à tous ceux qui l'habitent,
merci !

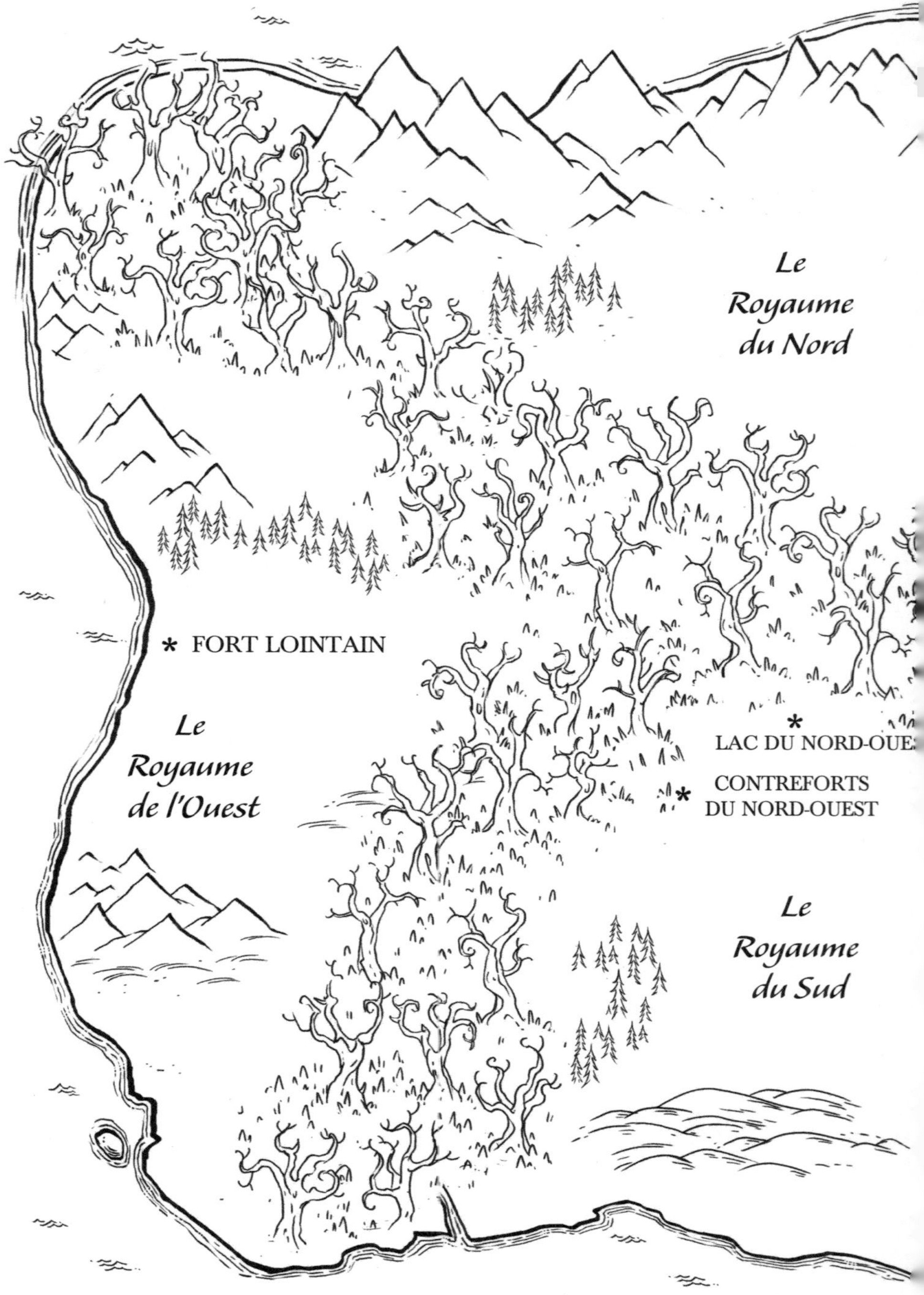
Le Royaume du Nord
FORT LOINTAIN
Le Royaume de l'Ouest
LAC DU NORD-OUE
CONTREFORTS DU NORD-OUEST
Le Royaume du Sud

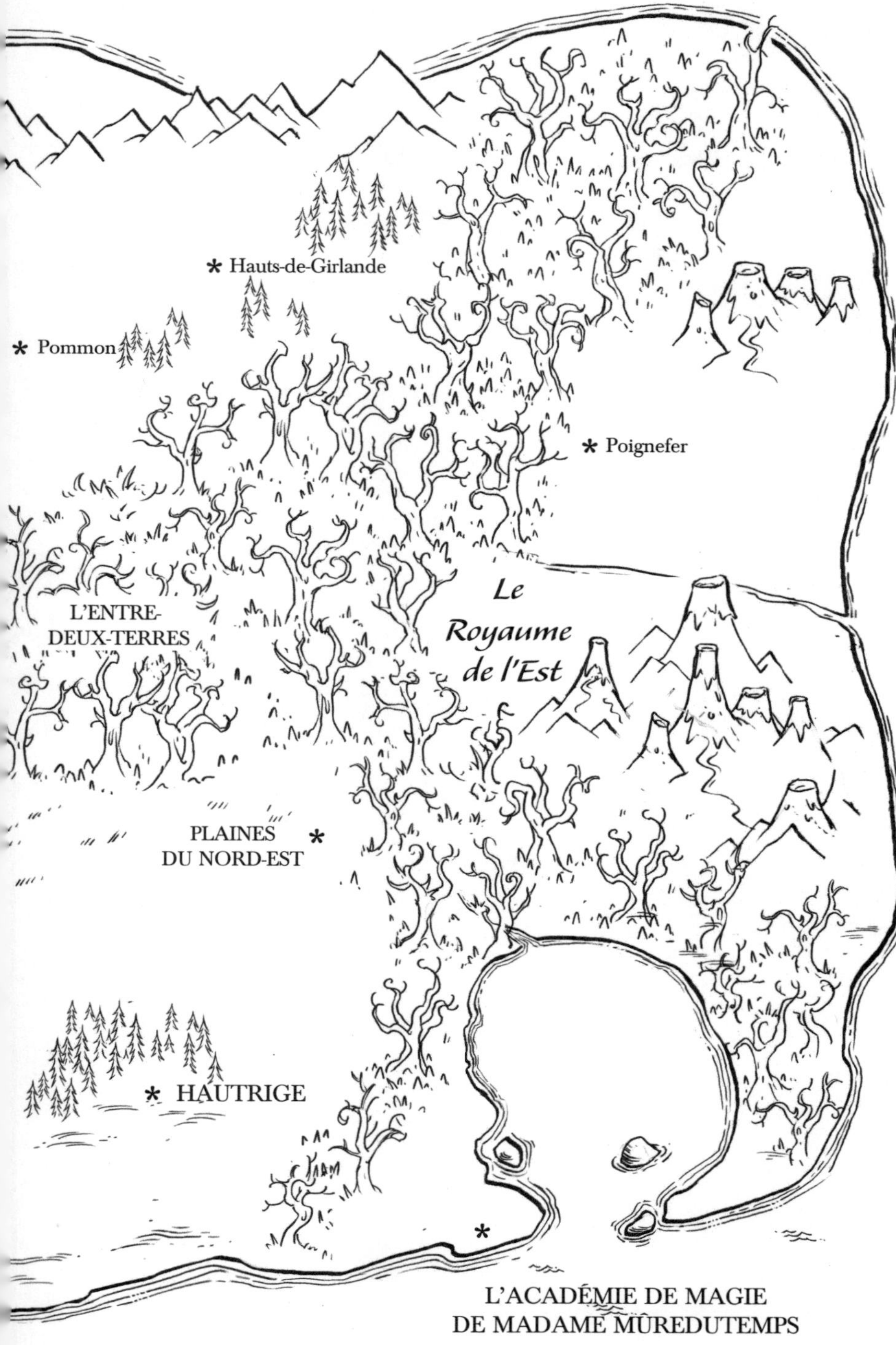

Hauts-de-Girlande
Pommon
Poignefer
Le Royaume de l'Est
L'ENTRE-DEUX-TERRES
PLAINES DU NORD-EST
HAUTRIGE
L'ACADÉMIE DE MAGIE DE MADAME MÛREDUTEMPS

PROLOGUE

LES CRÉATURES DES BAS-FONDS

La femme fut réveillée par des bruits de pas. Dans l'obscurité, elle ouvrit les yeux et son regard glissa paresseusement vers la porte de sa chambre. Pourtant, le bruit ne provenait pas du couloir qui conduisait à ses appartements ; il résonnait derrière une fresque colorée sur son mur. Elle se redressa soudain dans son grand lit, pleinement réveillée. *Une seule personne* connaissait l'existence de l'entrée secrète de sa chambre, et sa présence ne pouvait signifier *qu'une seule chose*.

Des coups frénétiques retentirent dans la cloison.

– Madame ? demanda une voix rauque. Vous êtes debout ?

– Oui, entre, répondit la femme.

La porte secrète glissa et un homme couvert de terre regarda à l'intérieur de la pièce. L'excitation écarquillait ses yeux enfoncés, mais la peur raidissait tout son corps.

– Eh bien ? s'impatienta la femme.

L'homme hocha lentement la tête, ne croyant toujours pas la nouvelle qu'il avait à partager.

– *Nous l'avons trouvé*, dit-il, le souffle court.

La femme repoussa ses draps et bondit hors du lit. Elle passa une robe de chambre par-dessus sa chemise de nuit, enfila des pantoufles et se précipita par la porte secrète. L'homme l'escorta le long d'un couloir caché qui serpentait entre les murs de la spacieuse résidence. Le couloir amenait à un escalier de fer qui plongeait en spirale vers les étages inférieurs et dans la terre au-delà du sous-sol.

Le duo descendit les marches à une vitesse effrénée, au point que l'escalier se mit à osciller et à émettre des craquements. Arrivés en bas, ils pénétrèrent dans un tunnel creusé par la main de l'homme qui zigzaguait dans les entrailles de la Terre, telle la racine creuse d'un arbre gigantesque. Il s'étirait sur des kilomètres et des kilomètres, atteignant des profondeurs que l'humanité n'aurait jamais dû atteindre.

Le tunnel constituait une prouesse extraordinaire qui avait demandé des siècles de travaux. S'il n'avait pas été enveloppé du secret le plus total, il aurait été considéré comme une merveille du monde. Mais rares étaient ceux qu'on autorisait à *partir,* une fois dans le tunnel. Les murs de terre étaient jonchés des tombes de toutes les âmes malheureuses qui avaient péri en le creusant et des personnes qui avaient menacé d'en dévoiler l'existence.

L'homme et la femme s'enfoncèrent des heures durant toujours plus profondément, ne s'arrêtant jamais pour se reposer. La lanterne illuminait à peine le sol sous leurs pieds, dans ce boyau interminable de ténèbres. Plus ils s'enfonçaient, plus la température grimpait, et leurs vêtements furent trempés de sueur. Une odeur de fumée s'échappait de la terre brûlée, rendant l'air difficilement respirable. La pression augmentait, elle aussi, au point de leur heurter les tympans et de les faire saigner du nez. Pourtant, les deux ne ralentissaient pas, trop déterminés pour s'arrêter.

Boum-boum… Boum-boum… Boum-boum…

À huit kilomètres sous la surface de la Terre, un bruit sourd résonnait, venant du dessous.

Boum-boum… Boum-boum… Boum-boum…

À chacun de leurs pas, le bruit s'intensifiait. Il se répétait à un rythme constant, donnant l'impression qu'ils approchaient du cœur battant de la Terre.

Boum-Boum… Boum-Boum… Boum-Boum…

Enfin, ils aperçurent une vive lumière qui chatoyait à chaque battement assourdissant. À contrejour, la femme parvenait à distinguer des silhouettes en rangs. Leurs corps malingres étaient enchaînés les uns aux autres, tenant des pelles et des pioches de leurs mains tremblantes. Ces prisonniers réduits en esclavage représentaient la dernière génération d'ouvriers dont le tunnel aurait besoin, car ils venaient de faire la plus grande découverte de l'Histoire.

Paralysés par la surprise, ils regardaient droit devant eux, mais la femme les dépassa pour voir à son tour avec un émerveillement sans crainte.

Ils se trouvaient face à une double porte de soixante mètres de hauteur et de trente mètres de large. Ses battants métalliques luisaient d'un éclat rouge vif à cause de la chaleur émanant derrière eux. Quelque chose de très grand et de très chaud essayait d'en sortir, mais les poignées étaient maintenues par une chaîne monstrueuse. À chaque coup sur les battants, des flammes et du magma jaillissaient hors des fentes, suggérant la proximité d'un monde de feu et de chaos.

– Enfin ! s'écria la femme. Nous avons trouvé les *portes du monde souterrain* !

– Madame, demanda son compagnon épuisé et couvert de sueur, avec un tremblement dans sa voix rauque. Que faisons-nous à présent ?

La femme écarquilla les yeux et un sourire diabolique se dessina sur son visage. Elle avait attendu ce moment non pas toute sa vie, mais toutes *ses* vies.

– *Ouvrez-les !* ordonna-t-elle.

CHAPITRE 1

LE JUSTE EMPIRE

Le soleil ne s'était plus levé sur le royaume du Sud depuis près d'un an. Les citoyens n'oublieraient jamais ce terrifiant après-midi où le prince Gaillard, dit « Sept », avait conduit sa Juste Armée des Morts à travers la campagne avant de déferler sur Hautrige. En s'emparant du trône de son défunt grand-père dans le château Champion, il s'était déclaré non pas roi du royaume du Sud, mais empereur d'un nouveau « Juste Empire ».

Hélas, la population du royaume du Sud n'avait rien pu faire. Le prince avait toute légitimité pour réformer selon son bon vouloir le royaume dont il venait d'hériter. Mais même ses plus fidèles soutiens n'auraient pu prévoir les horreurs qu'il avait à l'esprit, et très vite se mirent à détester le monstre qu'ils avaient contribué à faire naître.

La première décision de l'empereur fut de dissoudre l'armée du royaume du Sud et de la remplacer par sa Juste Armée des Morts. La deuxième fut d'ôter tout pouvoir aux Justiciers et de les remplacer par les membres de sa Juste Confrérie, dévoués à sa cause. En troisième lieu, l'empereur se débarrassa de la Constitution du royaume du Sud et en instaura une nouvelle selon les principes de la confrérie et de sa terrible Juste Philosophie.

Sous le coup des nouvelles lois, toutes les écoles et toutes les églises furent fermées. Les citoyens ne purent étudier ni louer nul autre que l'empereur. Tous les marchés et toutes les boutiques furent barricadés. La nourriture et les biens seraient désormais distribués selon la volonté de l'empereur. Toutes les créatures douées de parole, elfes, nains, trolls, gobelins et ogres furent envoyés en exil dans leurs territoires respectifs avec interdiction de faire demi-tour. Les frontières furent définitivement fermées, et toute communication avec le monde extérieur, strictement interdite.

L'empereur imposa également à sa population des couvre-feux et des restrictions sévères. Personne n'était autorisé à sortir du coucher au lever du soleil, les citoyens devaient obtenir une autorisation pour voyager au-delà de leurs terres, et il était interdit de se réunir hors du cadre familial restreint. De plus, toute forme d'expression créative, tels le dessin, la musique ou encore le théâtre, fut proscrite. Les citoyens ne pouvaient porter en public que les uniformes noirs et sinistres choisis par l'empereur. On fouillait régulièrement les habitations privées pour y chercher de l'argent, des bijoux, des armes et tout autre objet de valeur, que l'on confisquait alors en tant que « dons » pour l'empire.

Les soldats morts de l'empereur patrouillaient dans les rues jour et nuit pour s'assurer que les nouvelles lois étaient bien respectées, et les cadavres ambulants ne craignaient pas de faire des exemples spectaculaires de tous ceux qui désobéissaient. Ainsi, les citoyens restaient cloîtrés chez eux pour éviter de s'attirer des ennuis, tout en priant pour que quelque chose – ou *quelqu'un* – les libère de ce nouveau cauchemar.

Cependant, le changement le plus radical de la Constitution restait la loi sur la magie. L'empire condamnait à mort quiconque « sympathisait » avec la communauté magique, et un arrêté ambigu conférait à l'empereur le droit d'emprisonner tous ceux qu'il soupçonnait de *peut-être* la soutenir.

Dans les mois qui suivirent l'accession au pouvoir de l'empereur, l'armée des Morts rassembla plus d'une centaine de « sympathisants de la magie », qui furent promptement condamnés à la pendaison sans preuves ni procès. Pourtant, si le verdict était tombé rapidement, les exécutions elles-mêmes avaient été reportées jusqu'à nouvel ordre. L'empereur ne donna jamais le moindre indice sur ce qu'il attendait, mais en secret il retardait ces exécutions pour une occasion stratégique.

Dans ses premières semaines au pouvoir, il fit démolir la faculté de droit sur la place principale de Hautrige et construire à la place un colisée géant. Le colisée dominait tous les autres bâtiments de la capitale, pouvait accueillir plusieurs milliers de personnes, et n'avait été construit qu'avec *deux* ouvertures, compliquant ainsi l'entrée *et* la sortie. Le projet n'avait été terminé que deux semaines avant le premier anniversaire du Juste Empire. Le soir de son achèvement, l'empereur ordonna à tous les citoyens de Hautrige de venir y assister aux exécutions retardées des « sympathisants de la magie ».

Les membres de la Juste Confrérie, habillés de pied en cap de leurs uniformes d'argent fantomatiques et équipés de leurs armes en pierre de sang étincelante, poussèrent les citoyens fatigués, affamés et abattus à l'intérieur du colisée. À leur arrivée, l'empereur était déjà là, debout dans une loge privative au sommet de l'édifice. Sa tenue irradiait une lumière cramoisie à cause de sa cape et de sa couronne en pierre de sang, qui s'enroulait de part et d'autre de son visage telles les cornes d'un bélier.

À aucun moment l'empereur ne baissa le regard vers les citoyens qui prenaient place ; il n'avait d'yeux que pour les terres *autour* du colisée. Il tenait une paire de jumelles plaquée devant ses yeux, sondant le moindre centimètre carré à l'horizon et dans le ciel du soir.

– Votre Majesté, dit le Haut Commandant de l'empereur avec une révérence en s'avançant sur le balcon privé. Les citoyens sont assis et les soldats sont en position.

– Et les archers ? demanda Sept.

– Postés dans tout le colisée et sur chaque toit de la capitale.

– Et les accès ?

– Totalement cernés, Sire. Je puis affirmer que nous avons la structure la plus sécurisée du monde.

– Suffisamment pour nous protéger contre *elle*, Haut Commandant ?

– Si elle parvenait à entrer, elle ne pourrait jamais en ressortir vivante.

Sept sourit, sans baisser ses jumelles.

– Bien, commençons.

Le Haut Commandant marqua une hésitation.

– Sire, êtes-vous sûr qu'elle se montrera ? Compte tenu des mesures de sécurité exceptionnelles, il serait extrêmement risqué de...

– Croyez-moi, Haut Commandant, *elle va mordre à l'hameçon* ! Maintenant, allez-y. J'ai suffisamment attendu ce moment.

À ces mots, le Haut Commandant tourna les talons et fit face au colisée. À son signal, deux hommes de clan se mirent à actionner un levier et une lourde grille s'ouvrit derrière eux. D'autres hommes de clan pénétrèrent dans l'arène, escortant plus d'une centaine de prisonniers depuis un donjon souterrain. Les « sympathisants de la magie » avaient les poignets et les pieds entravés de chaînes épaisses et parvenaient à peine à marcher tandis que les hommes de clan les poussaient en avant.

Les citoyens auraient voulu crier en voyant leurs parents et amis enchaînés, mais se forcèrent à rester aussi muets que possible. Quelques pleurs s'échappèrent malgré tout de leurs bouches et résonnèrent dans le colisée silencieux.

– Commencez par la famille Evergreen, lança Sept par-dessus son épaule.

Cinq hommes de clan tirèrent les cinq membres de la famille Evergreen de la longue file de prisonniers. Le Justicier Evergreen et son épouse, leurs fils Brooks et Barrie, et Penny, la femme de Barrie, furent traînés en haut des marches d'une haute potence en bois et positionnés en rang derrière un nœud coulant unique. Les citoyens furent impressionnés par le stoïcisme des Evergreen ; certains d'entre eux semblaient même impatients. Mme Evergreen contemplait le nœud avec un grand sourire effrayant, Penny était si excitée qu'elle en vibrait presque, et Brooks adressait un pouce levé en direction de la foule.

– Comment osez-vous nous traiter comme des criminels ? hurla le Justicier Evergreen. Pour l'amour du ciel, je suis un Justicier du royaume du Sud ! J'ai consacré ma vie à faire respecter la loi !

– Non, vous *étiez* Justicier, pouffa Sept. Et bientôt, vous cesserez tout simplement d'exister.

– Devrions-nous commencer par l'ancien Justicier, Monseigneur ? demanda le Haut Commandant.

– Non, pendez d'abord le frère cadet. Si cela ne capte pas l'attention de la Bonne Fée, rien ne le pourra.

Les hommes de clan poussèrent Barrie en avant et lui passèrent la corde au cou.

– Oh, p-p-pauvre de moi ! pleura Penny. Je ne p-p-peux pas croire que je vais assister à la m-m-mort de mon mari ! Quel monde c-c-cruel !

– Ne t'inquiète pas, Jenny, *pardon, Penny* ! s'exclama Barrie qui parvenait à peine à parler avec la corde qui lui serrait la gorge. Tout sera bientôt terminé.

– Je vous en p-p-prie, ayez p-p-pitié de lui ! supplia sa femme.

– Il faut croire que le pendre est la meilleure solution, intervint Brooks. C'est bien plus rapide que d'être brûlé, noyé, crucifié ou bouilli. Et c'est moins sale que la décapitation, l'empalement, l'écartèlement, la lapidation...

– *Pssst ! Brooks !* murmura le Justicier Evergreen. *Tais-toi ! Ce n'est pas à toi de parler !*

– *Oh, pardon ! Je ne me rendais pas compte que je parlais à haute voix.*

– Eh bien, je suis d'accord avec mon fils ! lança théâtralement Mme Evergreen, s'assurant que tout l'auditoire du colisée pouvait l'entendre. Vous appelez ça une exécution publique ? J'ai assisté à des décollations autrement plus menaçantes ! Enfin, Empereur, vous pouvez faire mieux que ça ! Donnez-nous du sang ! Donnez-nous du suspense ! Donnez-nous l'horreur absolue !

Mme Evergreen fixait l'empereur avec de grands yeux exaltés, comme si elle le défiait d'ordonner une mort plus atroce pour son fils. Le Justicier Evergreen grommela et jeta un regard noir à tous les membres de sa famille.

– Dites ! On s'était mis d'accord sur le texte ! Pas d'impro !

– Tu ne feras pas taire une mère dans un moment pareil ! s'exclama Mme Evergreen. Je veux le meilleur pour mon fils, et son exécution ne doit pas faire exception à la règle !

Le Justicier Evergreen grimaça et se tapa le front avec une paume ouverte.

– Si j'avais su que vous vous comporteriez de la sorte, madame Evergreen, je n'aurais jamais demandé votre main ! Que tout le monde se taise ! À partir de maintenant, c'est moi qui parle !

Les citoyens qui assistaient à la scène trouvèrent cette discussion familiale bien étrange. Ils échangèrent des regards confus à travers le colisée ; les membres de la Juste Confrérie eux-mêmes se grattèrent le front sous leurs masques. De son côté, l'empereur ne prêtait nullement attention aux Evergreen. Il avait d'autres préoccupations.

– Quelque chose ne tourne pas rond... marmonna-t-il dans sa barbe. Elle devrait déjà être là... Son frère préféré est à deux doigts de mourir, et elle n'est pas apparue...

L'impatience faisait battre le cœur de l'empereur à toute allure. Il sondait fiévreusement l'horizon avec ses jumelles, craignant d'avoir raté quelque chose.

– Pendez-le à trois ! lança le Haut Commandant vers la potence.

Non, ce n'est pas possible, songea Sept. *Elle préférerait mourir que de laisser sa famille périr…*

– Un !

Où est-elle ? Pourquoi n'a-t-elle pas volé à leur secours ? Qu'est-ce qu'elle attend ?

– Deux !

– À moins que... dit Sept qui soudain fut frappé par une idée troublante. *Elle est déjà là !*

– Trois !

L'empereur se retourna face à la potence. Le plancher céda sous les pieds de Barrie et son corps passa à travers la plateforme de bois. La foule horrifiée hurla ; pourtant, le cou du prisonnier ne céda pas comme on pouvait s'y attendre. Au lieu de cela, le cou de Barrie Evergreen s'étira encore et encore comme un élastique, jusqu'à ce que ses pieds touchent le sol. Tous les citoyens autour de l'arène se mirent à crier, certains même s'évanouirent.

– Ce n'est pas Barrie Evergreen ! cria Sept depuis le balcon.

– Fini de jouer ! lança le Justicier Evergreen à sa famille. *C'est l'heure !*

Soudain, les chaînes qui enveloppaient les corps des Evergreen s'évaporèrent. Les membres de la famille arrachèrent la peau de leurs visages et leurs cheveux ; ils portaient des déguisements enchantés depuis le début ! Leurs perruques et leurs masques enlevés, les imposteurs dévoilèrent leur véritable identité. Le Justicier Evergreen était une jeune femme ronde avec des plumes blanches en guise de chevelure, Mme Evergreen était une immense poupée avec des yeux en boutons et une peau en toile de jute, Brooks était une plante sur pattes avec une peau de chlorophylle et des feuilles au sommet du crâne, et Penny avait des ailes, des yeux globuleux et un dard semblable à celui d'un insecte géant.

Le crâne souple comme l'argile de Barrie glissa hors du nœud, et quand il ôta son déguisement, apparut une jeune femme avec des moustaches et une queue de putois.

– Nous avons été trompés par des *sorcières* ! cria Sept.

Si cela n'avait pas suffi à choquer la foule dans l'arène, les cinq hommes de clan à la potence jetèrent subitement leurs uniformes d'argent et cédèrent la place à cinq jeunes gens aux couleurs vives. Le premier était un jeune homme en costume métallique doré, avec des flammes sur la tête et les épaules. La deuxième personne était une jeune femme aux cheveux noirs bouclés revêtue d'une robe d'émeraude brillante. La troisième était une fillette avec une ruche orange vif et une robe en alvéoles dégoulinantes de miel. La quatrième était une fille en maillot de bain saphir dont les cheveux coulaient jusqu'à ses pieds en une cascade incessante. Et enfin, la cinquième était une belle jeune femme en tailleur-pantalon étincelant, une baguette de cristal à la main.

– *C'est le Conseil des fées !* rugit Sept. Tuez-les ! Tuez-les toutes !

Les archers postés dans tout le colisée pointèrent leurs arbalètes vers le groupe. Brystal Evergreen pointa sa baguette sur Suture, Germine, Isabeille et Pip, et des balais apparurent entre leurs mains.

Les sorcières les enfourchèrent et volèrent en cercle autour de l'arène. Les citoyens et les hommes de clan plongèrent au sol ou sur le côté pour les éviter alors qu'elles tournoyaient dans les airs, à seulement quelques centimètres au-dessus de leurs têtes. Le mouvement déconcentra les archers, qui ne savaient plus où ni sur qui tirer en premier.

– Imbéciles ! Ne les laissez pas vous déconcentrer ! ordonna Sept. Feu sur la Bonne Fée ! C'est elle, la priorité !

– Xanthous ! Cielène ! Faites monter la température ! lança Brystal.

Un jet de feu surgit des paumes tendues de Xanthous et un geyser d'eau jaillit des index de Cielène. Le feu rencontra l'eau, créant un immense nuage de vapeur. Brystal agita sa baguette et un vent puissant souffla la vapeur au centre du colisée, bloquant la vue des archers sur les fées et les prisonniers.

– Pourquoi vous ne tirez pas ? hurla Sept.

– Sire, les archers ne voient rien ! Et nous avons toujours des hommes en bas ! répondit le Haut Commandant.

– Je me fous de savoir sur qui ou quoi ils tirent ! Qu'ils fassent feu !

Les archers actionnèrent leurs arbalètes, et des carreaux en pierre de sang sifflèrent jusqu'au centre du colisée, ratant de peu Brystal et ses amis. Les hommes de clan à côté d'eux essayèrent d'utiliser les prisonniers comme boucliers humains. Brystal agita à nouveau sa baguette et ces hommes lâches rejoignirent le nuage de vapeur, tournoyant autour des fées comme une puissante tornade. Les archers baissèrent leurs arbalètes, craignant de toucher leurs compagnons.

L'empereur hurla de rage face à l'incompétence de la confrérie. Il se précipita de l'autre côté de son balcon et rameuta les soldats morts qui patrouillaient autour des issues.

– Gardes ! Ramenez-vous et attaquez ces barbares ! Aucune sorcière ni fée ne doit sortir vivante de ce colisée !

– Emerelda ! Vite ! Libère les autres prisonniers de leurs chaînes ! lança Brystal.

Tandis que l'armée des Morts se précipitait à l'intérieur, Emerelda se hâta auprès des prisonniers pour transformer leurs chaînes en craie fragile décomposée autour de leurs mains et de leurs pieds.

– Lucy ! Mandarina ! Bloquez les issues avant que les soldats ne rentrent !

Les filles filèrent de part et d'autre du colisée. Lucy frappa le sol de son poing et un grand fossé s'ouvrit, serpentant dans la terre. Le craquement atteignit la première porte avec un bruit de tonnerre, et celle-ci s'écroula avant que les soldats morts ne puissent passer. Mandarina envoya vers la seconde entrée son essaim d'abeilles qui aspergèrent de leur miel les soldats en approche, les collant au sol et contre les murs. Rapidement, un tas de cadavres gluants obstrua le passage.

– Les entrées sont bloquées, ce qui veut dire que les sorties le sont aussi ! annonça Lucy. Comment allons-nous mettre les prisonniers en sécurité ?

– Je m'en charge ! répondit Brystal.

La Bonne Fée pointa sa baguette vers les prisonniers, qui furent chacun enveloppés d'une grande bulle quittant le sol sous leurs yeux ébahis, les transportant haut dans le ciel vespéral. Lorsque les prisonniers flottants furent sortis du colisée, Brystal dirigea sa baguette vers Emerelda, Xanthous, Mandarina, Cielène et Lucy, puis vers elle-même. Ils rejoignirent les autres dans leurs propres bulles, entourés de Suture, Germine, Isabeille et Pip sur leurs balais.

Après le départ des fées, le nuage de vapeur dans l'arène se dissipa lentement et les hommes de clan qui tourbillonnaient tombèrent au sol. Les citoyens applaudirent les fugitifs mais se turent en vitesse, se rappelant que de telles marques de « sympathies » étaient illégales. L'empereur était dans une telle rage de voir les fées et les sorcières voler au loin avec ses prisonniers que de la mousse se forma à la commissure de ses lèvres.

– Haut Commandant, alertez les archers de toute la ville ! Si vous laissez les fées s'échapper, je réclamerai votre tête sur un plateau !

– Oui, Monseigneur ! répondit le Haut Commandant.

Le Haut Commandant souffla dans sa trompette pour rameuter les archers postés sur les toits de la capitale. Ces derniers réagirent au quart de tour, tirant des centaines et des centaines de carreaux en pierre de sang vers les fugitifs planant au-dessus de la ville. Les projectiles percèrent les bulles, dont un certain nombre éclatèrent, précipitant les prisonniers au sol. Brystal agita sa baguette pour remplacer les bulles, sans parvenir à tenir le rythme.

– Suture ! Germine ! Isabeille ! Pip ! Aidez-moi à les sauver !

Sans attendre, les sorcières plongèrent et rattrapèrent les prisonniers juste quelques secondes avant qu'ils ne percutent le sol. Malheureusement, l'assaut continu des archers ne cessa pas, et les sorcières finirent rapidement par manquer de place sur leurs balais.

– Oui ! s'écria Sept en voyant les bulles éclater. Ils n'arriveront jamais à sortir de la capitale ! Ils vont tomber comme des mouches !

– Emerelda ! lança Brystal par-dessus son épaule. Appelle les renforts !

Emerelda acquiesça et pressa un petit sifflet d'émeraude contre ses lèvres. Elle souffla dans le sifflet de toutes ses forces et un son strident résonna à travers le ciel.

– Sire, regardez ! s'exclama le Haut Commandant. Quelque chose approche de la capitale !

L'empereur scruta l'horizon et toute trace de réjouissance s'effaça de son esprit. Une immense ombre noire apparut au loin, se déplaçant dans l'air telle une voile prise dans le vent. À mesure qu'elle se rapprochait, l'empereur comprit qu'il ne s'agissait pas d'un seul objet, mais de *milliers* de silhouettes se déplaçant en rangs serrés. Il brandit ses jumelles et y découvrit une innombrable nuée de griffons entrant dans la ville !

Les créatures magiques fusèrent entre les bâtiments de Hautrige et attaquèrent les archers partout dans la capitale. Elles poussèrent les hommes de clan du haut des toits avec leurs ailes, leur arrachèrent les arbalètes des mains avec leurs becs et agrippèrent des poignées entières de carreaux en pierre de sang dans leurs serres. Les archers furent totalement pris au dépourvu par ces volatiles impressionnants et nombre d'entre eux abandonnèrent leur poste. Tandis que les griffons attaquaient les hommes de clan, fées, sorcières et prisonniers quittèrent Hautrige à tire-d'aile. Lorsqu'elles furent hors de portée des archers, les créatures magiques rejoignirent la procession des bulles, et tous s'estompèrent sains et saufs dans le lointain.

– *Noooooooooon !* rugit Sept si bruyamment que toute la ville l'entendit. Comment est-ce possible ? Comment avons-nous pu les laisser partir *une fois encore* ?

Le Haut Commandant déglutit et recula d'un pas prudent.

– Mes plus profondes excuses, Monseigneur. Je croyais notre plan infaillible !

L'empereur serra si fort ses jumelles qu'elles se mirent à craquer sous ses doigts, mais il s'immobilisa soudain, sa rage interrompue par un étrange détail dans le ciel.

– Attendez une seconde. Où est passée la Bonne Fée ? Elle et la grosse sorcière ne sont pas avec les autres !

Il sonda l'horizon à plusieurs reprises, mais Brystal et Lucy avaient disparu.

– Quels sont vos ordres, Monseigneur ? s'enquit le Haut Commandant.

– Rassemblez vos hommes et fouillez la ville sur-le-champ ! *Elles sont encore ici !*

★

Les bulles de Brystal et Lucy descendirent sur la place principale de Hautrige, éclatant au contact du sol. Dès qu'elles eurent atterri, Brystal se mit à courir et Lucy lui emboîta le pas.

– Bon, le sauvetage est un triomphe, mais côté spectacle, on a fait un four ! se plaignit Lucy. Je ne devrais sans doute pas m'attendre à mieux venant d'amateurs. Il n'y a rien de pire dans le show-biz qu'un novice croyant savoir improviser.

Brystal s'arrêta soudainement et regarda autour d'elle, perdue. C'était à peine si elle reconnaissait la ville où elle avait grandi. Tous les bâtiments portaient des bannières d'argent affichant soit le visage de l'empereur, soit l'emblème d'un loup blanc, celui de la Juste Confrérie. Toutes les portes et fenêtres étaient barricadées de planches ou enchaînées, toutes les statues et monuments en l'honneur des souverains passés avaient été déboulonnés ou démolis. Les rues étaient jonchées de hauts tas de cendres dont Brystal était incapable de deviner l'origine. Un voile de fumée planait toujours dans l'air, ne laissant voir qu'à quelques mètres, quelle que soit la direction.

– Qu'est-ce qui ne va pas ? Pourquoi on s'arrête ?

– Tout a l'air tellement différent, je n'arrive plus à m'y reconnaître.

– Il y a un plan quelque part ?

– Non, mais je peux en faire un.

Brystal ferma les yeux et visualisa le Hautrige de son enfance. Elle fit un grand cercle de son bras, et des milliers de petites lumières jaillirent de l'extrémité de sa baguette, éclaboussant les rues d'un brouillard étincelant. Mais les lumières ne révélèrent pas les bâtiments comme ils étaient ; elles recréèrent la ville telle que Brystal s'en souvenait. Elle ouvrit les yeux, retrouva ses repères, et les lumières disparurent.

– La bibliothèque est par là ! Suis-moi ! Nous n'avons pas beaucoup de temps !

Brystal attrapa Lucy par la main et la tira vers un bâtiment couronné d'un dôme de verre, tout au bout de la place.

La bibliothèque, bardée de bannières d'argent à l'instar des constructions voisines, était entourée d'une grande grille sur laquelle un panneau annonçait :

AVERTISSEMENT !
En vertu de l'article 2
de la Juste Constitution du Juste Empereur,
ce bâtiment est officiellement fermé au public.
Tout accès non autorisé est interdit.
Les contrevenants seront condamnés à la peine de mort.

Le sang de Brystal ne fit qu'un tour. D'un coup de baguette, elle détruisit la grille, puis Lucy s'empressa de monter les marches pour ouvrir à coups de pied la porte à double battant. En entrant dans le bâtiment sombre, Brystal eut l'estomac noué : la bibliothèque avait été saccagée au point d'être méconnaissable ! Tous les meubles avaient été renversés et le tissu des sièges, arraché. Le grand globe d'argent, qui occupait autrefois une place de choix au centre de l'étage, gisait à terre en mille morceaux. Et, plus terrifiant encore, toutes les étagères des trois niveaux de la bibliothèque étaient *vides.*

– Saperlipopette ! s'exclama Lucy.

– Non, ce n'est pas possible... Cet endroit était rempli de livres !

– Qu'est-ce qui s'est passé, d'après toi ?

– Sept a dû les cacher quelque part. Regardons s'il ne reste pas quelques volumes.

Brystal et Lucy parcoururent les vastes allées de la bibliothèque comme des rats dans un labyrinthe à plusieurs étages. Hélas, pas une seule page n'avait survécu à la purge de l'empereur. Même la chambre secrète des Justiciers, que Brystal avait découverte lorsqu'elle travaillait comme femme de ménage, était totalement déserte. Abattue, elle se mit à faire les cent pas devant une fenêtre du dernier étage.

Son regard glissa dehors vers la place principale, et soudain son corps tout entier se raidit. Elle venait de comprendre l'origine des cendres dans les rues.

– Sept n'a pas caché les livres… il les a brûlés ! s'écria-t-elle, incrédule.

– Je ne comprends pas. Pourquoi Sept brûlerait-il un tas de bouquins ?

Brystal soupira, secouant la tête.

– Parce que les livres encouragent la pensée, la pensée encourage les idées, les idées encouragent le changement, et rien ne menace plus un tyran que le changement.

Lucy enragea en fermant les poings.

– *Mon Dieu, que je HAIS ce type !* Pile quand je me dis que je ne pourrais pas le détester plus, il arrive à me prouver le contraire !

– Heureusement, les livres se remplacent. Enfin… la plupart des livres se remplacent.

Lucy ravala sa salive.

– Tu crois qu'*il* a été détruit avec le reste ?

– Honnêtement, je doute qu'il ait jamais été ici. Un livre comme celui-là aurait certainement capté mon attention quand j'étais femme de ménage, et je n'ai aucun souvenir d'un ouvrage semblable, pas même dans la collection privée des Justiciers.

– Mais c'est la seule bibliothèque que nous n'ayons pas fouillée. S'il n'est pas ici, alors où est-il ?

Brystal se posa silencieusement la même question. Toutefois, le fil de sa pensée fut interrompu par l'apparition d'un étrange éclat rouge. Elles se retournèrent toutes deux et virent le Juste Empereur au bout de l'allée. Sa tenue en pierre de sang irradiait une lumière cramoisie dans la bibliothèque sombre, et son rictus implacable témoignait d'une haine pure.

– *Sept.*

D'instinct, Brystal fut contente de voir l'empereur. Une part d'elle-même voulait croire que Sept était bien le jeune prince fringant qui l'avait séduite, et non le dangereux jeune homme qui avait tenté de la tuer.

– J'imagine que ta vraie famille se porte comme un charme, lança ironiquement Sept.

– Ils sont tous en sécurité depuis des mois.

Si la bouche de l'empereur dessina un sourire sinistre, la haine ne quitta pas son regard.

– Je dois bien l'admettre, c'est une sacrée prouesse que tu as réalisée au colisée. Malheureusement, ce tour parmi les plus impressionnants sera le dernier.

L'empereur claqua des doigts et fut rejoint par son Haut Commandant et la Juste Confrérie. Les hommes de clan coincèrent Brystal et Lucy contre le mur au bout de l'allée. Brystal fut tentée d'agiter sa baguette et de projeter les hommes à travers la bibliothèque, mais elle savait que sa magie n'agissait pas contre leurs armures en pierre de sang. L'empereur s'avança vers les filles entre ses gardes en position, et regarda Brystal droit dans les yeux.

– Dis-moi, Brystal, combien de vies as-tu au juste ? Non, maintenant que j'y pense, laisse-moi plutôt la surprise. Je suis prêt à te tuer autant de fois que nécessaire.

– Me tuer ne garantira pas ta victoire. Peu importe combien de lois tu instaureras, combien de mensonges tu raconteras ou combien de livres tu brûleras... Le jour de ta chute finira par arriver. Ton peuple est bien plus intelligent et bien plus fort que tu ne le penses. Avec ou sans moi, ce n'est qu'une question de temps avant qu'il ne supporte plus ta tyrannie et te renverse.

– Et c'est là que tu te trompes. Vois-tu, pour qu'une résistance soit efficace, il lui faut du courage, il lui faut de l'intelligence, il lui faut de la résilience, et les gens ne naissent pas avec ces qualités-là. Non, non,

non. La bravoure demande du soutien, le brio exige d'être incarné, l'audace doit être encouragée, mais si tu détruis tout ce qui nourrit une société, alors cette société n'obtiendra jamais les outils pour te détruire. Et rien ne découragera plus mon peuple que de voir la tête de la géniale Bonne Fée sur une pique !

– Je t'en ficherai, du découragement, espèce de coup de soleil ambulant ! s'écria Lucy.

Vlan ! Lucy poussa de toutes ses forces le rayonnage le plus proche, et *bim !* celui-ci tomba pile sur l'empereur, le clouant au sol. Il gémit et tenta de se libérer, mais la bibliothèque était trop lourde.

– Voilà, ça, c'est de l'impro ! Désolée, Brystal, tu ne voulais pas poursuivre la conversation, par hasard ?

– Je suis juste jalouse de ne pas y avoir pensé avant.

– Ne restez pas plantés là ! *Tuez-les !* cria Sept à ses hommes.

Les hommes de clan fondirent sur Brystal et Lucy, brandissant leurs épées et leurs lances. Lucy frappa le sol avec le poing et envoya une onde géante à travers le plancher. L'onde fit vaciller toutes les étagères de l'allée qui, une par une, s'écrasèrent sur eux.

– Joli coup ! lança Brystal.

– Je te remercie. Je l'avais fait une fois pour m'échapper d'une distillerie, mais je te raconterai ça un autre jour ! Sortons déjà d'ici !

Brystal et Lucy coururent le long de l'allée, plongeant par-dessus les étagères et les hommes de clan piégés en dessous. Hélas, l'onde provoquée par Lucy était bien plus puissante qu'elle ne l'avait voulu. Quand elles arrivèrent dans l'allée voisine, les étagères se mirent à tomber autour d'elles !

– Lucy, arrête ça !

– Tu sais que je ne peux pas arrêter ce que je commence ! Ma magie est une vraie drogue !

Sans avoir le temps de réfléchir, les filles n'eurent d'autre choix que de courir, tandis que les étagères les poursuivaient partout comme un jeu de dominos géants ! Quand elles atteignirent l'escalier, des rayons passèrent par-dessus la rambarde. Les meubles s'écrasèrent dans les étages inférieurs, déclenchant une réaction en chaîne à travers toutes les allées de la bibliothèque. Le temps que Brystal et Lucy arrivent au rez-de-chaussée, tous les rayonnages de la bibliothèque s'étaient renversés.

Lucy laissa échapper un rire nerveux en constatant le désastre.

– Je parie que tu vas être contente de ne plus faire le ménage ici.

Les filles se précipitèrent vers la sortie, mais à la porte à double battant, elles s'arrêtèrent net : la bibliothèque était cernée par l'armée des Morts ! Brystal et Lucy étaient prises au piège ! Les apercevant, les soldats morts chargèrent à l'intérieur.

– Mon Dieu, ces types sont pires que des cafards ! Il y en a toujours plus ! dit Lucy. Comment va-t-on leur échapper ?

Brystal sonda la bibliothèque, à l'affût d'une issue, et son regard pointa vers la verrière au plafond.

– Vite ! Tiens-toi à ma taille !

– Pourquoi ?

– C'est à mon tour d'improviser !

Lucy s'agrippa à la taille de Brystal aussi fermement que possible. Brystal leva la main en direction du plafond et un puissant jet de lumière surgit de l'extrémité de sa baguette, les enveloppant toutes deux, et soudain elles filèrent à travers le dôme telle une étoile filante. La vitre se brisa en une pluie d'éclats de verre qui s'abattit sur les soldats squelettes.

Au deuxième étage, le Haut Commandant et la Juste Confrérie s'extirpèrent de sous les lourdes étagères. Une fois libérés, ils se précipitèrent vers l'empereur pour l'aider à se dégager des décombres.

– Monseigneur, vous êtes blessé ? demanda le Haut Commandant.

– Je vais bien ! grommela l'empereur en se mettant debout. Où est la Bonne Fée ?

– Elles se sont échappées de la bibliothèque, Sire.

– Elles *quoi* ?

La nouvelle mit l'empereur dans une rage folle. Il attrapa le Haut Commandant par les épaules et le poussa par la fenêtre voisine.

– Le Haut Commandant est démis de ses fonctions ! lança Sept avant de pointer du doigt l'homme de clan le plus proche. Toi ! Tu es le nouveau Haut Commandant ! Si tu me déçois, tu subiras le même sort ! C'est compris ?

L'homme de clan écarquilla les yeux sous son masque d'argent et s'inclina en vitesse.

– À votre service, Monseigneur, répondit-il avec un tremblement dans la voix.

– Bien. La Bonne Fée prépare quelque chose, je le sens jusque dans mes os ! Nous devons découvrir ce qu'elle manigance !

– Que faisait-elle dans la bibliothèque, Sire ?

– N'est-ce pas évident ? Elle cherchait un livre.

– Mais quel genre de livre, Sire ?

L'empereur regarda par la fenêtre brisée comme s'il allait trouver la réponse sur la place désolée. En vain.

– Je l'ignore. Quoi qu'il en soit, nous devons le retrouver avant elle.

CHAPITRE 2

LE COMPTE À REBOURS

Tic... tac... tic... tac...

Brystal n'avait jamais supporté le bruit d'une horloge, que ce soit en comptant les heures avant de pouvoir s'échapper de l'École pour futures épouses et mères de Hautrige ou les minutes qui lui restaient pour lire en secret les livres de la bibliothèque municipale. Si elle pensait alors qu'une horloge ne pouvait pas émettre un son plus solennel, elle se trompait mortellement.

Tic... tac... tic... tac...

Brystal scrutait la montre à gousset en argent attachée à sa ceinture. Pour d'autres yeux, cette montre affichait simplement midi moins quelques minutes. Et pour d'autres oreilles, le faible tintement de la montre aurait été des plus anodins. Mais pour Brystal, les petits rouages provoquaient un bruit assourdissant. Sa montre ne décomptait pas les heures de sa journée. Elle décomptait les jours de sa vie.

Deux semaines...
C'est tout ce qu'il te reste...
Pour trouver le vieux livre de sorts...
Pour anéantir l'Immortelle...
Et tu n'as encore trouvé ni l'un ni l'autre.

Tic... tac... tic... tac...

Tu n'as pas progressé depuis un an...
Tu dois accepter la vérité...
Ton temps est écoulé...
Dans treize jours
Tu mourras.

La malédiction qui occupait l'esprit de Brystal refaisait rarement surface. Elle réussissait si bien à ignorer ses idées noires qu'elle n'y prêtait plus vraiment d'attention. Même lorsqu'elles captaient parfois sa pensée, Brystal adorait les remettre à leur place. Pour elle, les idées noires n'étaient plus une puissante malédiction ; elles étaient devenues comme de vieilles amies avec lesquelles Brystal aimait à se chamailler.

Tu as peut-être raison... songea-t-elle.
Mais qui n'a pas une durée de vie limitée ?
Qui peut dire que ses jours ne sont pas comptés ?
Savoir quand ma vie va s'éteindre signifie que je peux pleinement profiter du temps qu'il me reste...
Et je ne compte pas en gaspiller une seule seconde.

Brystal referma le couvercle de sa montre et la rangea dans la poche de son tailleur pantalon. Elle se tenait face aux fenêtres de son bureau de l'Académie de magie, admirant les collines verdoyantes à perte de vue, l'océan bleu étincelant et le château doré qui brillait autour d'elle. Brystal tenait à contempler la Terre des fées dès qu'elle le pouvait, consciente que chaque occasion pouvait être la dernière. Cependant, elle ne se permettait pas de traîner trop longtemps : elle avait beaucoup de pain sur la planche.

Heureusement, elle n'était pas seule dans sa quête du vieux livre de sorts et de l'Immortelle. Pour la première fois, au lieu de cacher la vérité à ses amis, Brystal s'était confiée à eux. Ils savaient tout de son arrangement avec la Mort, ils savaient que Brystal n'avait qu'un an pour retrouver l'Immortelle et l'anéantir grâce à un vieux livre de sorts, ou sa vie arriverait à son terme. Et avant que Brystal n'ait eu le temps de demander de l'aide à ses amis, ils s'étaient déjà mis au travail.

Depuis onze mois et deux semaines, son bureau était devenu le centre névralgique d'une grande enquête. Les fées avaient recouvert le moindre centimètre carré de surface des meubles en verre de piles de cartes et d'annuaires de toutes les bibliothèques, librairies et collectionneurs de livres dans le monde. Tandis qu'elles s'attelaient, infatigables, à localiser le vieux grimoire, les sorcières s'attardaient avec assiduité à identifier l'Immortelle. Tous les murs du bureau étaient recouverts de certificats de naissance, de certificats de décès et de portraits de femmes très, très âgées.

Le passage de Brystal et Lucy à la bibliothèque de Hautrige avait officiellement clos la fouille de toutes les bibliothèques, alors les fées concentrèrent leurs efforts sur les librairies et les collectionneurs de renom. Elles écrivirent sous divers pseudonymes pour garder leur mission secrète, demandant aux vendeurs s'ils possédaient par hasard des publications anciennes. Chaque matin, le chevalier Horence déposait un énorme sac postal sur le bureau, dont les fées épluchaient les lettres dans l'espoir de trouver une piste prometteuse.

– Je viens de recevoir une lettre de la librairie des Dévoreurs d'histoires des Hauts-de-Girlande, annonça Emerelda. Apparemment, la librairie a fermé il y a quelque temps, avant d'être transformée en café. Mince, c'est la quatrième ce mois-ci. Bon, les livres ont été donnés à l'orphelinat local, mais aucun n'était daté de plus de dix ou vingt ans.

– Le collectionneur de Fort Aulongcours m'a enfin répondu ! s'exclama Mandarina. M. Gibbinson dit qu'il serait ravi de nous montrer sa collection de manuels anciens et sa collection de ratons laveurs empaillés. La deuxième partie m'inquiète un peu, mais la première est intéressante !

– J'ai des infos provenant du royaume de l'Est ! dit Xanthous. La librairie La Tourneuse de Pages à Poignefer dit qu'ils sont spécialisés dans les livres anciens du monde entier. Ils ont même quelques titres remontant au règne du roi Champion Ier ! Nous devrions y aller !

En plus du courrier, Horence livrait également chaque matin une pile de journaux de différentes villes du monde. Les sorcières sondaient les notices nécrologiques pour éliminer les prétendantes au titre d'Immortelle.

– Encore une qui mange les pissenlits par la racine ! déclara Lucy. Faradean Fairtucket a officiellement passé l'arme à gauche à une semaine de son cent douzième anniversaire. Elle laisse derrière elle quatre enfants, quinze petits-enfants et sept ex-époux beaucoup plus jeunes... un sacré morceau, la Faradean ! Ses derniers mots ont été : « Ah ! Dieu, Te voilà. Je croyais que Tu m'avais oubliée. »

– J'ai, moi aussi, de mauvaises nouvelles, enchaîna Pip. Ester Esterwig est décédée à l'âge de cent trois ans. Elle a été enterrée hier au cimetière éternel des Hauts-de-Girlande. Il est écrit qu'elle est morte paisiblement durant le sommeil de son mari. Apparemment, elle était insomniaque. Mince alors, j'espérais vraiment que ce soit elle.

– Il semblerait que Windella Parkweed ne soit plus non plus parmi nous, ajouta Germine. Elle est décédée seulement quelques jours avant son cent quinzième anniversaire. Windella laisse derrière elle ses chats adorés, Maire Moustaches, Bébé Ronron, Boule de Neige, Docteur Bouledepoils, Patapon et Grinchat II. Les causes de sa mort restent inconnues, mais ses chats ont mangé son cadavre.

– Extra ! s'exclama Suture avec un grand sourire. Je peux la garder ?

Suture découpa la notice et la colla dans un cahier où elle collectait des avis de décès à faire froid dans le dos. Pendant ce temps, Isabeille s'envola dans le bureau et dessina un gros X rouge sur les portraits de Faradean Fairtucket, Ester Esterwig et Windella Parkweed.

– On sera b-b-bientôt à court de suspectes c-c-centenaires.

– Centenaires présumées, précisa Suture. Je vous le répète, peu importe ce que racontent les journaux, ces notices peuvent être fausses ! La seule façon d'en être sûr, c'est de déterrer ces femmes pour vérifier qu'elles sont bien mortes !

Pip déglutit en levant la main.

– Brystal, je peux passer dans le groupe du vieux livre de sorts ? L'enquête sur l'Immortelle prend une drôle de tournure.

– Je n'ai pas envie de l'encourager, mais Suture a raison, répondit Emerelda. Qui sait combien de fois l'Immortelle s'est fait passer pour morte pour éviter d'éveiller les soupçons ? Pour la retrouver, nous allons devoir penser hors des sentiers battus. Ce n'est pas comme si la plus vieille femme du monde allait se présenter à l'académie.

Soudain, les portes du bureau s'ouvrirent grandes et Mme Vee entra.

– Bonjour, bonjour, bonjour ! chantonna la pétillante gouvernante. Je me disais que vous auriez sans doute faim, alors je vous ai concocté un soufflé aux mûres ! Vous n'allez pas le croire, mais un des prisonniers que vous avez sauvés du Juste Empire hier est un pâtissier renommé ! Quelle chance ! Nous avons passé la matinée à échanger des recettes. Suture, Germine et Isabeille, compte tenu de vos régimes respectifs, j'ai saupoudré vos soufflés de pattes d'araignée pour vous rappeler la maison. Mais ce n'est pas la première fois que je mets une bestiole dans l'assiette de quelqu'un ! Ha ! Ha !

Cielène fit les gros yeux et pointa un doigt inquisiteur sur la gouvernante.

– Oh, mon Dieu ! Mme Vee est l'Immortelle ! Pourquoi n'y a-t-on pas pensé plus tôt ? C'est la plus vieille personne qu'on connaisse ! Même ses blagues sont d'un autre âge !

Mme Vee leva les yeux au ciel et posa le plateau de soufflés aux mûres sur la table basse.

– Encore une fois, Cielène, je suis honorée de ta haute opinion de moi. Si j'étais l'Immortelle, crois-tu que je ressemblerais à ça ?

– Que voulez-vous dire ? demanda Mandarina.

– J'imagine que le grand avantage d'être immortelle, c'est de ne pas vieillir. Sinon, qui accepterait de vivre éternellement ? Je ne voudrais pas passer l'éternité à vieillir toujours plus et à m'affaiblir encore et encore. Déjà que je n'aime pas les raisins secs en salade, alors je n'ai sûrement pas envie d'en voir un dans le miroir ! Ha ! Ha !

Les fées et les sorcières se figèrent et échangèrent des regards épouvantés.

– Mais bien sûr ! s'exclama Pip qui se tira nerveusement les oreilles. Depuis le début, nous cherchons une vieille dame ! Mais l'Immortelle peut avoir n'importe quel âge ! Ce qui signifie qu'elle peut être n'importe qui !

– C'est comme ch-ch-chercher une aiguille dans une m-m-montagne de foin ! répondit Isabeille. Comment sommes-nous c-c-censées la t-t-trouver ?

– Que tout le monde se calme ! dit Suture. La solution est très simple. Il suffit de déterrer toutes les femmes qui ont vécu. Je serais plus que ravie de diriger le chantier.

Fées et sorcières se morfondirent dans le bureau, geignant et soupirant de désespoir. Étrangement, la personne que cette révélation concernait le plus paraissait la moins affectée. Brystal restait d'un calme surprenant, comme si ce rebondissement était aussi trivial qu'un bulletin météo.

– Nous devons simplement étendre nos recherches, voilà tout, dit-elle avec un haussement d'épaules. Pour l'heure, revenons-en au vieux livre de sorts. Mandarina, je veux que Cielène et toi alliez rendre visite au collectionneur de livres de Fort Aulongcours dès que possible. Rapportez tout ce qui ressemble à ce que nous cherchons. Et Xanthous, je veux que tu te rendes avec Emerelda au royaume de l'Est sur-le-champ pour jeter un œil à la libraire La Tourneuse de Pages. Pensez à vous habiller en civil et à cacher votre magie. On ne doit pas savoir que le Conseil des fées est à la recherche d'un livre ancien.

Emerelda croisa les bras et adressa un regard dur à Brystal, comme si elle essayait de lire ses pensées. Au grand désarroi de Brystal, Emerelda tombait souvent juste.

– Je rêve, ou tu t'intéresses plus au vieux livre de sorts qu'à l'Immortelle ?

Brystal soupira.

– Au point où nous en sommes, je crois que le livre est le meilleur moyen d'utiliser notre temps.

– Mais il nous faut les deux pour te sauver de la mort. J'espère que ta malédiction n'essaie pas de te jouer des tours.

– Ce n'est pas la malédiction qui parle, je te le promets. Il ne me reste que deux semaines à vivre et je veux être aussi productive et pragmatique que possible. Trouver l'Immortelle ne sauvera que moi, mais trouver le vieux livre de sorts permettra de sauver le monde entier. Un sort suffisamment puissant pour anéantir l'Immortelle le sera aussi pour anéantir l'armée des Morts. Il mettrait fin au règne de terreur de Sept et de sa Juste Confrérie une bonne fois pour toutes ! Je mourrais bien plus heureuse en sachant que vous avez les moyens de les battre.

– C'est très noble de ta part, mais comme tu l'as dit, il nous reste deux semaines entières. Même si nos chances de trouver l'Immortelle sont minces, nous devons quand même faire de notre mieux, sinon nous regretterons à jamais de ne pas en avoir fait plus pour te sauver.

Les fées et les sorcières acquiescèrent à la remarque d'Emerelda. Leur dévouement émut Brystal.

– Très bien, alors je ne vais pas baisser les bras tout de suite.

Lucy se racla la gorge.

– Je peux avoir droit au chapitre dans ce grand livre ? Si tu cherches quelque chose de productif et de pragmatique à faire, il y a une source d'informations très productive et très pragmatique que nous n'avons pas encore consultée, dit-elle en soulevant ses sourcils d'impatience. Si quelqu'un sait comment trouver l'Immortelle ou le vieux livre de sorts, c'est Madame Mûredutemps.

Brystal prit une profonde inspiration et baissa les yeux.

– Je sais, je sais. Seulement... pour lui demander de l'aide, je dois tout lui raconter. Et elle était tellement heureuse en apprenant que la magie était légalisée. Je ne peux pas imaginer ce qu'elle ressentira quand elle saura pour l'armée des Morts et mon pacte avec la Mort. C'est trop cruel de lui infliger ça.

Lucy mit les mains sur les hanches.

– Brystal, cette femme est congelée dans un bloc de glace au milieu de nulle part. On ne peut pas dire qu'elle profite de la vie !

Brystal se tourna vers le globe enchanté à côté de son bureau et contempla les lumières étincelantes au-dessus des montagnes du Nord.

À l'insu de tous, Brystal avait une raison bien singulière de ne pas demander l'aide de Madame Mûredutemps, et cela n'avait rien à voir avec ce qu'elle pourrait ressentir. Malheureusement, elle ne pouvait plus retarder leurs retrouvailles.

– Tu as raison, je devrais lui parler tant que j'en ai l'occasion. Chacun a donc une mission : Xanthous et Emerelda vont au royaume de l'Est, Mandarina et Cielène rendent visite au collectionneur de Fort Aulongcours, et Suture, Germine, Isabeille et Pip vont chercher des femmes très, très bien conservées. Entre-temps, Lucy et moi, nous partons pour le Nord.

CHAPITRE 3

UNE VÉRITÉ GLAÇANTE

Brystal et Lucy enfilèrent leurs tenues les plus chaudes et partirent vers les montagnes du Nord dans l'après-midi. Elles quittèrent l'Académie de magie dans une bulle géante, survolèrent les territoires des trolls et des gobelins et descendirent vers les froides montagnes du Nord à la tombée de la nuit. La bulle atterrit en toute sécurité sur une pente, juste sous les aurores boréales qui ondoyaient, et les filles se mirent à sonder le paysage de neige à la recherche de la grotte de Madame Mûredutemps. Heureusement, le temps était favorable ce soir-là et l'entrée fut facile à repérer.

La dernière visite de Brystal remontait à un an, mais tandis qu'elle descendait le long tunnel avec Lucy pour atteindre la grotte spacieuse, tout lui parut étrangement familier, comme si l'air froid avait gelé le temps lui-même.

Elle agita sa baguette et recouvrit toutes les stalactites qui pendaient au-dessus de leurs têtes de lumières étincelantes, éclairant la grotte aussi vivement qu'une douzaine de chandeliers. Les filles se dirigèrent vers le fond de la grotte où l'infâme Reine des neiges était congelée dans un mur de glace. Chaque détail de l'apparence monstrueuse de la sorcière, de sa peau craquelée et mordue par le froid à ses dents ébréchées et gâtées, était aussi terrifiant que dans leur souvenir, sinon pire.

– Eh bien, en voilà une belle surprise, dit une voix douce dans leur dos.

En se retournant, Brystal et Lucy découvrirent l'esprit d'une femme splendide debout derrière elles. Elle portait une élégante robe couleur prune assortie à la couleur de ses yeux brillants, et ses cheveux noirs étaient coiffés d'un bibi sophistiqué orné de plumes et de rubans. Le sourire de la femme était si chaleureux que Brystal aurait juré sentir l'air se réchauffer.

– Bonjour, madame Mûredutemps. Quel plaisir de vous revoir !

– Nom d'un blanc d'œuf ! Vous êtes canon ! s'exclama Lucy. L'isolement vous va à merveille ! En d'autres circonstances, je vous demanderais les coordonnées de votre chirurgien magique.

Madame Mûredutemps ricana.

– Moi aussi, je suis contente de te voir, Lucy. J'imagine que Brystal t'a expliqué la véritable raison de ma présence ici.

– À vrai dire, tout le monde est au courant, confessa Brystal.

– Je n'ose imaginer la déception que j'ai causée, répondit Madame Mûredutemps en secouant la tête d'un air grave. Découvrir que j'ai menti est une chose, mais que je me cache derrière la Reine des neiges depuis le début, c'est indéfendable. Je suis profondément désolée, et j'espère que vous saurez me pardonner.

– Vous pardonner ? Madame Mûredutemps, je suis ici pour vous acheter les droits d'adaptation ! lança Lucy.

– Je te demande pardon ?

– Votre vie sur les planches, c'est le carton assuré ! Imaginez un peu ! La Reine des neiges a grandi au fond de vous tel un parasite, se nourrissant des chagrins et des rages enfouis pendant une vie entière, c'est le rôle dont rêvent tous les acteurs ! Et la manière dont vous l'avez déchaînée sur un monde qui haïssait la magie, juste pour prouver que le monde avait besoin de cette même magie... Enfin, on a notre retournement inattendu du troisième acte ! Et vous voilà bloquée dans cette caverne de glace, un esprit détaché de votre ancien corps, forcée à revivre vos erreurs, encore et encore, jusqu'à la fin des temps... Les récompenses vont pleuvoir ! Ce sera le meilleur spectacle depuis *La Cantatrice chauve-souris* !

Madame Mûredutemps ne savait pas quoi dire. Elle n'aurait jamais cru que ses tragédies personnelles pourraient valoir quelque chose.

– Je suis ravie que tu trouves ma vie si amusante, Lucy.

– Je vous enverrai les contrats un autre jour. Pour l'heure, on a d'autres chats à fouetter. Vas-y, Brystal !

Lucy donna une violente tape dans le dos de son amie, la projetant en avant. Le corps de la Bonne Fée se raidit subitement et elle garda les yeux vissés sur le sol recouvert de neige pour éviter le regard du spectre. Avant même de prononcer un mot, Brystal regrettait cette conversation.

– Madame Mûredutemps, vous souvenez-vous de notre dernier échange ?

– Comment l'oublier ? Tu m'as annoncé la merveilleuse nouvelle au sujet de la légalisation de la magie... Tu craignais de voir ton amie Pip rejoindre une école de sorcellerie... Tu disais ressentir une tristesse dont tu ne comprenais pas l'origine... Et tu m'as parlé du retour effroyable de la Juste Confrérie.

Brystal acquiesça honteusement, son attention toujours dirigée vers la neige sous ses pieds.

– Exactement. Eh bien, il y a du nouveau.

– De bonnes nouvelles ? demanda la fée.

Brystal et Lucy échangèrent un regard découragé, et le sourire éclatant de Madame Mûredutemps s'effaça.

– Fais comme avec un pansement, l'encouragea Lucy. Tu tires un coup sec !

Brystal prit une profonde inspiration, se redressa et entama son résumé des événements de l'année passée. Elle dit à Madame Mûredutemps que ses idées noires étaient le résultat d'une terrible malédiction que, heureusement, elle avait su maîtriser. Elle lui expliqua avoir été maudite par Maîtresse Mara, la fondatrice de l'école de sorcellerie Corbastion. L'école n'avait été pour la sorcière qu'une façade dans le but de créer un *Être de ténèbres* qui décuplerait ses pouvoirs. Puis Brystal raconta que Maîtresse Mara s'était alliée à la Juste Confrérie et qu'ensemble elles avaient utilisé l'Être de ténèbres pour ramener à la vie l'invincible armée des Morts. Enfin, Brystal eut la détestable tâche de dévoiler à Madame Mûredutemps que la Juste Confrérie s'était emparée du royaume du Sud et avait instauré un Juste Empire d'oppression.

– Ciel ! s'écria Madame Mûredutemps, même dans mes pires cauchemars, je n'aurais jamais imaginé un revirement aussi terrible.

– Mais attendez, c'est pas fini, intervint Lucy.

De toute évidence, Madame Mûredutemps ne pouvait imaginer combien les choses pouvaient être pires. Brystal fut littéralement malade à la simple idée de lui révéler le reste des événements. Fermant les yeux, elle serra les poings, comme pour presser les informations hors de son corps.

– Il se trouve que la malédiction a fini par me convaincre de me rendre à la Juste Confrérie. Ses membres m'ont conduite à leur forteresse et... et... et...

– *Et ils l'ont tuée !* s'exclama Lucy.

Madame Mûredutemps secoua la tête, convaincue que son ouïe la trompait.

– Tu as bien dit que la Juste Confrérie l'avait tuée ?

Brystal et Lucy hochèrent la tête.

– Mais comment est-ce possible ? Tu te tiens devant moi !

– On m'a recouverte de chaînes en pierre de sang. J'ai cherché à me débattre, mais les chaînes m'ont affaiblie, encore et encore, et j'ai fini par glisser vers l'au-delà. J'ai atterri dans un grand champ gris qui flottait quelque part entre le monde des vivants et l'inconnu. Il y avait des étoiles, des planètes, des galaxies tout autour de moi. Je pouvais les *ressentir* et les *entendre* aussi bien que je les *voyais*. Le champ était rempli de magnifiques arbres blancs. Chaque arbre affichait le nom d'une personne différente, et une horloge en argent décomptait le temps qu'il lui restait sur terre. Tout cela était très étrange et effrayant, et à la fois si beau, si paisible.

Jusqu'alors, le regard de Madame Mûredutemps avait jonglé entre les filles comme si elles lui racontaient une blague sordide, mais après la description détaillée de l'au-delà que venait de faire Brystal, elle prit un air très grave.

– Comment es-tu revenue à la vie ? demanda-t-elle, craignant presque d'entendre la réponse.

– Accrochez-vous, madame Mûredutemps, prévint Lucy. À côté de ça, votre grand retournement du troisième acte, c'est juste une anecdote d'entracte !

Les épaules de Brystal s'affaissèrent.

– J'ai conclu un pacte avec la Mort.

– *La Mort ?* s'écria Madame Mûredutemps. Tu veux dire que la Mort est une personne ?

– Oui. Elle était exactement comme je l'avais imaginée, et pourtant je n'ai pas eu peur d'elle. C'est difficile à expliquer.

– Et quel genre de pacte as-tu passé avec elle ? insista Madame Mûredutemps.

– Apparemment, il y a plusieurs siècles de cela, une femme l'a piégée et a obtenu d'elle le don d'immortalité. Depuis, cette femme, appelée « l'Immortelle », rôde sur la Terre, se moquant de ce que représentent la vie et la mort. La Mort a dit que si j'acceptais de trouver et d'anéantir l'Immortelle, elle me ramènerait à la vie. Mais le seul moyen de l'anéantir est d'utiliser un sort contenu dans un livre ancien. Elle prétend également que je peux employer ce même sort pour détruire l'armée des Morts. En apprenant cela, je ne pouvais plus rien lui refuser.

– *Mais*, intervint Lucy.

Brystal grogna – c'était son histoire, après tout !

– Mais la Mort ne m'a donné qu'un an pour remplir cette mission. Elle a dit que si je ne trouvais pas le vieux livre de sorts et n'anéantissais pas l'Immortelle dans une période de douze mois, elle m'ôterait à nouveau la vie.

– Combien de temps te reste-t-il ?

Brystal tressaillit ; elle savait que c'était la chose la plus difficile à entendre.

– Deux semaines.

Madame Mûredutemps avait beau n'être plus qu'un spectre, la nouvelle fut si choquante qu'elle-même dut s'asseoir. Ses genoux cédèrent et son corps s'avachit dans l'air, comme si elle s'enfonçait dans un fauteuil invisible.

– Pourquoi n'êtes-vous pas venues me trouver plus tôt ?

– Je tiens à souligner que je lui ai fait remarquer que cette grotte devait être notre première escale, répondit Lucy. Brystal ne voulait pas vous accabler avec de nouveaux problèmes. Elle se disait que vous en aviez assez sur la patate avec, vous savez, la culpabilité d'avoir involontairement tué des milliers d'innocents et détruit d'innombrables bâtiments sous l'identité de la Reine des neiges. Houlà ! Maintenant que je le dis à voix haute, je comprends soudain ses réticences.

Madame Mûredutemps étudia le visage de Brystal d'un air soupçonneux ; *Brystal lui cachait quelque chose.*

– Lucy a raison, je ne voulais pas vous déranger, dit Brystal avant de changer rapidement de sujet. Nous espérions que vous nous aideriez à trouver le vieux livre de sorts. Nous avons fouillé toutes les bibliothèques et pratiquement toutes les librairies du monde, et jusqu'à présent nous n'en avons trouvé aucune trace. Madame Mûredutemps, n'avez-vous jamais entendu parler d'un sort assez puissant pour anéantir l'Immortelle ? Ou du livre qui le contient ?

Madame Mûredutemps se leva et fit les cent pas en silence dans la caverne glacée. Elle frotta de sa main translucide sa joue tout aussi translucide et se concentra. Tandis qu'elle fouillait dans sa mémoire en quête de réponse, les filles virent bien qu'une idée lui revenait sans cesse. Elle avait beau la balayer d'un revers, l'idée revenait encore et encore, comme un animal affamé. Enfin, elle n'eut d'autre choix que de l'évoquer.

– À vrai dire, j'ai bel et bien entendu parler d'un livre qui correspondrait à cette description. Je crois que la Mort faisait référence au *Livre des thaumaturges*.

Le titre du volume fit frémir Brystal et Lucy. Toutes deux se redressèrent, mourant d'envie d'en savoir plus.

– Qu'est-ce que le *Livre des thaumaturges* ? demanda Lucy.

– La « thaumaturgie » n'est-elle pas une autre appellation de la magie ? s'interrogea Brystal.

– Traditionnellement, la « thaumaturgie » s'emploie pour désigner la forme la plus ancienne de magie. Et d'après la légende, le *Livre des thaumaturges* est le plus puissant livre de sorts jamais créé. On dit que dans les temps immémoriaux, des adeptes, hommes et femmes, dévoués autant au bien qu'au mal, se rassemblèrent pour faire l'inventaire de leurs plus grands enchantements dans un manuscrit unique. Le livre renferme le pouvoir de contrôler tous les éléments de l'univers. Il contient des sorts qui ôtent la vie aux vivants, des sorts qui redonnent de la vie aux mourants, et même des sorts qui font ressusciter les morts. Il peut accorder des dons extraordinaires au faible et priver le fort de tous ses pouvoirs, il peut faire voyager à travers le temps et l'espace, et il peut invoquer un chœur d'anges du ciel comme une armée de démons venus des profondeurs de l'enfer. Naturellement, si un tel livre tombait entre des mains mauvaises, il pourrait conduire à la fin de toute existence. Ainsi, ils cachèrent le *Livre des thaumaturges* loin d'ici, dans le seul endroit où il serait en sécurité.

– Où ? demandèrent Brystal et Lucy à l'unisson.

– Dans le Temple du Savoir, répondit Madame Mûredutemps.

Brystal et Lucy restèrent bouche bée, ni l'une ni l'autre n'avaient jamais entendu parler d'un tel lieu.

– Madame Mûredutemps, j'ai voyagé dans tous les recoins de tous les royaumes, et je n'ai jamais entendu parler d'un Temple du Savoir, répondit Brystal.

– Parce qu'il ne se trouve pas dans le monde connu. Son emplacement est caché par la magie, n'apparaissant sur aucune carte ni aucune mappemonde afin de protéger ce qu'il renferme. À l'instar du *Livre des thaumaturges*, le temple contient une chambre qui abrite d'autres objets extraordinaires aux capacités remarquables.

– C'est difficile d'y entrer ? demanda Lucy.

– Extrêmement. La légende raconte que le temple est également gardé par une tribu de *gardiens singuliers*, qui dédient leur vie à le protéger des intrus. Même si vous déjouiez leur attention, vous devriez survivre à une série d'épreuves physiques, mentales et émotionnelles qui vous attendent à l'intérieur du temple. Et enfin, avant d'entrer dans la chambre, vous devriez affronter la créature la plus dangereuse, la plus mortelle qui ait jamais foulé cette terre.

– Oh, c'est tout ? s'exclama Lucy avec un rire nerveux. On dirait un club de jazz dans lequel je me suis faufilée une fois. On pourra peut-être payer un videur.

Brystal appréciait les efforts de Lucy pour détendre l'atmosphère, mais la simple idée de trouver le Temple du Savoir et d'y survivre lui faisait tourner la tête.

– Nous devons retourner à l'académie et en parler aux autres. Plus tôt nous partirons à la recherche du Temple du Savoir, mieux ce sera.

Brystal se dirigea vers la sortie du tunnel sans un au revoir à Madame Mûredutemps. Lucy se racla la gorge pour attirer son attention.

– Tu n'as rien oublié ?

– Quoi ?

Lucy leva les yeux au ciel.

– Le *Livre des thaumaturges* et le Temple du Savoir, c'est très bien, mais nous devons aussi trouver l'Immortelle, sinon tu es fichue ! Madame Mûredutemps, vous auriez un indice sur l'identité de l'Immortelle ?

La fée se tut à nouveau pour réfléchir, mais hélas, rien ne lui vint.

– Je suis désolée, dit-elle, mais je peux peut-être vous conseiller sur la *façon* de la trouver ?

– Merveilleux ! On vous écoute !

– Tout d'abord, j'imagine que l'Immortelle attirerait trop l'attention si elle restait trop longtemps au même endroit, aussi je chercherais parmi les femmes qui ont vécu dans plusieurs endroits du monde. Ensuite, j'imagine également que l'Immortelle ne souhaiterait pas passer l'éternité à travailler, aussi je parie qu'elle a trouvé le moyen de profiter de ses rentes. Cherchez parmi les femmes de la haute société. Enfin, quelqu'un jouissant d'une telle expérience de la vie a forcément marqué les esprits. Je consulterais les doyens de tous les villages. Ils auront peut-être des souvenirs anciens *et* récents de la même personne.

– Une globe-trotteuse fortunée et fougueuse, c'est noté !

Lucy restait pendue aux lèvres de Madame Mûredutemps et enregistrait toutes ses suggestions. Brystal restait silencieuse, faisant mine d'écouter, mais dans sa tête, seul le Temple du Savoir l'intéressait. Elle finit par être si obnubilée par cette idée que son visage s'obscurcit et que son regard se perdit dans la grotte.

– Tu n'écoutes pas un mot de ce que je raconte.

La voix semblait éclater de nulle part et fit sursauter Brystal. Elle regarda par-dessus son épaule et vit Madame Mûredutemps debout juste derrière elle. Mais, bizarrement, quand elle regarda à nouveau devant elle, Madame Mûredutemps continuait aussi de parler avec Lucy.

– Comment pouvez-vous être à deux endroits en même temps ?

– Tu serais surprise par ce qu'un esprit peut accomplir lorsqu'il ne s'encombre plus d'un corps. Dis-moi, pourquoi n'écoutes-tu pas mes conseils au sujet de l'Immortelle ?

– J'écoute.

Madame Mûredutemps leva un sourcil.

– Brystal, tu es la meilleure élève que j'aie jamais eue. Je vois bien lorsqu'un sujet t'intéresse ou non.

Brystal sentit son cœur s'accélérer.

– Je... Je... Je crois simplement que trouver le *Livre des thaumaturges* serait bien plus utile, vu le temps qu'il nous reste. Trouver le livre nous aidera à sauver le monde de la Juste Confrérie, tandis qu'anéantir l'Immortelle ne servira qu'à me sauver, moi. Et quelles chances avons-nous de la trouver en deux semaines ?

– Ah, je vois. Tu ne veux pas qu'on la trouve.

– Bien sûr que si ! Qu'est-ce qui vous fait croire ça ?

– Impossible ou non, tu accomplis toujours ce que tu as décidé de faire. Il n'y a donc qu'une seule explication logique au fait que tu te détournes de l'Immortelle : tu ne veux pas la trouver. Et je ne te laisserai pas sortir de cette grotte avant que tu ne m'aies dit pourquoi.

Brystal prit une profonde inspiration avant de pousser un long soupir. Elle venait de passer une année entière à éviter ce moment. Et maintenant que l'heure était venue, elle savait qu'il était inutile de cacher la vérité plus longtemps.

– Cela ne sert à rien de chercher l'Immortelle. Même si nous la trouvions, je ne pourrais jamais m'y résoudre... Je ne pourrais pas tuer quelqu'un.

– Alors, tu préfères te laisser mourir ?

– Je n'ai pas envie de mourir, mais je ne peux justifier le fait d'ôter la vie à quelqu'un pour sauver la mienne, surtout à une femme dont le seul crime est de vivre.

– C'est pour cela que tu as attendu aussi longtemps pour m'en parler ?

Brystal acquiesça.

– Je savais que cela vous briserait le cœur.

– Et qu'en est-il de tes amis ? Ils doivent s'affoler.

– Je ne leur en ai pas encore parlé. Croyez-moi, cela fait des mois que je me torture l'esprit, mais je ne vois pas d'autre possibilité. Même si j'anéantissais l'Immortelle, je ne pourrais pas vivre avec ça sur la conscience. Je préfère mourir deux fois que de la tuer. Il n'y a rien à faire.

Brystal s'attendait à voir Madame Mûredutemps protester de toutes ses forces et poursuivre la discussion le plus longtemps possible, mais étonnamment il n'en fut rien. Non, Madame Mûredutemps se tourna vers le fond de la grotte, posant un regard grave sur la Reine des neiges.

– Tu as raison... dit-elle calmement. Personne ne devrait vivre avec une telle culpabilité... C'est un sort bien pire que la mort...

Jusque-là, Brystal n'avait pas pris conscience de la souffrance endurée par Madame Mûredutemps. Être prise au piège dans une caverne à côté du corps gelé de la Reine des neiges était un rappel incessant de toutes les erreurs qu'elle avait commises et de toutes les personnes auxquelles elle avait nui. Brystal vit les terribles conséquences que cela avait sur l'âme de cette femme. Avant qu'elle ne puisse trouver les mots pour la réconforter, le double de Madame Mûredutemps avait disparu. Entre-temps, sa conversation avec Lucy s'était terminée.

– Dernier point et pas des moindres, je chercherais parmi les femmes qui possèdent beaucoup d'objets anciens, suggéra la fée. Cette collection pourrait être comme un recueil de souvenirs pour l'Immortelle.

– Ce sera certainement mieux que de courir après les vieilles dans les notices nécrologiques ! Merci de tous ces conseils, madame Mûredutemps ! Voilà, Brystal, maintenant on peut y aller.

– Te reverrai-je ? demanda Madame Mûredutemps.

Brystal savait que c'était sans doute la dernière fois qu'elles se rencontraient, mais elle n'eut pas le cœur de le lui dire. Faire ses adieux à Madame Mûredutemps était trop douloureux.

– J'essaierai de revenir dès que possible.

– Je compte sur toi. Bonne chance, les filles. Je suis là si vous avez besoin de moi.

Brystal et Lucy quittèrent la grotte et Madame Mûredutemps les salua d'un geste gai, mais quand elles furent parties, son visage jovial se décomposa. Face à la situation de Brystal, elle se sentait plus inutile et piégée que jamais. Son regard angoissé glissa une fois de plus vers la Reine des neiges, mais cette fois la vue de la terrible sorcière donna à la fée une idée inattendue et une lueur d'espoir.

Brystal se trompait peut-être... Madame Mûredutemps allait peut-être bien pouvoir l'aider...

CHAPITRE 4

LE MESSAGE

Le royaume de l'Est était le champion incontesté de la métallurgie. Sous l'impulsion de la bien-aimée reine Endustria, le pays avait combiné avec génie les minéraux natifs de ses terres riches avec la chaleur naturelle de ses nombreux volcans en activité et créé les usines d'acier, de fer et de cuivre les plus productives du monde. Poignefer, la capitale du royaume, était le reflet de son commerce prospère. La ville était une métropole en effervescence, remplie de hauts immeubles, de trottoirs à plusieurs niveaux et de rues bondées, et chaque centimètre carré de cette ville agitée, du sommet des tours aux pavés des boulevards, était fabriqué avec les métaux précieux du royaume.

Hélas, la fumée que recrachaient continuellement les usines plongeait le royaume dans un brouillard de pollution sans fin, mais aux yeux de ses habitants, c'était le coût dérisoire d'une... hum... économie florissante.

Un jour après avoir été envoyés par Brystal au royaume de l'Est, Emerelda et Xanthous arrivèrent à Poignefer par bateau en fin d'après-midi. Tandis que l'embarcation descendait la rivière de l'Est qui serpentait au centre de la capitale, le duo restait en pâmoison face aux bâtiments qui les dominaient. Ils avaient déjà visité Poignefer à de nombreuses reprises aux côtés de la Bonne Fée, mais la ville foisonnante n'avait de cesse de les impressionner. Par son cachet, Poignefer donnait l'impression d'être le centre du monde.

– Bon, tu te rappelles notre histoire, dit Emerelda. Je suis Emmy Gouttelette et toi, Xach Bellenfant. Nous sommes étudiants à l'École du lac de l'Ouest de Fort Aulongcours. Nous séjournons chez ma cousine Ruby, et nous avons prévu de visiter le Muséum d'histoire surnaturelle et d'écouter les ténors gobelins au Théâtre de la Vieille Rombière.

– Dis, on est vraiment obligés d'avoir une couverture *aussi* compliquée ?

– Probablement pas, mais c'est marrant d'être ici incognito, répondit Emerelda avec un sourire joueur.

Elle regarda son reflet dans un petit miroir de poche. Elle portait un chapeau vert foncé à larges bords, un long manteau à col haut et une paire de lunettes de soleil épaisses en émeraude. À vrai dire, le déguisement d'Emerelda avait tant d'allure qu'elle attirait l'attention des autres passagers. Xanthous, de son côté, avait opté pour la simplicité, avec une chemise blanche, une veste en toile de jute et un pantalon noir. Il avait éteint les flammes sur sa tête et ses épaules, et exhibait ses courts cheveux blonds pour la première fois depuis des années.

Pendant qu'Emerelda procédait à des petits réajustements de sa tenue, Xanthous remarqua qu'elle portait encore son bracelet en diamant habituel.

– Em, tu as oublié d'enlever tes bijoux, murmura-t-il.

– Non, c'est voulu. Ce n'est pas parce que Emmy est une civile qu'elle n'a aucun style.

Xanthous rit. Il plongea la main dans la poche de sa veste et en tira un de ses nœuds papillon dorés qu'il arborait toujours.

– Tu peux m'aider à le mettre ? Je crois que Xach a besoin d'une touche de couleur.

Quelques minutes plus tard, le bateau s'arrima à une jetée en acier et Emerelda et Xanthous descendirent en même temps que les autres passagers. Ils déployèrent un grand plan de la capitale et cherchèrent l'emplacement de la librairie La Tourneuse de Pages. Toutes les rues de Poignefer s'entrecroisaient, formant une grille géante, et ils trouvèrent la librairie au coin de la rue de l'Industrie et de l'avenue des Revenus. Ils suivirent le plan jusqu'à l'intersection, manquant de peu de se faire percuter par des carrosses lancés à vive allure et piétiner par des piétons pressés, et enfin ils atteignirent la librairie. Un panneau était accroché au-dessus de l'entrée :

LA TOURNEUSE DE PAGES
LIBRAIRIE SPÉCIALISÉE DANS LES ÉDITIONS ANCIENNES
ET DE SECONDE MAIN
ENTREPRISE FAMILIALE DEPUIS 289

Emerelda et Xanthous n'avaient pas eu besoin du panneau pour comprendre que la librairie existait depuis des siècles. C'était le seul bâtiment en bois de Poignefer. Il détonait dans la ville de métal, telle une écharde douloureuse.

Le duo traversa la rue en vitesse et poussa les lourdes portes en bois de la boutique. En entrant, ils furent reçus par l'odeur musquée du vieux papier et du cuir, un changement bienvenu après l'air pollué à l'extérieur. Cependant, leur premier aperçu de la librairie fut loin de les rassurer. Le magasin était si vaste qu'ils n'en voyaient pas la fin. Les étagères semblaient s'étirer encore et encore, sans aucun fond. Non seulement les meubles étaient pleins à craquer de vieux livres mais il y en avait d'empilés par terre et sur toutes les surfaces.

La porte se referma derrière eux et une clochette accrochée à la poignée annonça la présence de clients. La tête du vieux libraire apparut derrière une pile de livres au comptoir de l'entrée. C'était un homme séduisant avec des cheveux d'un blanc éclatant plaqués en arrière. Il portait un costume bleu bien taillé, avec une cravate rose assortie à ses lunettes rondes.

– Bien le bonjour ! s'exclama le libraire. En quoi puis-je vous être utile ?

– Bonjour, monsieur, répondit Emerelda avec une petite révérence. Je m'appelle Emmy Gouttelette et voici mon ami Xach Bellenfant. Nous sommes des élèves réguliers de l'École du lac de l'Ouest de Fort Aulongcours et nous sommes venus visiter le Muséum d'histoire surnaturelle et assister à une représentation de ténors gobelins.

Le libraire la dévisagea d'un drôle d'air.

– Tant mieux pour vous. Vous cherchiez votre chemin ?

– Oh ! non, nous sommes ici pour jeter un œil à vos livres.

Le libraire fut agréablement surpris.

– Dans ce cas, soyez les bienvenus, mademoiselle Gouttelette et monsieur Bellenfant ! Je vous prie de m'excuser, il est bien rare que les gens de votre âge s'intéressent aux livres anciens. Fichtre, il est même bien rare que les gens de mon âge s'intéressent aux livres anciens. Je suis M. Tourneur, de la famille Tourneur de Pages. Puis-je vous aider à trouver un titre en particulier ?

Emerelda lui adressa un regard vide ; elle n'avait pas réfléchi à cette partie du plan.

– Nous cherchons un cadeau, intervint Xanthous. Voyez-vous, Ruby, la cousine d'Emmy, nous accueille chez elle le temps de notre séjour. Nous avons pensé qu'un livre ancien ferait un excellent cadeau de remerciement.

– Alors, vous êtes au bon endroit ! Sentez-vous libres de fouiller et faites-moi signe s'il y en a un qui vous saute aux yeux. C'est la magie des vieux livres, parfois ce sont eux qui vous trouvent.

– Si seulement, répondit Xanthous avec un rire gêné.

Emerelda le tira dans un coin pour lui murmurer à l'oreille :

– *Je vais commencer par le fond, tu commences par l'entrée, et on se rejoint au milieu.*

– *Ça marche.*

Emerelda partit en quête du fond de la librairie, où qu'il soit, et Xanthous se mit à fouiller les étagères près de l'entrée. Tout en passant les vieux livres en revue, il eut l'étrange sensation d'être observé. Il leva les yeux et surprit M. Tourneur en train de le regarder entre les piles de livres sur le comptoir. Le libraire lui adressa un sourire amical, comme si la vue de Xanthous l'amusait.

– Qu'est-ce qui vous fait rire ?

– Je suis désolé, je ne voulais pas vous mettre mal à l'aise. Simplement, vous me rappelez quelqu'un.

Xanthous se mit à paniquer. *S'était-il trahi sans le vouloir ?*

– Qui ?

– Moi, répondit le libraire en s'esclaffant discrètement. À votre âge, je portais moi aussi un nœud papillon comme le vôtre. À vrai dire, j'en avais de toutes les couleurs. Les nœuds papillon permettaient alors de... eh bien, de nous reconnaître les uns les autres.

Xanthous ne comprenait pas.

– De reconnaître *quoi* ?

– Oh rien, répondit M. Tourneur en balayant son idée d'un revers de la main. C'était une autre époque.

Xanthous eut la sensation que le libraire essayait de faire un sous-entendu, par exemple qu'ils avaient plus en commun que les nœuds papillon, mais M. Tourneur n'insista pas. Xanthous ne sut pas quoi dire, il se contenta de sourire et reprit sa recherche.

Quelques heures plus tard, Xanthous avait parcouru des milliers et des milliers d'ouvrages. Ses doigts étaient pleins de coupures qu'il s'était faites avec le papier après avoir cherché parmi les polars, les fictions, les contes, les romans d'aventure et les autobiographies. Il arriva alors à une section dédiée aux romances.

Les histoires d'amour étaient ornées d'illustrations de jeunes amants, tantôt tragiques, tantôt comiques, certaines inappropriées pour son regard adolescent. Après quelques volumes, les images devinrent terriblement prévisibles. Toutes montraient un jeune homme et une jeune femme arborant la même expression rêveuse avec des yeux de biche. Dans un premier temps, Xanthous en rit, mais plus il parcourut de romances, et plus il se sentit seul. Il y avait des centaines et des centaines d'histoires d'amour dans cette librairie, mais il ne se reconnaissait dans aucune.

– Je crains bien que l'on n'écrive pas d'histoires d'amour pour les gens comme nous.

Xanthous leva les yeux et découvrit M. Tourneur à côté de lui.

– Je vous demande pardon ?

Le libraire poussa un soupir triste.

– Les choses ont tellement changé ces dernières années, mais le monde n'est pas encore prêt pour nous. Cela ne veut pas dire que nous devons abandonner la lutte.

– Je ne comprends pas. Que voulez-vous dire par « les gens comme nous » ?

– Quel âge as-tu, mon garçon ?

– Quatorze ans.

Un sourire doux-amer se dessina sur le visage du libraire.

– Tu le sauras bien assez tôt. Moi non plus, je n'étais pas sûr à ton âge.

Il fallut un moment à Xanthous pour saisir ce dont parlait le libraire, et quand enfin il comprit, son visage devint livide et son estomac se noua. Apparemment, Xanthous s'était bel et bien trahi, mais d'une manière qu'il n'avait pas envisagée.

– Bien, hélas je dois fermer, annonça M. Tourneur. Le magasin rouvrira demain à huit heures, si ton amie et toi souhaitez revenir.

– Merci, j'ai compris.

Xanthous se précipita hors de la boutique comme s'il voulait échapper à un tigre, mais en réalité il voulait échapper à la vérité. Dehors, le bruit du carrefour était assourdissant. Les gens jouaient des coudes sur le trottoir, les carrioles se battaient pour s'imposer et les artistes de rue se faisaient concurrence pour récupérer quelques pièces, mais Xanthous n'entendait rien. Il était perdu dans ses pensées, avec une idée terrible qui revenait sans cesse. *Comment a-t-il su ? Comment a-t-il su ?*

– Qui aurait pu imaginer trouver autant de vieux livres au même endroit ? demanda Emerelda en sortant à son tour. Tu as parcouru quelles thématiques ?

– Euh...

Xanthous lutta pour se rappeler ; son état l'empêchait de réfléchir.

– Polars, contes, aventure, autobiographies et romances.

– La chance ! Moi, je suis restée coincée avec la médecine et le développement personnel. Tu sais comme la médecine se trompait, autrefois ? On croyait qu'appliquer des sangsues et sacrifier des moutons résolvait tout ! C'est un miracle qu'un seul de nos ancêtres ait survécu. Je crois que nous allons devoir revenir demain pour finir de chercher.

– Est-ce qu'on ne devrait pas rentrer à l'académie dès ce soir ? demanda Xanthous, désireux de s'éloigner le plus vite possible de la librairie.

– Ce serait plus simple de dormir en ville. Trouvons l'auberge la plus proche et revenons à la première heure demain.

Emerelda et Xanthous cherchèrent sur leur plan et trouvèrent une taverne au bout de la rue, l'Hôtel de la Cuivresse. Dire que la taverne était décrépie était un euphémisme : il aurait fallu rénover le bâtiment depuis cinq décennies, mais Emerelda était certaine que personne ne soupçonnerait que des membres du Conseil des fées puissent rester dans un endroit pareil. Ils essayèrent de réserver deux chambres pour la nuit, mais le tenancier persista à dire que la taverne n'acceptait pas de mineurs non accompagnés par un adulte. Aussi Emerelda glissa une poignée de joyaux sur le comptoir.

– Et maintenant, on peut prendre deux chambres ?

Le tenancier changea subitement d'avis et fut plus que ravi de les accueillir. Il conduisit le duo à travers le bar, un débarras, et en bas d'un escalier branlant jusqu'au sous-sol où se trouvaient les dernières suites disponibles.

– La salle de bains est au bout du couloir, déclara le tenancier en leur donnant les clés. Pas de barouf, et si on vous pose des questions, vous êtes tous les deux petits pour votre âge.

La « suite » de Xanthous faisait la taille d'un placard. Les quatre murs métalliques sans fenêtres étaient recouverts d'un papier peint en lambeaux, et le matelas était en piteux état, avec des plumes qui perçaient à l'extérieur. Cependant, Xanthous se fichait totalement de la vétusté de la chambre. Son esprit était encore à la libraire La Tourneuse de Pages, où il revivait sa conversation avec M. Tourneur.

Comment un parfait inconnu pouvait-il en savoir autant sur lui ? Comment avait-il pu comprendre aussi facilement son plus grand secret ? Était-ce seulement à cause du nœud papillon ? Et si

M. Tourneur l'avait découvert, ses amies allaient-elles le découvrir à leur tour ? Qui voudrait encore le côtoyer en sachant la vérité sur lui ? Serait-il encore le bienvenu à l'académie ?

Le flot de questions le torturait, tournant en boucle dans son esprit. Il ne pouvait s'empêcher de repenser aux phrases prononcées par le libraire : « Ils permettaient de nous reconnaître les uns les autres », « On n'écrit pas d'histoires d'amour pour les gens comme nous », ou encore « Le monde n'est pas encore prêt pour nous ».

C'était peu de le dire. Xanthous savait trop bien comment le monde traitait les gens comme lui ; il l'avait vu tous les jours en grandissant dans son petit village. Et cette discrimination était encore pire que celle envers la magie.

Cela commençait toujours par une rumeur. La rumeur inspirait les plaisanteries, les plaisanteries laissaient place aux insultes, les insultes se transformaient en harcèlement et, enfin, le harcèlement conduisait aux arrestations ou aux disparitions. Le père de Xanthous avait dû avoir des doutes à son sujet, car il l'avait prévenu des conséquences dès son plus jeune âge, et de temps à autre il essayait même d'y remédier par les coups.

Contrairement à la magie, Xanthous pouvait facilement cacher « ça ». Aussi il avait appris à camoufler la vérité, convaincu qu'en l'enfouissant suffisamment profondément elle ne pourrait pas lui nuire.

Peut-être qu'avec les années il avait pris trop d'aise. Peut-être que l'acceptation de la magie lui avait fait oublier la part de lui-même qui n'était pas acceptée. Malheureusement, cette journée avait été un rappel et Xanthous ne s'était jamais senti aussi vulnérable de sa vie. L'idée même de devoir retourner à la librairie le lendemain et de revoir M. Tourneur le rendait malade.

Heureusement, des coups à la porte détournèrent son attention. Emerelda se permit d'entrer et jeta un long regard à la suite.

– J'étais venue voir si ta chambre était mieux que la mienne. C'est comme comparer des pommes pourries et des oranges moisies.

Emerelda s'attendait à faire rire Xanthous, mais il ne sourit même pas.

– Tout va bien ? Tu n'as pas l'air dans ton assiette.

– Ça va, je suis juste préoccupé.

Emerelda referma la porte et s'étira sur le matelas usé à côté de lui.

– C'est bien, j'ai besoin de me changer les idées, dit-elle. Il y a un artiste de rue qui m'a mis sa chanson idiote dans la tête. À quoi penses-tu ?

– Je n'ai pas envie d'en parler.

– Allez, Xanthous ! C'est impossible de dormir dans cet endroit. Soit on papote, soit on joue à *Qu'est-ce qui a crevé entre ces murs*. À toi de voir.

Xanthous geignit.

– Si tu dois tout savoir, je pensais à *l'amour*.

Emerelda serra les dents.

– Ooooooh, je crois que j'ai deviné.

– Vraiment ? demanda Xanthous, paniqué.

– Oui, répondit-elle avec un signe de tête assuré. Écoute, je suis vraiment flattée, et je t'aime plus que tout, mais je t'ai toujours vu comme mon frère.

Xanthous n'en croyait pas ses oreilles.

– Pardon ?

– Je me doutais bien que tu avais des sentiments pour moi, et je comptais rejeter tes avances en douceur, mais je n'ai pas envie qu'une gêne s'installe entre nous.

Xanthous agita les bras comme pour arrêter un carrosse en pleine course.

– Houlà, houlà, houlà ! Em, je n'en pince pas pour toi !

– Et pourquoi pas ? s'insurgea-t-elle. Qu'est-ce qui ne va pas chez moi ?

– Rien ! Ce n'est pas ce que je voulais dire ! Tu es géniale et intelligente et talentueuse et...

Emerelda éclata de rire.

– Du calme, je te faisais marcher ! Tu es un de mes meilleurs amis ! Je sais que je ne suis pas ton type, aucune fille ne l'est. Mais tu aurais dû voir ta tête quand je...

Soudain, Xanthous devint tout rouge et ses mains se mirent à trembler. Emerelda ne comprit pas tout de suite quel était le problème, mais alors que les larmes montaient aux yeux de son ami, elle saisit rapidement ce qui se passait. Elle se redressa sur le lit et se couvrit la bouche.

– Xanthous, je suis vraiment désolée ! Je ne pensais pas que c'était un secret !

– Depuis quand le sais-tu ?

– A priori, depuis que je te connais, répondit-elle en haussant les épaules.

– Et ça ne te... dégoûte pas ?

Emerelda lui donna une tape sur le bras.

– Bien sûr que non ! Comment peux-tu poser une question pareille ?

Xanthous laissa échapper un long soupir.

– Parce que moi, ça me dégoûte. Enfin, c'est ce qu'on m'a toujours répété.

– Eh bien, c'est idiot. Jamais tu ne me dégoûteras. Et honte à ceux qui te disent le contraire. Quand est-ce que tu t'en es rendu compte ?

– Quelque part, je l'ai toujours su. C'est un peu comme avec la magie. Je craignais ce que les gens allaient dire, j'avais peur de ce qu'on risquait de me faire, alors je l'ai caché. Il faut croire que je ne suis pas très doué pour ça.

– Tu n'as rien à me cacher, ni aux autres fées d'ailleurs. Xanthous, nous sommes une famille. On s'intéresse plus à qui tu es que ce que tu es. Et puis franchement, si l'académie peut accepter Suture, on peut accepter tout le monde.

Xanthous rit doucement et des larmes coulèrent le long de ses joues.

– J'aimerais que tout le monde pense comme toi. Le monde a progressé à différents niveaux, mais il reste bloqué envers les gens comme moi. Et on se sent terriblement seul lorsqu'on n'a pas le droit d'aimer.

Emerelda essuya les larmes de son ami avec la manche de son manteau et prit ses mains dans les siennes.

– Tu veux savoir comment j'ai su la vérité sur toi ? demanda-t-elle avec un sourire joueur. Quand je t'ai rencontré, tu m'as rappelé mon oncle, le nain Chafouin.

Xanthous n'arrivait pas à savoir si c'était une bonne chose.

– Le nain Chafouin ?

Emerelda acquiesça.

– Évidemment, Chafouin n'était pas son vrai nom. On l'appelait comme ça parce qu'il était toujours au trente-sixième dessous. Il broyait du noir dans les mines, jour et nuit, et n'avait jamais rien de positif à dire sur quoi que ce soit. Mais un jour, tout a changé.

– Qu'est-ce qui lui est arrivé ?

– Oncle Chafouin a rencontré mon oncle Fringant, et soudain il a fallu l'appeler « Sourire ». Malheureusement, ce genre de chose, l'amour que Sourire et Fringant partageaient, n'était pas accepté dans les mines. Les nains sont très vieille école. Alors Sourire et Fringant sont partis et ont ouvert une mine qui accepteraient les nains comme eux. Je crois que c'est une des raisons pour lesquelles mon père tenait tant à ce que j'aille vivre avec Madame Mûredutemps. Comme pour mes oncles, il savait que je ne serais pas heureuse en vivant éternellement dans la mine. Il savait que je finirais par devoir trouver quelqu'un comme moi à aimer.

Xanthous se gratta la tête.

– Tu me suggères de partir et d'ouvrir une mine ?

– Mais non ! rit Emerelda. Je dis juste que le monde peut être arriéré et borné, mais tu peux toujours trouver un cercle qui t'aime et t'accepte exactement comme tu es. L'Académie de magie en est la preuve. Et un jour, quand tu seras prêt, tu trouveras quelqu'un à aimer. Il faudra peut-être un peu plus de temps que pour d'autres, et tu devras peut-être chercher davantage, mais je te promets que tout Chafouin trouve son Fringant.

Xanthous sourit à Emerelda pour la première fois de la soirée. Apparemment, il existait bel et bien des histoires d'amour pour les gens comme lui, simplement elles n'avaient pas encore été publiées.

– Merci, Em. Tu es la meilleure.

– Je sais, répondit Emerelda en bâillant un grand coup. Tout compte fait, je crois qu'on ferait mieux d'essayer de dormir. Nous n'avons plus que dix mille livres à parcourir demain.

Emerelda l'embrassa sur le front et retourna dans sa suite. Xanthous se recroquevilla sur le matelas bosselé, se mettant aussi à l'aise que possible. Après une longue soirée d'émotions, il n'avait jamais eu autant envie de dormir et de quitter le monde réel. Au moins, dans ses rêves, Xanthous était libre d'être lui-même et d'aimer qui il voulait.

★

Une odeur de fumée réveilla Xanthous au beau milieu de la nuit. Il ne s'en inquiéta pas ; à l'Académie de magie, il était habitué à sentir une odeur de fumée au réveil. Parfois pendant la nuit, s'il faisait des rêves particulièrement mouvementés, il provoquait du feu dans son sommeil, aussi sa chambre aux allures de fournaise lui convenait parfaitement.

Cependant, alors que ses yeux endormis s'entrouvraient, deux idées étranges lui traversèrent l'esprit. D'une, il n'avait pas fait de cauchemar incendiaire depuis des années car il parvenait à garder ses pouvoirs sous contrôle, même dans son sommeil. Et de deux, il n'était pas à l'académie !

Xanthous se redressa dans le lit. Sa suite tout entière était en flammes ! Il essaya d'éteindre le feu par magie, mais rien n'y fit ! Au contraire, le feu devint toujours plus haut, toujours plus fort tandis qu'il essayait de l'arrêter. Visiblement, les flammes n'étaient pas de son fait !

L'incendie ne fut pas le seul choc à son réveil. Comme si l'on avait écrit sur le papier peint avec un tisonnier brûlant, un message avait été inscrit sur le mur pendant son sommeil :

NOUS SAVONS QUI TU ES.

– Emerelda ! Viens vite ! Je ne sais pas ce qu'il se passe !

Sa voix paniquée perça à travers le mur et l'instant d'après il entendit les pas affolés d'Emerelda dans le couloir. Elle ouvrit brusquement la porte et ne put en croire ses yeux.

– Xanthous, qu'est-ce que tu fabriques ?

– Ce n'est pas moi ! Le feu ne vient pas de moi !

Les flammes grandirent et gagnèrent du terrain à vive allure, engouffrant toute la suite en quelques secondes. Emerelda dut faire un bond en arrière dans le couloir pour éviter de se brûler. Les murs de métal virèrent à l'orange vif sous l'effet de la chaleur et commencèrent à se déformer, si bien que des morceaux du plafond se mirent à tomber.

– Xanthous ! Il faut que tu arrêtes ça avant de blesser quelqu'un ! cria Emerelda depuis le couloir.

Xanthous regardait la pièce absolument terrifié ; pendant toutes ces années, il n'avait jamais vu un tel feu.

– Ce n'est pas moi ! Je te jure que ce n'est pas moi !

CHAPITRE 5

L'ALCHIMISTE

Le soleil se levait à peine sur le Juste Empire, mais le jeune empereur était déjà pleinement réveillé. Il faisait les cent pas dans la salle du trône de son Juste Palais, autrefois baptisé le château Champion, marmonnant des insultes à des silhouettes imaginaires dans sa tête.

En dépit du feu qui vrombissait dans la grande cheminée, il faisait très froid dans la salle du trône, et pendant qu'il se parlait à lui-même, l'empereur voyait son souffle. Il brûlait les portraits des anciens rois et de leurs parents pour se tenir chaud. Un plan des quatre royaumes et des cinq terres étaient peint sur le sol de marbre. Des pions de couleur étaient placés en travers de la carte, représentant leurs dirigeants et la taille de leurs armées.

Sept n'avait pas dormi depuis deux jours ; à vrai dire, il ne dormait pratiquement plus. Son envie de tuer la Bonne Fée s'accrochait à lui jour et nuit comme une tache sur sa conscience. Après tout ce qu'il avait manigancé, il n'arrivait pas à croire qu'elle soit encore en vie. Sa frustration était insupportable et le rongeait de l'intérieur comme une maladie. Sept avait toujours été bel homme, mais ces dernières années l'avaient terriblement vieilli. Son beau visage était désormais assailli par les rides et de grosses poches pesaient sous ses yeux injectés de sang. Son corps svelte et musclé était devenu squelettique. Et à seulement dix-sept ans, il voyait ses cheveux noirs virer au gris au niveau des tempes.

Que fichait-elle à la bibliothèque ? se répétait-il inlassablement. *Elle cherchait quoi ? De quel livre a-t-elle besoin ?*

On frappa à la porte et le Haut Commandant entra, accompagné de cinq soldats morts.

– Monseigneur, la purge est terminée.

– Et ? le pressa Sept.

– Nous avons fouillé toutes les habitations du royaume et détruit tous les livres que nous avons trouvés, comme vous l'aviez demandé.

– Tu n'as rien trouvé d'inhabituel ?

– Non, Sire. Il y avait surtout des encyclopédies et des cahiers, une femme avait une collection de menus volés, mais rien qui puisse l'intéresser *elle*.

Sept rugit et donna un violent coup de pied dans les pions qui représentaient le Conseil des fées par terre.

– Alors ce qu'elle cherche ne se trouve pas dans notre royaume.

Le Haut Commandant se racla nerveusement la gorge.

– Monseigneur, lorsque l'empire a été créé, on parlait d'étendre nos frontières. L'empire est à court de nourriture et de ressources. Si nous n'agissons pas, la famine s'abattra sur la population. Peut-être que le livre serait l'excuse parfaite pour lancer une invasion des autres territoires.

– Nous lancerons les invasions lorsque la Bonne Fée sera morte ! (Sept prit une profonde inspiration, tentant de maîtriser sa colère.) Elle reste notre plus grande menace. C'est elle que nous devons éliminer avant de nous faire d'autres ennemis. Alors apportez-moi la tête de Brystal Evergreen sur un plateau, et ensuite nous parlerons de conquérir le monde.

– S'il reste un monde à conquérir !

L'empereur et le Haut Commandant échangèrent un regard de surprise ; ni l'un ni l'autre n'avait formulé cette remarque. Ils se tournèrent vers le fond de la salle et découvrirent une troisième personne sortie de nulle part. Un homme petit et trapu s'était assis sur le trône de l'empereur. Ses jambes ne touchaient même pas le sol et ses petits pieds pendaient par-dessus le coussin. L'homme avait le visage large d'un crapaud et des yeux plissés derrière une paire de lunettes aux verres ronds qui ressemblaient au mécanisme d'une horloge. Il portait une robe longue avec un chapeau pointu assorti dans un tissu couleur de bronze. Sur la robe et le chapeau étaient brodés des chiffres et des équations mathématiques que Sept n'avait jamais vues auparavant. L'inconnu portait également une canne de bronze sur laquelle étaient gravées d'autres formules compliquées.

– Pardonnez mon intrusion, déclara l'homme en bondissant du trône. Il est terriblement impoli d'entrer chez quelqu'un sans y être invité, mais je vous promets que mon impolitesse était justifiée.

Pour un individu seul et sans défense, l'intrus affichait un calme insolent et une excellente disposition. Il trottina jusqu'à l'empereur et lui tendit la main.

– Gardes ! Emparez-vous de lui ! ordonna Sept.

Les soldats morts fondirent sur lui. L'homme frappa sa canne sur le sol, et soudain les soldats volèrent dans les airs et se retrouvèrent plaqués contre le plafond, maintenus par une force invisible. Pris de panique, l'empereur et le Haut Commandant coururent vers les portes, mais après un second coup de canne, celles-ci se refermèrent avec fracas.

– N'ayez crainte, je ne m'offense en rien de votre hostilité, lança l'homme avec un rire amical. La réponse combat-fuite est une réaction parfaitement normale face à la présence inattendue d'un inconnu. C'est une des nombreuses caractéristiques primitives et prévisibles de notre nature humaine, même si, selon, le *primitif* et le *prévisible* se superposent. Il va falloir à vos sens en alerte exactement douze secondes pour se calmer et remettre votre cerveau en état de marche. Je vous chronomètre.

L'homme regarda sa montre. Comme il l'avait annoncé, exactement douze secondes plus tard, la peur quitta l'empereur, à nouveau capable d'articuler des mots.

– Qui es-tu ? rugit Sept.

– Magnifique, vous êtes passé de la réponse combat-fuite à la phase de questionnement de notre conversation. L'esprit traitant les informations selon l'enchaînement qui-comment-quoi-pourquoi-quand, autant vous donner les détails dans cet ordre. Alors qui suis-je ? Je m'appelle le Dr États. Ravi de vous rencontrer.

À nouveau, l'homme tendit la main à Sept, et l'empereur la rejeta.

– Comment es-tu entré ici ?

– Ah ! le comment, à la bonne heure. Cela risque d'être difficile à concevoir, étant vous-même un homme contraint par des verrous et des clés, mais j'ai simplement exprimé la volonté d'être ici, et me voici.

– Alors tu en es une ! Toi aussi, tu es une pourriture magique !

– Et maintenant, le quoi. Oui, votre impression est justifiée. Cependant, vous ne pourriez pas me qualifier de fée ou de sorcier. Je suis ce que l'on appelle un « alchimiste ».

– Pour l'amour du ciel, qu'est-ce qu'un alchimiste ?

– Cela signifie que je suis un disciple dévoué de l'alchimie, la pratique ancestrale qui combine ce qui relève de la magie et ce qui relève de la science.

– La science ?

– Oui, c'est l'étude des choses, répondit le Dr États avec un clin d'œil condescendant.

Les narines de l'empereur se mirent à fumer.

– Je sais ce qu'est la science ! J'essaie de comprendre comment on peut l'associer à quelque chose d'aussi vil que la magie !

– Au contraire, c'est une merveilleuse alliance. Étudier les splendeurs de la science avec les avantages de la magie, et les splendeurs de la magie avec les avantages de la science offre aux alchimistes une compréhension approfondie du fonctionnement de l'univers. Voyez-vous, à l'instar des fées et des sorcières, tout alchimiste est né avec une spécialité magique, à cela près que nos spécialités relèvent d'une nature scientifique. Par exemple, je suis né avec la capacité unique de manipuler les lois de la physique.

– C'est quoi, la physique ?

– Il s'agit de l'étude du mouvement. Par exemple, tout ce qui monte finit par redescendre !

Le Dr États tapa sa canne contre le sol et les soldats morts tombèrent du plafond. Après un second coup, les soldats furent projetés et plaqués contre les murs.

– Il se trouve que je dirige le prestigieux Institut d'alchimie. Nous y étudions un grand nombre de sujets. Chimie, biologie, astronomie, zoologie ou encore géologie, pour en citer quelques-uns, même si pour vous je dois avoir l'air de parler une langue étrangère. Il y a de nombreux aspects de l'institut qu'un homme moyen ne peut pas comprendre.

Sept jeta un regard noir à l'alchimiste. Il ne pouvait imaginer pire insulte que d'être qualifié de « moyen ».

– Pourquoi n'ai-je jamais vu ni même entendu parler de cet Institut d'alchimie ?

Un sourire faussement modeste s'étira sur le large visage du Dr États.

– Nous aimons la discrétion. Voyez-vous, non seulement les alchimistes sont attachés à l'étude de la planète, mais nous sommes aussi ses dévoués protecteurs. L'Institut d'alchimie existe depuis des milliers d'années, mais nous n'interagissons avec l'humanité qu'en cas d'absolue nécessité. Et après la nuit dernière, je crains de devoir vous annoncer que le monde court le plus grave danger de son histoire.

– Ah, voilà pourquoi tu es là ! hurla Sept. Tu es venu nous arrêter, moi et mon empire !

Le Dr États ricana, prenant l'empereur pour un enfant idiot.

– Hmm... non. Les alchimistes ne se préoccupent pas d'affaires sociales ni politiques. Nous nous fichons parfaitement de vos prétentions à la domination du monde, bonne chance à vous ! Nous savons que toute civilisation finit par se détruire, alors pourquoi nous impliquer ? Comme je l'ai mentionné précédemment, notre priorité consiste à protéger la planète. Et à l'heure qu'il est, si nous n'agissons pas immédiatement, toute créature vivant sur cette terre est en péril.

Le Dr États tapa le sol de sa canne, et une ombre noire se déplaça à travers la carte du monde peinte à leurs pieds. Très vite, tous les royaumes et toutes les terres furent enveloppés par les ténèbres, et les pions se décomposèrent en monceaux de poussière. L'alchimiste avait désormais toute l'attention de l'empereur.

– Qu'est-ce qui nous menace ? demanda Sept.

– Hier, tard dans la nuit, le royaume de l'Est a subi une terrible tragédie. Plus de la moitié de Poignefer a été détruite par un immense incendie. Mais ce n'était pas un feu ordinaire. De fait, nous avons toutes les raisons de croire qu'il s'agissait d'une attaque. Et nous pensons que ce n'était que la première d'une longue série à venir.

L'empereur et le Haut Commandant échangèrent un regard inquiet.

– Alors qu'est-ce que tu me veux ?

Le Dr États ôta ses lunettes et les nettoya nonchalamment en poursuivant ses explications.

– Chaque fois qu'une crise de cette ampleur se vérifie, les alchimistes se tournent vers la diplomatie pour trouver une solution. Nous invitons les dirigeants de chaque nation indépendante à l'Institut d'alchimie pour une réunion appelée « Conférence des rois ». Nous débattons de la situation et décidons du meilleur moyen de la résoudre. Votre place de souverain du Juste Empire fait de vous le roi du Sud, et à ce titre, vous êtes convié au prochain rassemblement. Je suis venu vous adresser officiellement une invitation.

– Quand a lieu cette conférence ?

– Aujourd'hui. Ce soir, à dix-sept heures pile, l'institut enverra un chauffeur à la résidence de chaque dirigeant de ce monde. Chacun peut amener deux invités pour l'aider à représenter son territoire. Je vous recommande vivement de prendre place à notre table.

Sept lui jeta un regard soupçonneux.

– Comment te faire confiance ? Comment je peux savoir que ce n'est pas un traquenard ?

– Techniquement parlant, vous n'avez pas moyen de le savoir, répondit le Dr États avec un haussement d'épaule. Je ne peux que vous donner ma parole que vous jouirez d'une protection pendant toute la durée de la conférence. Cependant, si j'avais réellement des intentions malhonnêtes, il me serait bien plus facile de vous tuer ici et maintenant. Je m'économiserais la peine de vous inviter chez moi, vous ne pensez pas ?

L'empereur leva un sourcil face à l'alchimiste, qui n'avait pas tort.

– Très bien, répondit-il, je vais y réfléchir.

– Magnifique, lança le Dr États avec un grand sourire. Nous espérons vous voir bientôt.

Il frappa deux fois le sol avec sa canne et s'évapora de la salle du trône. Sept frotta ses tempes grisonnantes tout en digérant les informations transmises par l'alchimiste. Bizarrement, l'incendie au royaume de l'Est n'était pas ce qui l'inquiétait le plus. Il n'arrivait pas à mettre le doigt dessus, mais quelque chose ne lui revenait vraiment pas avec cet Institut d'alchimie. Plus il y songeait et plus il le trouvait intimidant ; Sept finit par vouloir voir à tout prix l'institut de ses propres yeux.

– Vous comptez sérieusement prendre part à cette réunion, Monseigneur ? demanda le Haut Commandant.

– Oui. Il semblerait que je me sois fourvoyé. La Bonne Fée n'est peut-être pas notre plus grande menace, après tout.

CHAPITRE 6

UNE INTERVENTION NÉCESSAIRE

Tic... tac... tic... tac...

Depuis que Brystal et Lucy étaient rentrées des montagnes du Nord, Brystal n'avait pas quitté le globe enchanté des yeux. Ce globe lui montrait l'apparence du monde depuis l'espace, et elle en sonda chaque centimètre de terre et de mer, à l'affût du moindre élément nouveau ou qui sortirait de l'ordinaire.

Tic... tac... tic... tac...

Brystal savait que le Temple du Savoir se trouvait quelque part parmi les montagnes, les vallées, les plaines et les océans sous ses yeux, seulement elle ignorait *où*. D'après Madame Mûredutemps, il n'était pas dans le « monde connu », mais qu'est-ce que cela signifiait ? Le temple se trouvait-il dans un lieu reculé, encore jamais découvert, telle la caverne de Madame Mûredutemps ? Était-il caché par un puissant enchantement, tel le Canyon florissant ? Ou se trouvait-il à la vue de tous, camouflé pour ressembler à autre chose, telle la salle secrète des Justiciers dans la bibliothèque de Hautrige ?

Tic… tac… tic… tac…

Brystal n'était sûre que d'une chose, sa montre le lui rappelant constamment : le temps lui était compté pour le trouver. En parcourant le globe, elle nomma tous les emplacements potentiels du Temple du Savoir, et Pip en prit note sur un carnet.

– La côte Ouest est remplie de criques, c'est une possibilité. Par ailleurs, on devrait passer au peigne fin, depuis les airs, les montagnes du Nord, les volcans de l'Est et les collines du Sud, juste pour s'assurer que je ne suis pas passée à côté de quelque chose d'inhabituel. Écrivons aussi à nos alliés des territoires des nains, des elfes, des trolls et des gobelins. Après tout, le Temple du Savoir pourrait se terrer au fond d'une mine abandonnée des nains ou dans une colonie déserte des gobelins. Quand les fées seront de retour, nous nous distribuerons les endroits et commencerons à chercher.

– C'est noté ! J'écris à nos alliés de ce pas.

Tandis que Brystal et Pip s'attelaient à localiser le Temple du Savoir, Lucy relançait la traque de l'Immortelle auprès des sorcières grâce aux suggestions de Madame Mûredutemps. Elle circulait entre leurs postes de travail et aboyait des ordres tel un général de l'armée.

– Très bien, sorcières, c'est l'heure de se remonter les chaussettes, d'huiler vos chaudrons, et de mettre les bouchées doubles sur les potions ! On stoppe l'opération Mort et Mémés, je répète, on stoppe l'opération Mort et Mémés immédiatement. On enterre les notices nécrologiques et les vieilles dames... sans mauvais jeu de mots.

– Chef, oui, chef ! répondirent les sorcières en faisant un salut.

– Isabeille, je veux que tu contactes les doyens de tous les villages dans tous les royaumes. Demande-leur s'ils ont vu quelqu'un récemment qui leur rappellerait quelqu'un qu'ils auraient rencontré quand ils étaient bien plus jeunes. Germine, il faut que tu mettes la main sur les cadastres de toutes les grandes villes. Cherche des noms qui apparaîtraient plus d'une fois, surtout sur une longue période. Et Suture, je veux que tu écrives à tous les grands antiquaires. Demande-leur quelles sont leurs plus anciennes pièces et le nom des personnes qui les ont vendues.

– Chef, oui, chef ! s'écrièrent les sorcières avant de s'éparpiller dans le bureau pour entamer leur mission.

Brystal sentit une pointe de culpabilité naître au fond d'elle. Elle n'avait pas les mots pour exprimer sa reconnaissance envers Lucy et les sorcières dévouées, mais elle ne pouvait se résoudre à leur dire qu'elles perdaient leur temps. Elles travaillaient avec une telle ardeur que, quelque part, elle craignait que les sorcières ne finissent par trouver l'Immortelle. Elle ne pouvait imaginer la déception de ses amies lorsqu'elles découvriraient qu'elles avaient fait tout cela en vain.

– Ne t'inquiète pas, Brystal, nous allons la trouver, la vieille peau, lança Lucy avec un hochement de tête assuré.

– Je te fais confiance, répondit-elle, espérant le contraire en secret.

Brystal se tourna rapidement vers la fenêtre pour que Lucy ne remarque pas la culpabilité dans son regard. Au loin, tout au bord de la propriété de l'académie, elle vit la haie s'ouvrir. Emerelda était de retour sur la Terre des fées à dos de licorne.

– Emerelda et Xanthous sont rentrés du royaume de l'Est, annonça Brystal aux autres. Pile au bon moment, en plus. Ils auront peut-être une idée de l'endroit où se cache le Temple du Savoir.

Lucy regarda à son tour par la fenêtre.

– C'est drôle, Xanthous n'est pas avec elle.

Brystal regarda à nouveau et s'aperçut qu'Emerelda était seule. Plus troublant encore, Emerelda chevauchait la licorne à travers la propriété à vive allure. Les autres fées la saluaient sur son passage, mais Emerelda ne daignait pas leur répondre. Elle bondit de la monture magique près du perron de l'académie et se précipita le plus vite possible à l'intérieur. Brystal et Lucy échangèrent un regard, pensant exactement la même chose.

– Quelque chose ne va pas, dirent-elles d'une seule voix.

Quelques secondes plus tard, les fées et les sorcières entendirent Emerelda monter en trombe l'escalier flottant du hall d'entrée. Elle déboula par la double porte du bureau et la referma violemment derrière elle. Les yeux écarquillés par la panique, son manteau et son chapeau brûlés, elle semblait venir d'échapper à un terrible incendie.

– Em, qu'est-ce qui s'est passé ? demanda Brystal. Pourquoi Xanthous n'est pas avec toi ?

En entendant son nom, Emerelda s'effondra et éclata en sanglots. Les fées et les sorcières restèrent pantoises ; Emerelda était toujours la plus calme et la plus sereine de toutes. Elles ne se rappelaient pas la dernière fois qu'elles l'avaient vue la larme à l'œil, et voilà qu'à présent elle sanglotait de manière incontrôlable. Brystal et Lucy l'aidèrent à se relever et la firent asseoir sur le canapé de verre.

– Je suis vraiment désolée... la nuit a été éprouvante, dit-elle en reniflant.

– Em, qu'est-ce qui se passe ? Où est Xanthous ? insista Lucy.

– Je ne sais pas ! J'ai essayé de le suivre ! Mais il n'arrêtait pas de courir ! Et puis, c'était trop fort !

– Qu'est-ce qui était trop fort ? demanda Brystal.

– Les flammes ! Il y en avait partout !

Perdues, les fées et les sorcières se dévisagèrent l'une l'autre, cherchant des réponses, mais personne ne savait de quoi parlait Emerelda.

– Em, respire, et commence par le commencement, suggéra Lucy.

Brystal agita sa baguette en direction de la table basse et un verre d'eau apparut. Emerelda but une gorgée, prit plusieurs profondes inspirations, et se sentit alors prête à s'expliquer.

– La librairie La Tourneuse de Pages était beaucoup plus grande que nous l'imaginions. Nous n'avons eu le temps de parcourir qu'un quart environ des livres hier, alors nous avons décidé de passer la nuit à Poignefer et de reprendre le lendemain matin. Avec Xanthous, nous avons trouvé une taverne pas chère au bout de la rue et nous avons pris deux horribles chambres au sous-sol. En plein milieu de la nuit, j'ai été réveillée par des hurlements ! Xanthous criait à l'aide ! Je me suis précipitée dans sa chambre et quand je suis arrivée, la pièce était la proie des flammes !

– Mais Xanthous n'a pas perdu le contrôle de ses pouvoirs depuis des années, répondit Brystal.

– Je lui ai dit d'arrêter, mais il ne cessait de répéter que le feu n'était pas sa faute. Au début, je croyais qu'il était simplement gêné, vous savez comme il peut être dur avec lui-même. Mais j'ai fini par le croire. Il tentait désespérément d'éteindre l'incendie, mais le feu est devenu toujours plus puissant. J'ai essayé de piéger les flammes dans sa suite en changeant les murs en diamant mais le feu a *percé au travers* !

– La chaleur a fait fondre le *diamant* ? s'écria Germine.

– Alors q-q-qu'est-ce q-q-que vous avez fait ? demanda Isabeille.

– Xanthous et moi avons couru à travers la taverne pour avertir les autres clients. Le temps que tout le monde sorte, la taverne était un brasier rugissant ! Les planchers ont commencé à s'effondrer les uns sur les autres ! Le feu s'est répandu vers les bâtiments voisins, puis... puis... puis...

Emerelda secouait la tête, incrédule. Clairement, elle essayait encore de comprendre ce qu'elle avait vu.

– Puis quoi, Em ? demanda Pip.

– Il nous a pourchassés dans la rue ! Je n'ai jamais vu un feu se comporter comme ça ! Il n'y avait rien à incendier dans la rue et pourtant, le feu progressait directement vers nous ! Xanthous et moi ne savions pas quoi faire, alors nous avons couru, mais le feu nous suivait ! On courait et le feu sautait de bâtiment en bâtiment de part et d'autre de la rue. Les constructions brûlaient en seulement quelques secondes, comme si les flammes étaient plus chaudes qu'un feu ordinaire ! On a fini par atteindre la rivière de l'Est. Avec Xanthous, on a sauté dedans, mais le courant était puissant et on a été séparés ! Xanthous a atteint l'autre rive avant moi, mais la rivière n'a pas arrêté le feu ! Les flammes ont glissé à la surface de l'eau et ont poursuivi Xanthous à travers la campagne de l'Est !

– Le feu brûlait sur l'eau ? s'écria Germine.

Emerelda hocha la tête.

– J'ai supplié Xanthous d'arrêter, je l'ai supplié de faire demi-tour et de revenir, mais il a continué sa course ! Le temps que je sorte de la rivière, toute la campagne alentour était en flammes, la moitié de la ville était détruite, et Xanthous avait disparu !

Fées et sorcières restèrent tétanisées par l'histoire dramatique d'Emerelda et ne trouvaient plus leurs mots. Un tel silence s'installa dans le bureau que tout le monde pouvait entendre le tic-tac de la montre dans la poche de Brystal. Comme si elles n'avaient pas déjà suffisamment à faire pour localiser le Temple du Savoir et trouver l'Immortelle, cette nouvelle leur fit tourner la tête et leur serra le cœur.

– Où Xanthous est-il allé, d'après toi ? demanda Lucy.

– Je n'en ai pas la moindre idée. Je ne l'ai jamais vu aussi terrifié ! Il n'arrêtait pas de crier : « Ce n'est pas moi ! Em, tu dois me croire ! »

– Alors qu'est-ce que ce serait ? Qui d'autre serait capable de créer un feu pareil ? s'interrogea Pip.

Brystal s'approcha de la cheminée et leva les yeux vers la carte de magie au-dessus du manteau. Des milliers de lumières représentaient les fées et les sorcières du monde entier. Il allait falloir plusieurs heures pour établir la position de Xanthous.

– Changement de programme, annonça Brystal. Nous allons mettre en suspens nos recherches du Temple du Savoir et de l'Immortelle et concentrer nos efforts sur Xanthous. La dernière fois qu'il s'est produit quelque chose comme ça, il avait tellement honte qu'il a manqué de se noyer dans un lac. Nous devons le retrouver avant qu'il ne fasse une bêtise.

Toutes les fées et sorcières acquiescèrent.

– Bon, j'ai juste une question, lança Suture vers toute l'assemblée.

– Quoi ? demanda Brystal.

– C'est qui, lui ?

Suture fit un geste vers le fond de la salle et tout le monde se retourna. À la surprise générale, un inconnu était apparu de nulle part. Il était petit, trapu, et s'était assis derrière le bureau en verre de Brystal. L'homme avait un visage large et des petits yeux agrandis par une paire de lunettes rondes. Il portait une longue robe et un chapeau pointu dans un tissu couleur de bronze sur lequel étaient brodés des symboles mathématiques et des équations.

– Pardonnez mon intrusion, dit l'homme gaiement. Il est terriblement malpoli de pénétrer quelque part sans rendez-vous, mais je vous promets que mon impolitesse est justifiée. J'allais vous signaler ma présence dès mon arrivée mais je ne voulais pas interrompre cette demoiselle au beau milieu de sa narration.

Les bras croisés, Lucy lui adressa un regard noir.

– Dites donc ! Le petit monsieur a besoin d'aide pour trouver le petit coin ou quoi ?

– Pas d'inquiétude, je ne prends pas vos sarcasmes au sujet de ma taille personnellement, répondit l'homme avec un rire amical. Fuir ou rire est une réaction parfaitement normale face à la présence inattendue d'un inconnu. Cependant, qu'importe la méchanceté involontaire de votre commentaire, choisir de me désarmer par les mots plutôt que par la force physique est un signe d'intelligence et de confiance en soi, même si, à mon humble avis, il n'y a rien de passif dans une attitude dite passive-agressive.

L'homme se mit debout et clopina autour du bureau, en s'aidant d'une canne en bronze. À mesure qu'il se rapprochait, Brystal serra sa baguette.

– Qui êtes-vous ? demanda-t-elle.

– Magnifique, nous avançons à la séquence de questionnement de notre conversation. L'esprit traitant les informations selon l'enchaînement qui-comment-quoi-pourquoi-quand, autant vous donner les détails dans cet ordre. Mais je dois admettre que vous gérez ma visite bien mieux que vos homologues. C'est la première fois que personne n'appelle la garde ni ne lâche les chiens.

– Viens-en au fait, petites pattes ! s'exclama Lucy.

– Je suis le Dr États, déclara-t-il en s'inclinant. C'est un plaisir de faire votre connaissance.

Brystal dévisagea ce drôle de monsieur de haut en bas.

– Vous êtes une fée ou un sorcier ?

– Oh, quelle efficacité, vous avez sauté le comment et vous voilà prête pour le quoi. Si je suis en effet membre de la communauté magique, je ne suis ni une fée, ni un sorcier. Je suis un alchimiste.

– Un al-chi-quoi ? fit Lucy.

– Un *al-chi-miste*, articula le Dr États à son attention. Cela signifie que je suis un disciple dévoué de l'alchimie, pratique ancestrale qui combine ce qui relève de la magie et ce qui relève de la science.

Brystal se gratta le front.

– J'ignorais l'existence d'une telle pratique. Comment peut-on combiner science et magie ?

– Oh, c'est une alliance formidable, expliqua le Dr États avec délectation. Étudier les merveilles de la science avec les avantages de la magie, et les merveilles de la magie avec les avantages de la science permet aux alchimistes de découvrir les secrets de notre univers. Voyez-vous, tout comme les fées et les sorcières, chaque alchimiste naît avec une spécialité magique, à ce détail près que nos spécialités sont de nature scientifique. Les alchimistes sont les membres les plus rares de la communauté magique, et une fois qu'un alchimiste s'est révélé, nous l'invitons à vivre dans le prestigieux Institut d'alchimie, où ses capacités peuvent être utilisées à bon escient.

Brystal n'arrivait pas à croire qu'il existait une branche entière de la magie dont elle ignorait l'existence, et à en juger par les visages éberlués autour d'elle, les autres n'étaient pas plus au courant.

– Pourquoi n'ai-je jamais entendu parler de l'Institut d'alchimie auparavant ?

– À dessein, répondit le Dr États. Voyez-vous, l'Institut d'alchimie a été fondé il y a des milliers d'années. Dans les temps anciens, c'était un établissement très connu et très respecté. Cependant, plus la science avançait et plus l'humanité s'est sentie menacée par elle. Des découvertes en astronomie ont montré que les croyances religieuses se trompaient sur l'origine du monde, si bien que les chefs religieux ont déclaré que la science était une pratique démoniaque. Des découvertes en physiologie ont révélé que les rois ne différaient en rien des paysans à leur botte, alors les monarques ont déclaré que la science était un « acte de trahison ». Enfin, le monde s'est mis à pourchasser les scientifiques avec autant de violence qu'il avait pourchassé la communauté magique. Alors l'institut s'est relocalisé dans un endroit où les humains ne le trouveraient jamais. Depuis, les alchimistes vivent là, conduisant en secret leurs expériences et leurs études pour approfondir notre connaissance de la planète et des mondes qui l'entourent.

– Alors, que faites-vous là ? demanda Brystal.

– Ah, je vois que nous avons déjà atteint le pourquoi – comme vous êtes pragmatique ! En bref, je suis ici pour une mission très urgente. Voyez-vous, nous autres alchimistes non seulement dédions nos vies à l'étude des merveilles de notre planète, mais sommes également ses dévoués protecteurs. Dans l'intérêt de nos recherches, nous n'interagissons avec l'humanité qu'en cas d'absolue nécessité. Or, depuis la nuit dernière, je crains que le monde ne coure un grave danger.

Lucy geignit en levant les yeux au ciel.

– Laissez-moi deviner : et pour seulement cinquante pièces d'or par jour, vous aussi pouvez sauver l'ornithorynque à petits pois de l'extinction. Écoute, mon pote, tu as peut-être raté le panneau PAS DE COLPORTEURS sur la porte, mais on ne va rien t'acheter. Maintenant, si tu veux bien sortir, notre ami a disparu et on aimerait le retrouver.

Le sourire amical du Dr États laissa place à un air grave.

– À vrai dire, votre ami est le danger dont je vous parle.

– Qu'est-ce que Xanthous vient faire dans cette affaire ? demanda Brystal.

– Peut-être devrions-nous nous asseoir ? suggéra l'alchimiste. Ce que j'ai à vous dire risque d'être difficile à entendre.

Le Dr États fit un geste en direction des canapés de verre. Les fées et les sorcières s'assirent. L'alchimiste frappa le sol avec sa canne et un grand fauteuil en cuir couleur de bronze apparut. Il s'enfonça dans le fauteuil et nettoya nonchalamment ses lunettes avant de reprendre la parole.

– Bien, nous sommes confrontés à un grave problème. Comme l'a raconté cette jeune femme, la nuit dernière, une des plus grandes villes du monde a été détruite par un immense incendie. Et son intuition est juste, il ne s'agissait pas d'un feu *ordinaire*. Celui qui l'a créé possède de grands pouvoirs. Et ce n'est pas une coïncidence si une jeune fée douée d'une spécialité pour le feu se trouvait sur la scène du crime.

– Le feu n'était pas la faute de Xanthous ! protesta Emerelda. Je l'ai vu essayer de l'éteindre ! Il ne pouvait pas le maîtriser parce que ce n'était pas sa magie !

– Mademoiselle, je vous assure que je ne fais preuve d'aucune malveillance à l'encontre de votre ami. Un bon scientifique passe en revue tous les faits avant d'élaborer une théorie, et les faits ne jouent pas en sa faveur. L'Institut d'alchimie observe M. Deschamps depuis l'apparition de ses pouvoirs. Il a un long passif de *mésaventures magiques*, pour le dire gentiment. Il y a deux ans, nous avons failli intervenir lorsque, après la mort de son père, M. Deschamps a provoqué le plus grand feu de brousse de l'histoire du royaume du Sud. Par chance, Madame Mûredutemps l'a trouvé et a temporairement mis sous cloche ses pouvoirs avant qu'il ne blesse quelqu'un d'autre. Malheureusement, la nuit dernière, M. Deschamps a montré une nouvelle fois qu'il représentait un danger pour la planète. Nous pensons que ses pouvoirs ont fini par dépasser son contrôle et sa compréhension. Aussi accidentels que soient ses actes, la menace perdure. Si nous ne l'arrêtons pas, croyez-moi, ce qui s'est passé la nuit dernière au royaume de l'Est ne sera que la première catastrophe d'une longue série à venir.

– Alors c'est quoi, votre plan ? Le tuer ? demanda Lucy.

Les fées et les sorcières se crispèrent, mais l'alchimiste ne nia pas cette possibilité.

– Un vote en décidera. Chaque fois qu'une crise de cette ampleur se vérifie, les alchimistes se tournent vers la diplomatie pour trouver une solution. Nous invitons les dirigeants de chaque nation indépendante à l'Institut d'alchimie pour une réunion appelée « Conférence des rois ». Nous débattons de la situation et décidons du meilleur moyen de la résoudre. La Bonne Fée tenant le rôle de dirigeant, ou de « roi des Fées » comme nous l'appelons traditionnellement, je suis venu vous adresser officiellement une invitation à notre prochain rassemblement.

Tout le monde se tut, attendant de voir la réaction de Brystal à cette invitation. Apprendre l'existence d'un lieu tel que l'Institut d'alchimie, un endroit pour faire des expériences et étudier, aurait dû la ravir. Mais plus elle songeait aux alchimistes et à leur culte du secret, plus elle enrageait.

– Expliquez-moi, répondit-elle. Si les alchimistes sont aussi avancés que vous le dites, où étaient-ils lorsque les membres de la communauté magique ont été jetés en prison et exécutés ? Vous auriez certainement pu faire quelque chose pour nous aider !

– Les alchimistes ne s'attardent pas sur les affaires sociales ni politiques. À nos yeux, « protéger les gens » est un combat perdu d'avance. Les régimes vont et viennent, et les lois changent si fréquemment qu'il est inutile d'intervenir. Comme je vous l'ai dit, notre priorité consiste à *protéger la planète*.

– Alors où étiez-vous quand la Reine des neiges a attaqué le Nord ? Pourquoi n'êtes-vous pas intervenus pour sauver la planète de ses griffes ?

– Le feu détruit, la glace préserve, déclara le Dr États sur un ton péremptoire. La vie peut survivre à un monde froid, mais elle ne peut pas survivre à un monde brûlé. Si la destruction menée par Xanthous se répand conformément à nos prévisions, tant de fumée et de cendres rempliront le ciel qu'elles bloqueront le soleil, et alors tout périra sur la Terre.

Dans un moment d'une rare intensité, Brystal ne quitta pas le regard du Dr États. Elle trouvait la politique des alchimistes affreusement égoïste et inhumaine, mais s'ils comptaient accueillir un débat qui risquait de mettre en danger Xanthous, elle ne devait pas le rater.

– Quand aura lieu la Conférence des rois ?

– Ce soir. À dix-sept heures pile, nous vous enverrons un chauffeur qui vous conduira à l'institut. Je recommande vivement que vous vous joigniez à nous pour faire entendre votre voix.

– Très bien, j'y serai.

– Magnifique. Maintenant que la présence du roi des Fées est confirmée, reste la question de la représentation des sorcières. Le rôle de Brystal au sein de la communauté des fées est évident, mais les sorcières ont toujours été les plus désorganisées du lot. L'une de vous, mesdemoiselles, veut bien me dire qui est le roi des Sorcières ?

– Vous voulez dire que l'une de *nous* est également invitée au rassemblement ? demanda Suture.

– Pour représenter toutes les sorcières du monde entier ? renchérit Pip.

– Exactement, répondit l'alchimiste.

– Pourquoi nommer forcément un *roi* des Sorcières ? intervint Germine. On ne pourrait pas avoir une reine ou impératrice des Sorcières, ou une souveraine des Sorcières, ou une ambassadrice ou...

– On a c-c-compris, Suture, l'interrompit Isabeille. Le s-s-sexisme est en p-p-pleine forme.

– Passez outre la terminologie, il ne s'agit que d'une formalité, répondit le Dr États. Si l'identité de la personne est incertaine, peut-être devriez-vous la soumettre à un vote ?

Les sorcières échangèrent un sourire enthousiaste.

– Dans ce cas, je vote pour Lucy ! annonça Suture.

– C'est une excellente idée ! Moi aussi, je vote pour Lucy ! s'écria Germine.

– Avec moi, ça fait t-t-trois ! dit Isabeille.

– Et moi quatre ! conclut Pip.

Lucy se tourna d'un coup vers les sorcières.

– Je ne peux pas être le roi des Sorcières ! Je ne me considère même pas exclusivement comme une sorcière ! Je suis magiquement fluide !

– Lucy, fais-le pour Xanthous, supplia Emerelda. Il aura besoin de tout notre soutien pendant la conférence. Et nous ne devrions pas mettre sa vie entre les mains de quelqu'un comme Suture.

– On ne devrait mettre aucune vie entre les mains de Suture, renchérit Pip.

– Merci ! s'exclama l'intéressée avec un fier sourire.

Réticente, Lucy soupira.

– D'accoooord, gémit-elle. Eh bien, laquez-moi la caboche et posez une couronne dessus, on dirait bien que je vais aller à cette réunion, moi aussi.

– Formidable, répondit le Dr États avant de se lever. Chaque dirigeant peut être accompagné de deux invités qui l'aideront à représenter leur territoire. Et rappelez-vous que votre transport jusqu'à l'Institut d'alchimie arrivera à dix-sept heures pile. Nous sommes ravis de vous recevoir toutes les deux.

L'alchimiste donna deux coups de canne sur le sol et s'évapora du bureau. Après son départ, les fées et les sorcières s'assirent dans un silence absolu ; il n'était pas encore midi et la journée avait été un vrai marathon d'émotions.

– J'ai l'impression qu'on m'a écartelé le cerveau, dit Lucy. D'abord, il y a eu l'Immortelle, puis le Temple du Savoir, et maintenant on doit s'occuper de Xanthous et d'un Institut d'alchimie par-dessus le marché ?

Brystal se mit à faire les cent pas, se mordant la lèvre en réfléchissant.

– À vrai dire, l'Institut d'alchimie est peut-être exactement ce qu'il nous fallait. Un lieu d'apprentissage loin des humains, ça me rappelle affreusement quelque chose, pas vous ?

Lucy poussa un cri.

– Tu crois que l'institut serait le Temple du Savoir ?

– C'est probable. Et s'il ne l'est pas, peut-être que quelqu'un là-bas sait où il se trouve.

Soudain, les portes du bureau s'ouvrirent grand et Mandarina et Cielène entrèrent, de retour du royaume de l'Ouest. Les filles portaient le même chapeau en fourrure de raton laveur, et transportaient chacune un raton laveur empaillé vêtu d'une élégante robe de soirée.

– Vous n'allez pas croire ce qui vient de nous arriver ! s'écria Mandarina en riant.

Les filles étaient impatientes d'évoquer leur voyage, mais leurs amies étaient si inquiètes que l'arrivée de Mandarina et de Cielène ne rencontra pas l'enthousiasme escompté.

– Pourquoi vous tirez cette tête ? demanda Cielène. Il s'est passé quelque chose en notre absence ?

CHAPITRE 7

L'INSTITUT D'ALCHIMIE

Ce même après-midi, à seize heures cinquante-cinq, fées et sorcières se tenaient sur le perron de l'académie, impatientes de voir arriver le véhicule qui les conduirait à l'Institut d'alchimie. Brystal avait demandé à Emerelda et Mandarina de l'aider à représenter les fées à la Conférence des rois. Après des heures de supplications et de marchandage ininterrompues, Suture et Germine avaient fini par convaincre Lucy, contre son intuition, de les choisir comme invitées. Ainsi, l'Académie de magie resterait aux bons soins de Cielène, Isabeille, Pip et Mme Vee.

Fées et sorcières concentraient toute leur attention sur la haie qui cernait la Terre des fées. À tout moment, elles savaient qu'un transport de l'institut allait faire son apparition, mais elles ignoraient à quoi s'attendre. Non seulement elles étaient curieuses de ce qui allait arriver, mais elles ignoraient parfaitement comment il allait pénétrer sur la propriété. Deux murs supplémentaires d'émeraude et de feu avaient été ajoutés à la frontière pour une protection accrue contre l'armée des Morts, aussi entrer sur le territoire n'était-il pas une mince affaire.

– Le Dr États a dit comment nous y allions ? demanda Marina.

– Il n'en a pas parlé, répondit Lucy.

– A-t-il dit où se trouvait l'Institut d'alchimie ?

– Il n'en a pas parlé non plus. Pour un homme de science, il était très évasif sur les détails.

– Attendez, si j'ai bien compris, un parfait inconnu débarque de nulle part, il vous dit que Xanthous est devenu un danger pour la planète, puis il vous invite dans un lieu indéterminé pour une conférence qui pourrait mettre en péril la vie de Xanthous, et aucune d'entre vous n'a posé de questions ?

Les fées et les sorcières haussèrent les épaules, l'air coupable.

– La matinée a été longue, répondit Lucy.

– Bon, je me fiche d'où c'est et de comment on y va, je suis trop contente d'y aller ! s'exclama Germine. J'ai visité des écoles maternelles, des écoles primaires, des collèges, des lycées, des écoles d'esthétique, des écoles de commerce, des écoles de cirque, des académies, des universités et des facultés, mais c'est mon tout premier institut !

– Ce ne sera pas mon premier contact avec des scientifiques, annonça fièrement Suture. Je suis ce que l'on appelle un « cas ».

Emerelda jeta un œil au cadran d'émeraude qu'elle portait au poignet.

– Il est dix-sept heures pile. Qu'est-ce qu'ils fabriquent ?

À dix-sept heures et une minute, les sorcières et les fées se mirent à craindre d'avoir mal compris. Mais soudain, une éclipse assombrit l'Académie de magie, et les filles comprirent qu'elles avaient regardé dans la mauvaise direction.

Fées et sorcières levèrent la tête et découvrirent un vaisseau flottant descendant des nuages à toute vitesse. Tiré dans le ciel par quatre oiseaux immenses, le vaisseau était en bronze avec un grand ballon attaché sur le toit. Alors qu'il s'approchait de plus en plus du sol, les fées et les sorcières s'émerveillèrent : les oiseaux n'étaient pas de vrais animaux mais des machines ! En guise de plumage, ils étaient recouverts de petits morceaux de ferraille, et bougeaient grâce à un ensemble de mécanismes tournant à l'intérieur de leurs corps creux à la place de muscles et de ligaments. De grandes clés dorées dépassaient de leurs dos, leur donnant l'allure de jouets géants.

Le vaisseau atterrit en arrachant la pelouse, et les oiseaux marchèrent mécaniquement jusqu'au perron de l'académie. La nacelle fonctionnait elle aussi avec un certain nombre de mécanismes et de rouages. Quand le vaisseau fut totalement arrêté, les portières s'ouvrirent automatiquement et un carillon retentit.

Fées et sorcières restèrent bouche bée face à cet étrange véhicule.

– Hmm… qu'est-ce que c'est que ce truc ? demanda Lucy.

– Il faut croire que c'est de l'alchimie, répondit Brystal.

– C'est sûr, l'alchimie ? s'inquiéta Mandarina.

– C'est arrivé jusqu'ici en un seul morceau, répondit Emerelda avec un haussement d'épaules.

– Je veux chevaucher un de ces oiseaux ! s'écria Suture.

– Moi aussi ! enchaîna Germine.

Les sorcières coururent vers la nacelle et grimpèrent sur le dos des deux oiseaux mécaniques à l'avant. Pendant ce temps, Brystal, Lucy, Emerelda et Mandarina s'installèrent à l'intérieur. Quand elles furent assises, les portières se refermèrent et un nouveau coup de carillon annonça le départ du vaisseau. Les oiseaux mécaniques se propulsèrent en avant et s'envolèrent dans les cieux. Le décollage fut beaucoup plus violent que ne l'avaient imaginé les fées, qui se retrouvèrent pratiquement plaquées à leurs sièges. Suture et Germine gloussèrent d'excitation, incitant les oiseaux à accélérer.

Très vite, le vaisseau arriva si haut que l'Académie de magie disparut en contrebas. Les oiseaux volèrent vers le Sud au-dessus de l'océan scintillant, et montèrent vers une mer de nuages blancs duveteux. Plus le voyage avançait, et plus les fées s'inquiétaient de leur destination. Même après une heure de vol, pas la moindre terre en vue. Par les vitres, elles ne voyaient que des nuages et l'océan, et les oiseaux gardant leur cap.

– Où nous emmène ce machin ? Au pôle Sud ? demanda Mandarina.

– Je n'avais jamais imaginé qu'il y ait quoi que ce soit dans cette direction, rebondit Brystal.

– L'Institut d'alchimie doit se trouver sur un genre d'île déserte, se dit Lucy.

– Pas sûr, répondit Emerelda qui déglutit, le doigt pointé devant elle.

Toutes se tournèrent vers la vitre avant et se décrochèrent la mâchoire. Perchée au sommet des nuages à l'horizon se trouvait une petite ville. Elle était composée de bâtiments en or, en argent et en bronze qui émergèrent à mesure que les nuages s'écartaient. Les bâtiments étaient reliés par des chemins flottants s'étirant et se rétrécissant constamment au gré du vent qui soufflait sur les structures.

En s'approchant, les fées et les sorcières s'aperçurent que ces bâtiments ressemblaient tous à des outils scientifiques. Des dômes et des toits évoquaient des tubes à essai et des fioles, des tours avaient la forme de gigantesques télescopes et microscopes, des flèches et des poteaux étaient équipés de girouettes tournoyantes et d'anémomètres. Des dizaines de tuyaux d'échappement crachaient du feu, de la fumée et de la vapeur tandis que plusieurs grues et courroies déplaçaient des matériaux entre différents laboratoires. Et en plein centre de l'institut, au sommet du plus haut édifice, était installé un immense globe doré, de toute évidence un fier symbole du génie qui régnait là.

Les fées et les sorcières restèrent sans voix tandis que le vaisseau descendait vers le campus époustouflant de l'institut. Brystal ne pouvait dire si elle était choquée qu'un tel endroit existe ou si elle regrettait de n'en avoir jamais vu auparavant.

– C'est remarquable ! s'exclama-t-elle avec de grands yeux. Absolument remarquable.

– Maintenant, je comprends pourquoi les alchimistes sont si secrets, dit Lucy. Si je vivais dans un endroit comme celui-ci, moi non plus je ne voudrais pas que des visiteurs viennent mettre le bazar.

Le véhicule plongea en direction d'une longue piste d'atterrissage à l'avant du campus et s'arrêta en cahotant. En descendant de la nacelle et des oiseaux, les fées et les sorcières virent le Dr États qui les attendait sur la piste. Il était accompagné de douze autres alchimistes en rangs serrés derrière lui.

– Bienvenue à l'Institut d'alchimie ! lança-t-il. J'espère que vous avez fait bon voyage.

Il y avait tant de choses à admirer que la salutation amicale de l'alchimiste passa presque inaperçue.

– Docteur États, cet endroit est incroyable, commenta Brystal, ébahie.

– Je vis ici depuis l'enfance et je ne m'en lasse pas, répondit le Dr États en se tournant vers les alchimistes derrière lui. Permettez-moi de vous présenter mes collègues. Voici le Dr Enzyme, directeur de biologie, le Dr Ébullition, directeur du laboratoire de chimie, et le Dr Égal, directeur des mathématiques. Le Dr Estuaire et le Dr Enveloppe dirigent l'une la géographie et l'autre la physiologie. Le Dr Étoile pilote l'astronomie et le Dr Épi, la botanique. Le Dr Éclair est directeur de la météorologie et le Dr Ethnie, du secteur d'anthropologie. Voici aussi le Dr Érosion, directeur de géologie, le Dr Élan, directeur de zoologie, et enfin le Dr Élytre, directeur d'entomologie.

Tous ces alchimistes portaient des robes longues et des chapeaux pointus en tissu d'or, d'argent ou de bronze. La seule exception était le Dr Élytre, qui arborait un nid de guêpes sur sa tête, tout autour duquel vrombissaient de véritables guêpes. Les tenues des autres alchimistes étaient brodées de symboles et d'équations correspondant à leurs sciences respectives, tout comme celle du Dr États. Mais la plupart d'entre eux, contrairement à ce dernier, étaient de beaux jeunes hommes, pour certains à peine plus âgés que Brystal. Le Dr Estuaire, à la tête de la géographie, était la seule jeune femme parmi eux. Ses courts cheveux argentés étaient assortis à sa robe et elle portait des petites boussoles en guise de boucles d'oreilles.

Au premier coup d'œil sur les guêpes, Mandarina tomba immédiatement sous le charme du Dr Élytre. Elle s'avança directement au côté du jeune alchimiste, d'un pas joueur.

– Eh bien, bonjour à vous, cher monsieur, dit-elle. Je suis Mandarina Turkin. *Mademoiselle* Mandarina Turkin.

Elle tendit la main au Dr Élytre en battant des cils. L'alchimiste resta tellement fasciné par les abeilles qui entraient et sortaient de sa chevelure orange qu'il ne remarqua même pas son geste.

– Je n'avais jamais vu auparavant de colonie eusociale vivant dans des cheveux humains, lança le Dr Élytre. Pourrais-je prendre une de vos abeilles pour l'étudier ?

– Invitez-moi peut-être d'abord à déjeuner ? répondit-elle avec un clin d'œil coquin.

Emerelda se racla la gorge.

– Mandarina, n'oublie pas pourquoi nous sommes là.

– À ce propos, où sont les autres représentants ? s'interrogea Brystal.

– Vous êtes les premières arrivées, répondit le Dr États. J'imagine que les autres n'ont pas montré la même disposition que vous à monter à bord de nos véhicules mécaniques... La prudence humaine peut être si pénible quand il y a un programme à suivre. J'imagine que nous aurons un peu de temps à tuer avant que les autres ne nous rejoignent. Souhaiteriez-vous, mesdemoiselles, visiter l'institut en attendant ?

– Absolument ! s'exclama Suture.

– Je me demandais bien quand vous alliez nous le proposer ! renchérit Germine.

Fées et sorcières suivirent les alchimistes le long d'un chemin sinueux menant au campus. En route, elles durent traverser un rouage géant qui tournait comme une arche rotative. Un message de bienvenue était gravé dessus :

INSTITUT D'ALCHIMIE,

LÀ OÙ L'INNOVATION EXCEPTIONNELLE RENCONTRE L'IMAGINATION EXTRAORDINAIRE

Pour la première étape de la visite, le Dr États conduisit les fées et les sorcières dans un bâtiment en bronze au centre du campus. L'entrée arborait l'inscription *E = mc2* et s'ouvrait sur une salle très haute de plafond, aux murs blancs sans fenêtre.

À l'intérieur, elles durent sans cesse s'écarter ou se baisser pour éviter les objets de couleurs qui filaient dans les airs. Des milliers de ballons rouge vif rebondissaient de mur en mur, des centaines de yo-yo jaunes tombaient de la hauteur du plafond avant de remonter de manière répétitive, et des tonnes de petits trombones volaient d'un coin à l'autre sous l'effet d'aimants de différentes tailles.

En marchant dans la pièce, le Dr États évitait comme par miracle tous les objets en mouvement, comme s'il était protégé par un bouclier magique. L'alchimiste donna un coup de canne sur le sol et tous les ballons, yo-yo et trombones se figèrent.

– Nous sommes ici au département de physique, où nous étudions les lois du mouvement. Gravité, propulsion, charge magnétique, comprendre *pourquoi* et *comment* un objet se déplace est un des grands principes fondamentaux de la science.

En plus des objets colorés, la pièce renfermait une équipe de travailleurs bien particuliers. Une douzaine de petits personnages aux larges visages rectangulaires évoluaient autour du département, prenant des notes et mesurant les ballons, yo-yo et trombones immobilisés. Cependant, à l'instar des oiseaux qui avaient tracté le vaisseau flottant, ces ouvriers étaient entièrement métalliques ! Ils se déplaçaient dans l'espace propulsés par des rouages qui tournaient à l'intérieur de leurs torses creux, et à l'aide de ressorts fixés sous leurs pieds.

– Ce sont des *personnes* ? demanda Brystal, estomaquée.

– Nous les appelons des « Magbots », ou robots magiques, expliqua le Dr États. Les Magbots sont un exemple parfait du génie de l'alchimie. Grâce à une ingénierie complexe et à un brin de magie, nous avons créé ces assistants parfaits pour nous épauler dans nos recherches. Les Magbots se consacrent exclusivement au travail et ne nécessitent ni nourriture ni sommeil pour fonctionner, juste un peu d'huile et un coup de vernis de temps en temps. Vous en croiserez souvent à l'institut.

L'alchimiste donna un coup de canne sur le sol et tous les ballons, yo-yo et trombones reprirent leur course à travers la pièce.

Après la visite du département de physique, le Dr Ébullition conduisit les fées et les sorcières jusqu'au laboratoire de chimie voisin. Celui-ci était rempli de longs serpentins de verre qui s'étiraient, bouclaient et zigzaguaient à travers de vastes paillasses. Les filles furent prises de vertige à suivre les gaz et liquides colorés des produits chimiques qui se déplaçaient dans les tubes à différentes vitesses. Chaque tomette du sol carrelé portait une abréviation telle que *He*, *Ti* ou *Ca*. Les filles remarquèrent que ces carreaux sous leurs pieds contenaient tous un solide, un liquide ou un gaz différents.

– Qu'est-ce qu'il y a l'intérieur de ces carreaux ? demanda Emerelda.

– Ils renferment tous un élément du tableau périodique, répondit le Dr Ébullition. Imaginez les éléments comme des petites briques. Tout ce que contient l'univers connu, de l'oxygène que nous respirons aux rochers du fond de l'océan, est un assemblage de ces briques.

– Ooooooh, et ce joli élément-là ? demanda Mandarina.

Elle pointait du doigt quelque chose qui évoquait plus une *étincelle* qu'un solide, un liquide ou un gaz.

– C'est *Ma*, la magie.

– La magie est un élément ? demanda Brystal.

L'alchimiste acquiesça.

– Elle ne ressemble à aucun élément du tableau périodique. Ses atomes ne sont pas composés d'électrons, de protons et de neutrons ordinaires, mais d'une particule que nous appelons « magtron ». Les magtrons peuvent se transformer en autant d'électrons, de protons et de neutrons qu'ils le veulent, si bien que *Ma* peut se transformer en l'élément qu'elle souhaite. *Ma* se retrouve dans le sang des personnes et des animaux doués de magie, mais jusqu'à présent nous n'avons jamais su la reproduire.

– Ah ! s'exclama Lucy, c'est comme le talent.

Ensuite, les fées et les sorcières visitèrent la salle de biologie. Les filles furent très surprises de voir qu'elle ressemblait à une gigantesque prison. Trois étages de cellules entouraient un immense microscope, et chaque cellule contenait une créature hideuse à la forme étrange.

Certaines étaient rondes et spongieuses, d'autres arboraient de longues queues ou des milliers de poils tremblotants.

– C'est une prison pour monstres ? demanda Suture avec un sourire enthousiaste.

– C'est un complexe de confinement pour micro-organismes agrandis par magie, répondit le Dr Enzyme.

– Vous pourriez simplifier ? demanda Germine.

– Des cellules pour des cellules. Il est bien plus aisé d'étudier des micro-organismes quand ils ne sont pas si micro, aussi nous les agrandissons par magie. La plupart de ces cellules proviennent d'êtres humains, d'autres, d'animaux, mais il y a quelques trouble-fêtes, comme les virus et les bactéries.

Un micro-organisme ressemblant à un oursin géant se mit à grogner à l'encontre de Lucy.

– C'est quoi, ce micro-organisme-là ? demanda-t-elle.

– C'est Carole, le rhume banal. À votre place, je garderais mes distances. Elle mord.

Après la biologie, le Dr Élytre offrit une visite du département d'entomologie. Quatre de ses cinq murs abritaient des colonies de fourmis, d'abeilles, de termites et de guêpes. Le cinquième mur était une toile géante sur laquelle étaient accrochés des milliers d'insectes exotiques. En s'approchant, les filles remarquèrent que les insectes n'étaient pas punaisés ; on les avait dressés pour qu'ils restent parfaitement immobiles. Au plafond, des toiles abritaient des milliers d'espèces d'araignées. Un million de papillons volaient autour d'une grande lanterne, éclairant la salle comme un chandelier scintillant.

Au centre, une loupe immense servait de table, autour de laquelle le Dr Élytre invita les fées et les sorcières à s'asseoir.

– La plupart des gens ont la phobie des insectes, mais ceux-là sont pourtant essentiels à notre survie. Sans les abeilles et les papillons, pas de pollinisation des plantes. Sans vers de terre ni mille-pattes, pas d'aération des sols. Et sans prédateurs tels que les libellules et les araignées, la Terre serait dominée par les nuisibles. Oh ! non, Amy et Tina sont encore en train de se battre ! Excusez-moi !

L'alchimiste se précipita pour récupérer la reine des fourmis et la reine des termites qui s'étaient échappées de leurs colonies.

– Vous avez donné un nom à tous ces insectes ? demanda Marina.

– À chacun d'entre eux, annonça fièrement le Dr Élytre. Et ils ont tous une personnalité et des hobbies différents !

L'alchimiste prit une poignée d'insectes de la grande toile et les plaça sous la loupe géante à l'attention des filles.

– Voici Lori, la coccinelle. Elle adore les romans d'amour. Gary la sauterelle est obsédée par les paris. Nous avons Betty le bousier, qui a des tocs terribles. Et Derrick le cousin, un excellent danseur de claquettes. Il y a aussi Mandy, la mante religieuse. Elle est très conservatrice, alors il ne faut pas parler politique avec elle...

Clac ! Emerelda venait d'aplatir un moustique qui avait atterri sur sa nuque. Le Dr Élytre écarquilla des yeux horrifiés.

– Mitchell !... Il allait bientôt terminer ses études de médecine !

– Oups, s'excusa Emerelda en l'essuyant sur son pantalon. Pardon, Mitchell.

Chassées du département d'entomologie, les fées et les sorcières furent escortées par le Dr Élan jusqu'à la zoologie. C'était une immense volière, pas seulement pour des oiseaux mais aussi pour de nombreux animaux dont les filles n'avaient jamais entendu parler. Des aigles volaient au-dessus d'arbres artificiels, des singes se balançaient à des lianes artificielles, des lions rôdaient à travers des plaines artificielles et des éléphants se baignaient dans des cours d'eau artificiels, à côté d'aquariums gigantesques capables de contenir à la fois une baleine bleue et un calamar géant ; les ennemis naturels s'échangeaient des regards noirs d'une extrémité à l'autre. Elles virent un loup marchant debout tel un être humain, un dauphin à pattes courant après un bâton, et un tigre doté de pouces opposables qui grimpait très lentement à un arbre.

– Si nous sommes très fiers d'étudier des espèces préexistantes, la magie nous permet de créer nos propres espèces hybrides. Voici un *loup-garour*, par ici un *dauchien*, et enfin un *tigresseux*.

– Un *tigresseux* ? demanda Suture.

– Oui, très dangereux, mais trop paresseux pour attaquer.

– Comment faites-vous pour éviter que les animaux ne se jettent les uns sur les autres ? demanda Brystal.

– C'est simple, nous les nourrissons et ils n'attaquent pas.

– C'est drôle, on fait pareil avec Lucy, lança Mandarina.

– Non mais ! s'insurgea la sorcière.

Quand les filles eurent terminé d'explorer le département de zoologie, le Dr Épi les conduisit à une immense serre de cinq étages. La botanique abritait toutes les plantes imaginables, des légumes que Brystal cultivait autrefois dans son jardin familial aux attrape-mouches que les filles avaient vus dans le canyon florissant. Les Magbots arrosaient et taillaient les plantes, mais étrangement ils jouaient également du piano, du violon et du tuba à la faune.

– Pourquoi les Magbots leur jouent-ils de la musique ? demanda Brystal.

– Nous avons découvert que les plantes se développent plus rapidement et sont plus résistantes lorsqu'elles sont exposées à de la musique classique.

Dans un coin de la serre, un des Magbots se tenait sur une petite estrade et récitait des blagues dans un micro.

– Que font deux plantes qui se rencontrent ? énonça-t-il d'une voix atone, sans vie.

– Quoi donc ? répondirent les autres Magbots.

– Elles prennent un pot.

– Ha ! Ha ! Ha ! Ha !

Le rire éteint des Magbots résonna dans toute la serre. Les fées et les sorcières se sentirent gênées.

– Ça sort d'où, ces mauvaises blagues ? demanda Lucy.

– Nous avons découvert que certaines plantes adoraient le mauvais stand-up, expliqua le Dr Épi.

– Je comprends mieux le potager en pleine forme de Mme Vee, en conclut Emerelda.

Fées et sorcières quittèrent la serre de botanique aussi vite que possible, et le Dr Enveloppe les guida jusqu'à un immeuble de neuf étages qui avait la forme d'un être humain. Le chemin serpentait autour du département de physiologie dont l'entrée se faisait par le sommet du bâtiment – ou plutôt par la « bouche ». Une fois à l'intérieur, fées et sorcières furent choquées de voir qu'il s'agissait d'une réplique anatomiquement correcte d'un corps humain. Elles montèrent à bord d'une petite embarcation qui descendait le long de la gorge et dans le tube digestif, tel un morceau de nourriture. Tandis qu'elles naviguaient à travers l'édifice, le Dr Enveloppe leur montra les différentes parties du corps.

– Voici la vésicule biliaire, au-dessus de nous se trouve le foie, derrière nous, les reins, et juste après, le pancréas. Chaque partie du corps est en réalité une pièce qui sert à étudier l'organe, le muscle ou la glande concernée. Maintenant, accrochez-vous ! Nous allons pénétrer dans le grand intestin, ça va secouer !

– J'ai hâte de voir comment se termine cette virée, si vous voyez ce que je veux dire ! lança Suture avec un sourire impatient.

– Espérons qu'il y ait une boutique de souvenirs, murmura Mandarina au reste du groupe.

Au fil de la visite de l'Institut d'alchimie, les fées et les sorcières trouvèrent les départements de plus en plus fascinants. La météorologie se situait dans une tour dont toutes les portes étaient équipées de thermomètres et dont le toit se déployait en un immense parapluie.

À chaque étage se déchaînait une tempête différente. Pendant qu'ils étudiaient les phénomènes climatiques, les pauvres Magbots étaient malmenés par d'énormes tourbillons, arrosés par des pluies tropicales, gelés par des tempêtes de glace et foudroyés par des éclairs.

Dans le secteur des mathématiques, des dizaines de Magbots étaient assis à leur bureau, occupés à résoudre des équations complexes à la main et à manipuler des billes sur des bouliers. Les murs servaient de tableaux noirs dont chaque centimètre carré était recouvert par un nombre interminable que le Dr Égal appelait « pi ». Le nombre commençait par *3,14159265* et se prolongeait par des milliers et des milliers de chiffres. Un morceau de craie flottant continuait d'ajouter des chiffres après la virgule, et tandis que l'équation grossissait, les murs en tableau noir s'ajustaient par magie.

Le centre d'anthropologie était une immense caverne décorée d'empreintes de mains et de peintures rupestres. On y exposait également de nombreux fossiles qui s'animaient par magie. Des crânes parlants racontaient aux Magbots tout sur *l'époque* et *le lieu* d'où ils venaient, des trilobites se débattaient pour se libérer du carcan de pierre qui les emprisonnait, et des structures préhistoriques y étaient reconstituées à partir de gravats, à l'aide d'outils d'époque. Des squelettes d'hommes des cavernes se battaient contre des squelettes de dinosaures et de mammouths sous le regard attentif des Magbots qui annotaient leurs interactions.

Le département de géographie évoquait une salle de bal. Devant des rideaux imprimés de grandes cartes et de drapeaux, un chandelier scintillant composé de boussoles éclairait un escalier monumental d'atlas empilés. Une magnifique mappemonde en argent trônait au centre, et sous l'effet d'une épingle magique, le sol se soulevait puis se creusait en différents endroits sur une grande étendue, comme une réplique miniature des différentes sortes de terrains.

La partie la plus incroyable de la visite fut toutefois ce que les fées et les sorcières apprirent à l'observatoire astronomique. Ce dernier se trouvait sous un immense dôme équipé d'un télescope en or haut de six étages. Des hologrammes magiques de planètes lointaines, d'étoiles et de galaxies flottaient dans le ciel alentour. Les hologrammes étaient si réalistes que les filles se cachèrent derrière eux pour se protéger des comètes et des pluies de météorites qui filaient par surprise.

– Huit planètes sont en orbite autour de notre étoile, plus de cent mille millions d'étoiles évoluent dans notre galaxie, et on estime à cent vingt milliards le nombre de galaxies dans notre univers, expliqua avec enthousiasme le Dr Étoile aux jeunes femmes. Cela signifie qu'il pourrait y avoir plus de sept cents trillions de planètes ! Et certaines seraient exactement comme la nôtre !

– Vous voulez dire qu'il pourrait y avoir une vie sur d'autres planètes ? demanda Emerelda.

– Pas seulement sur d'autres planètes. Si nous ne pouvons pas encore le prouver, des indices suggèrent qu'il existe un nombre infini de multivers, de dimensions tout aussi infinies !

Brystal en eut la chair de poule, mais elle ne fut pas surprise du tout. Elle repensa à sa visite du champ gris entre la vie et le grand inconnu. Même des trillions paraissaient un ordre trop petit pour définir les planètes, les étoiles et les galaxies qu'elle avait vues. Il y en avait certainement trop pour un seul univers.

– Waouh ! d'autres dimensions, songea-t-elle à haute voix. Comme ce serait beau.

Après l'astronomie, le Dr Érosion les conduisit au département de géologie. Hélas, la dernière étape de la visite fut la plus décevante. Le département de géologie était une pièce étroite avec deux piles de cailloux... et *seulement* deux piles de cailloux.

– Bonjour tristesse... lança Lucy.

– Il doit se passer quelque chose ? demanda Mandarina.

– Toutes les sciences ne peuvent pas être amusantes, répondit le Dr Érosion. Certains disent d'ailleurs que la géologie les laisse de marbre. (L'alchimiste se tapa le genou en hurlant de rire.) Vous avez compris ? Parce que le marbre, c'est littéralement de la géologie !

Fées et sorcières soupirèrent d'une seule voix.

– Et moi qui croyais que les pierres étaient mauvais public, ajouta le Dr Érosion, qui rit encore.

– Vous êtes sûr que la botanique ne vous irait pas mieux ? demanda Emerelda.

Par chance, les fées et les sorcières furent sauvées de l'humour douteux de l'alchimiste par le son d'un carillon qui retentit dans tout l'institut. Elles en ignoraient la signification, mais tous les alchimistes sortirent. Tout le monde se tourna vers l'entrée et aperçut à l'horizon de nouveaux vaisseaux flottants en approche.

– Magnifique, les autres représentants commencent à arriver, déclara le Dr États. Mesdemoiselles, si vous voulez bien m'excuser tandis que nous saluons nos invités. Docteur Érosion, auriez-vous l'amabilité d'escorter les fées et les sorcières dans la salle de conférence ? Nous entamerons la Conférence des rois dès que tout le monde sera là.

Le Dr États et les alchimistes se dirigèrent vers la piste d'atterrissage pendant que le Dr Érosion conduisait les filles au cœur du campus. En chemin, Lucy tira Brystal de côté pour un petit aparté.

– Alors, qu'est-ce que tu en penses ? murmura-t-elle. C'est le Temple du Savoir ?

– Je n'en suis pas sûre. D'un côté, il y a très certainement beaucoup de savoir ici, mais de l'autre, le lieu ne correspond pas à la légende. Il n'y a pas de guerriers singuliers pour le protéger, et on entre dans tous les départements comme dans un moulin.

– Peut-être que la légende est exagérée pour tenir les indésirables à distance ?

– Possible. Si tout se passe bien pendant la conférence, je vais demander au Dr Estuaire si elle n'a jamais entendu parler du Temple du Savoir.

– Tu crois qu'elle répondra sincèrement ?

– Probablement pas, mais je sais en général quand les gens mentent. Si elle ne nous donne pas l'information de son plein gré, nous pénétrerons dans le département de géographie après le colloque, et nous trouverons la réponse nous-mêmes.

Fées et sorcières se dirigèrent vers la salle de conférence pendant que les vaisseaux flottants commençaient à atterrir ; les passagers qui en descendirent captèrent leur attention.

Le premier n'était autre que le roi Blanc du royaume du Nord. Les fées le reconnurent instantanément à ses cheveux noirs et sa beauté brute. Il avait beau être monté sur le trône deux ans auparavant, il continuait de porter son même uniforme de chevalier.

Le suivant fut le roi Vatenguerre du royaume de l'Ouest. Un chapeau à plumes tape-à-l'œil couvrait son crâne chauve et sa moustache avait tant poussé qu'elle lui cachait la bouche. Les rois Blanc et Vatenguerre étaient accompagnés chacun de deux chevaliers en armes.

Les rois furent suivis par la reine Endustria du royaume de l'Est. La vieille reine portait une robe en tissu métallique en hommage à la principale exportation de son royaume, et ses cheveux blancs étaient coiffés d'une parure en argent qui ressemblait aux mâchoires d'une clé à griffe. Le visage pâle et ridé, elle marchait lentement, s'appuyant sur une canne. La reine Endustria était accompagnée d'un chevalier et de sa petite-fille, la princesse Proxima. Cette dernière arborait une robe et une coiffure tout à fait semblables à celles de sa grand-mère, et même si plusieurs décennies les séparaient, leur air de famille était particulièrement prononcé.

Le quatrième souverain fut le chef du territoire gobelin. Si les gobelins se caractérisaient par leur peau verte luisante, leurs oreilles pointues et leurs ongles acérés, l'ancien gobelin ne faisait pas exception à la règle. Il voyageait en compagnie de deux guerriers, l'un mâle, l'autre femelle. Armée d'un grand bâton, la gobeline, qui mesurait environ deux mètres dix, avait une carrure très musclée et portait des cheveux roses en bataille, une armure et un plastron métallique rond.

Très vite après l'arrivée des gobelins, le cinquième vaisseau toucha terre et le chef troll en sortit. Le dirigeant du territoire troll voyageait également avec deux gardes pour sa protection. Les trolls étaient plus difficiles à distinguer que les gobelins. Tous les trois étaient petits et poilus, avec un gros nez, de grandes dents, de grands pieds et des petites cornes.

Le sixième vaisseau atterrit à l'institut et le roi Elvin, souverain du territoire elfe, en descendit. Contrairement aux autres elfes, qui étaient traditionnellement petits et menus, la famille royale était grande, avec des épaules carrées. Le roi arborait de longs cheveux noirs et portait une grande couronne de branches d'arbres, avec un costume à damier noir et blanc. Malheureusement, les elfes étaient connus pour leurs piètres talents de tailleur, et les manches et les jambes de pantalon du roi étaient asymétriques. Le roi Elvin n'était accompagné que d'une seule personne, son fils aîné, le prince Elron. Le prince était le portrait craché de son père, mais il portait une couronne beaucoup plus petite faite de brindilles.

Ensuite, les fées furent ravies de voir que le père adoptif d'Emerelda, M. Lauze, avait été choisi pour représenter les nains. Il arriva dans le septième vaisseau avec deux acolytes. Tous trois semblaient à peine sortis du travail, car ils étaient recouverts de poussière, leurs piolets à la main.

Le huitième vaisseau atterrit immédiatement après celui des nains, ne transportant qu'un ogre seul. Ce dernier tenait à peine dans la nacelle et eut bien du mal à s'en extirper. Il mesurait près de trois mètres et avait une peau brune et rugueuse, un os ornant son gros nez. L'ogre était le seul représentant que les fées n'avaient jamais rencontré auparavant. Comme elles, il semblait ne pas savoir ce qu'il faisait là.

À l'instar des fées et des sorcières, tous les représentants restèrent bouche bée en posant les yeux pour la première fois sur l'Institut d'alchimie. Immobiles, le regard passant de département en département, ils ne remarquèrent même pas leurs homologues debout à côté d'eux.

Brystal fut soulagée de voir tous les dirigeants réunis. Si elles avaient eu des différends par le passé, en particulier avec les trolls et les gobelins, les fées étaient en bons termes avec les représentants. À vrai dire, c'était grâce à Brystal que les elfes, trolls, gobelins et nains avaient chacun un territoire dédié. Elle était convaincue que la Conférence des rois ne serait qu'une formalité et qu'ils en viendraient à une conclusion peu compromettante pour la vie de Xanthous.

Hélas, elle comprit rapidement que son soulagement était prématuré, car un neuvième vaisseau apparut dans le ciel. Quand il atterrit sur la piste à côté des autres, l'on ouvrit à coups de pied la portière avant même que le véhicule ne soit totalement à l'arrêt. Au désespoir des fées et des sorcières, le Juste Empereur descendit, accompagné de son Haut Commandant et du plus imposant squelette de son armée des Morts.

– Qu'est-ce qu'il fait là, lui ? cria Lucy.

– Il a été invité tout comme vous, répondit le Dr Érosion.

– Comment avez-vous pu l'inviter, celui-là ? s'écria Emerelda. C'est un monstre !

– Qu'importe ses tactiques cruelles, le Juste Empereur reste le dirigeant du Sud. L'objectif principal de la Conférence des rois, c'est la diplomatie, et il ne serait pas très diplomatique d'exclure quelqu'un simplement parce que nous ne sommes pas d'accord avec lui.

Contrairement aux autres souverains, Sept regarda l'institut de la même façon qu'il regardait le reste : comme une cible à conquérir. La simple vue de son visage arrogant mit Brystal en ébullition.

– Je crois que cette conférence va être tout sauf diplomatique.

CHAPITRE 8

LA CONFÉRENCE DES ROIS

La conférence se tint dans une grande salle circulaire au sommet du plus haut bâtiment de l'institut. De là, les invités profitaient d'un panorama imprenable sur le campus alentour, une imposante sphère armillaire tournant directement au-dessus de leurs têtes et l'océan étincelant s'étirant à perte de vue. La beauté du paysage, cependant, ne suffit pas à calmer le climat entre les représentants. La splendeur et la majesté de l'Institut d'alchimie ne valaient rien face au ressentiment collectif qu'éprouvèrent les invités à l'encontre du Juste Empereur. Dès son arrivée, Sept occupa toutes leurs pensées. Les représentants durent mettre à contribution toute leur maîtrise de soi pour ne pas attaquer l'empereur. Même la vieille reine Endustria semblait prête à faire parler les poings.

Brystal, Lucy et les autres représentants siégeaient autour d'une grande table ronde, tandis que leur escorte se tenait debout à côté d'eux. Le Dr États occupait le douzième siège autour de la table devant les autres alchimistes, en rangs serrés derrière lui.

– Avant que nous ne commencions, je souhaite tous vous remercier de nous avoir rejoints aujourd'hui.

Lucy plaqua violemment les deux mains sur la table et jeta un regard noir à Sept.

– Comment avez-vous pu inviter ce monstre ici ? Il se fiche de *protéger* la planète ! Il cherche à conquérir le monde avec une armée de soldats morts !

Tout le monde dans la pièce donna de la voix, approuvant les déclarations de Lucy. Un sourire arrogant se dessina sur le visage du Juste Empereur tandis qu'il observait ses partenaires critiquant sa présence. Il se cala sur sa chaise et mit les pieds sur la table, profitant de chaque instant de cette contestation. Le Dr États leva la main pour faire taire l'assemblée.

– Je comprends votre agacement, répondit l'alchimiste. Cependant, la crise actuelle prévaut sur tout conflit entre nous. Je vous fais confiance pour résoudre vos différends en temps voulu, mais pour l'heure, nous devons collaborer afin de sauver notre seule planète.

Les représentants se renfoncèrent dans leur siège avec amertume et se turent.

– Bien, y a-t-il d'autres sujets que nous devrions aborder avant de commencer ? demanda le Dr États.

L'ogre leva timidement la main.

– J'ai une question. *Pourquoi je suis là ?* Je n'ai jamais dirigé personne et ne me suis jamais assis sur un trône de ma vie. Je n'ai même pas de meubles !

– Vous êtes le seul parmi les ogres qui ait accepté de venir.

L'ogre haussa les épaules.

– Compris. Continuez.

Le Dr États donna un coup de canne sur le sol, et les rideaux se refermèrent tout seuls, plongeant la salle dans le noir. L'alchimiste fit un signe de tête au Dr Estuaire, qui déroula une carte sur la table. Dès que le plan fut dévoilé, une représentation du monde jaillit en trois dimensions du parchemin. L'image se centra sur le royaume de l'Est et, très vite, une réplique en miniature de Poignefer apparut sur la table. Les dirigeants furent émerveillés par ce diorama magique.

– Dans de telles situations, je crois qu'il vaut mieux commencer par les faits, déclara le Dr États. Une fois que tous seront exposés, nous pourrons tirer des conclusions probables, de manière à aborder les inconnues ou répondre à toutes les questions restantes. Et une fois que nous serons sur la même longueur d'onde, nous pourrons trouver différentes solutions au problème et voter pour la meilleure.

Le projet de l'alchimiste paraissait si raisonnable que les représentants acquiescèrent.

– Passons donc aux faits. La nuit dernière, à minuit dix exactement, un feu s'est déclaré dans le sous-sol de l'Hôtel de la Cuivresse dans le centre-ville de Poignefer. L'incendie s'est rapidement propagé à la ville puis à la campagne de l'Est. Plus d'une centaine d'habitations et plus de cent vingt mille hectares de terrain sont partis en fumée en l'espace de quelques *minutes*.

Au fil du récit du Dr États, un feu se déplaçait sur le diorama de Poignefer, détruisant tout sur son passage. Cette reconstitution fit frémir la reine Endustria.

– C'est la plus grande tragédie de l'histoire de mon royaume, déclara-t-elle. L'incendie n'était qu'à deux rues du palais de l'Est. S'il ne s'était pas propagé vers l'Ouest, enjambant la rivière, la princesse Proxima et moi-même aurions été brûlées vives.

– Le feu a notamment avancé plus vite et brûlé plus fort que tout incendie jamais enregistré, poursuivit le Dr États. Sur une échelle de un à dix, un étant une bougie allumée et dix, une éruption volcanique, la chaleur émise par l'incendie de la nuit dernière était de quinze. À l'heure qu'il est, nous ne sommes pas sûrs de qui ou ce qui a provoqué ce feu anormal. Ce que nous savons, c'est que Xanthous Deschamps, une fée spécialisée dans le feu, dormait à l'Hôtel de la Cuivresse lorsque l'incendie s'est déclaré. Nous savons également que le feu s'est allumé dans la chambre de M. Deschamps et l'a suivi alors qu'il traversait la ville et filait vers la campagne. Un autre fait est que l'incendie a cessé à Poignefer à la seconde où M. Deschamps n'y était plus.

– Eh bien, voilà qui est réglé, conclut le roi Vatenguerre. Ce garçon est de toute évidence le responsable.

– Non, ce n'était pas la faute de Xanthous ! s'exclama Emerelda. J'étais là ! Je l'ai vu de mes propres yeux ! Le feu se déplaçait dans la ville parce qu'il le pourchassait ! Ce n'était pas l'effet de sa magie !

– Mais quoi d'autre aurait pu provoquer un tel désastre ? demanda le chef troll.

Une fois encore, le Dr États leva la main et le silence se fit dans la salle.

– S'il vous plaît, je sais qu'il s'agit d'un sujet sensible, mais laissez-moi présenter tous les faits avant de tirer des conclusions. Si je n'accuse M. Deschamps de rien pour le moment, il convient de souligner qu'il a un passif de perte de contrôle de ses pouvoirs. Il y a deux ans, il a provoqué un feu de forêt immense dans les collines du Nord-Ouest, au royaume du Sud. Et ce feu avait également suivi ses déplacements. Cela avait obligé son mentor aujourd'hui disparu, Madame Mûredutemps, à bloquer temporairement ses pouvoirs magiques. La nuit dernière, pour des raisons qui nous sont inconnues, le feu à Poignefer s'est éteint peu avant la frontière du territoire troll. Et la dernière fois qu'il a été vu, M. Deschamps allait dans cette direction.

Les représentants échangèrent un regard grave. Un sentiment de malaise grandit au fond de Brystal ; convaincre ses pairs de l'innocence de Xanthous allait être plus ardu qu'elle ne l'avait espéré.

– Où se trouve le garçon à présent ? demanda le roi Blanc.

– Nous l'ignorons, répondit le Dr États. Personne ne l'a vu ni n'a eu de ses nouvelles depuis hier soir.

– S'il est innocent, pourquoi se cache-t-il ? demanda l'ancien gobelin.

– De toute évidence, il craint qu'on ne l'accuse d'avoir allumé ce feu, répondit Brystal. Écoutez, je sais que les faits sont contre lui, mais je connais Xanthous. Il ne ferait jamais une chose pareille ! Et cela fait des années qu'il n'a plus perdu la maîtrise de ses pouvoirs !

– Ses intentions ne sont pas le problème, répondit le Dr États. Qu'il soit intentionnel ou non, le feu s'est bel et bien déclaré. Cette conférence a pour but d'éviter que ce phénomène ne se répète.

– Personnellement, je ne vois pas d'autre explication logique, lança le roi Elvin. Surtout si ce garçon a un passif d'incendiaire. La coïncidence serait trop forte.

– J'ai bien peur d'être d'accord, ajouta M. Lauze.

– Papa ! s'écria Emerelda.

– Je suis désolé, Em. Si ton ami n'a pas provoqué le feu, alors d'où venait-il ?

Les fées et les sorcières regardèrent autour d'elles, cherchant désespérément une explication qui contredirait les preuves, mais rien ne leur vint. Puis le regard de Brystal glissa vers le sourire malveillant de Sept et il lui vint une idée.

– Nous l'ignorons, mais permettez-moi de vous exposer certains faits, lança-t-elle pour l'ensemble de la salle. De nombreuses personnes dans ce monde détestent le Conseil des fées. À vrai dire, certains dans cette pièce sont décidés à détruire tout ce pour quoi il se bat. Alors il n'est pas difficile d'envisager qu'un ennemi souhaiterait s'en prendre à l'un d'entre nous. Et si quelqu'un comptait attaquer Poignefer avec un nouveau type de feu, Xanthous serait le bouc émissaire tout désigné. Si vous voulez mon avis, la coïncidence de l'incendie est particulièrement suspecte. Il devait être en préparation depuis des mois ! Peut-être même des années !

Les représentants se grattèrent la tête en étudiant la théorie de Brystal. Elle avait beau s'être montrée convaincante, visiblement cela n'avait pas suffi à les persuader. Le Dr États se racla la gorge pour attirer l'attention.

– Puisque la Bonne Fée a présenté ses conclusions, permettez-moi de présenter les nôtres. Compte tenu de nos informations, mes collègues et moi-même estimons que les pouvoirs de M. Deschamps ont évolué au point de le dépasser. Par chance, il a su éteindre l'incendie avant que ce dernier ne passe en territoire troll, mais nous n'aurons sans doute pas cette chance la prochaine fois. Nous craignons que M. Deschamps ne provoque un nouvel incendie, probablement plus fort encore que celui de la nuit dernière, et si ce feu ne peut être arrêté, le monde entier périra.

Le diorama magique afficha la planète entière. Les représentants furent horrifiés en découvrant un puissant incendie consumant la totalité du continent et détruisant l'ensemble des royaumes et territoires. L'atmosphère s'emplit de fumée, rendant le ciel noir et les océans gris. Rien ne pourrait survivre à une telle catastrophe.

– Nous devons retrouver ce garçon sur-le-champ ! s'exclama le roi Blanc.

– Il doit être arrêté par tous les moyens nécessaires ! renchérit la reine Endustria.

– Attendez ! supplia Brystal. Je suis d'accord, nous devons faire tout ce qui est en notre pouvoir pour éviter une nouvelle catastrophe, mais nous ne sommes pas sûrs que Xanthous ait provoqué l'incendie ! Nous devons trouver d'autres preuves avant de prendre une décision !

Les autres représentants grommelèrent ou pouffèrent en entendant sa remarque.

– Qu'est-ce qu'il vous faut de plus ? demanda l'ancien gobelin.

– Les faits parlent d'eux-mêmes, ajouta le roi Elvin.

– Nous devons agir avant qu'il ne nous détruise tous ! conclut le chef troll.

Brystal n'était pas prête à baisser les bras, mais elle ne savait plus quoi dire.

– Avec tout le respect qui vous est dû, Bonne Fée, il convient que vous preniez de la distance par rapport à cette situation, lança le Dr États. Les plus grandes menaces pour le monde n'ont jamais été la famine, les catastrophes ni même la maladie, mais l'ignorance qui nous empêche de prévenir ces troubles. Depuis trop longtemps, la vérité lutte contre des gens trop entêtés pour l'accepter. Songez à la peine et à la souffrance que nous pourrions éviter si tout le monde mettait les faits au-dessus des émotions. Songez à toute la peine et la souffrance auxquelles vous auriez échappé.

Brystal restait sans voix. Elle repensa à sa vie passée dans une société de femmes opprimées et dans une communauté magique détestée par tout le monde. Brystal ne pouvait imaginer toute la détresse et la souffrance qu'elle aurait évitées si les personnes au pouvoir s'étaient attelées à trouver la vérité, plutôt que de répandre des mensonges et nourrir des préjugés. Et voilà qu'elle se rendait coupable de la même faute : elle était prête à ignorer les preuves pour protéger quelqu'un qu'elle chérissait. Si elle ne daignait même pas écouter les faits, valait-elle mieux que tous les Justiciers du royaume du Sud ? Ou que les hommes de clan de la Juste Confrérie ?

– Très bien. Alors, admettons que Xanthous ait accidentellement provoqué l'incendie. Comment l'empêcher d'en provoquer un nouveau ? Quelles solutions recommandez-vous ?

Les représentants gardèrent le silence, évitant de croiser le regard de Brystal. Elle voyait bien qu'ils avaient tous la même idée en tête, mais avaient peur de l'exprimer.

– Eh bien, si personne ne veut en parler, je m'en occupe, dit Sept. Évidemment, ce garçon doit être éliminé. C'est le seul moyen de garantir la sécurité du monde.

– Oh, la ferme, espèce d'assassin ! lança Lucy.

– Pour vous, tuer les fées est la réponse à tout ! cria Emerelda.

– Ai-je tort ? demanda Sept à l'auditoire. Vous l'avez dit vous-même, docteur États, Xanthous est incapable de maîtriser ses pouvoirs. Peu importe combien de fois ils ont été bloqués ou maîtrisés, l'histoire ne cesse de se répéter. Aussi, tant que Xanthous sera en vie, le monde sera toujours en danger.

Les fées et les sorcières levèrent les yeux au ciel face au ridicule de ses déclarations. Aucun autre représentant ne s'y opposa, cependant. En réalité, tous les rois de la conférence se regardèrent et se mirent à acquiescer timidement.

– Cela me fait mal de l'admettre, mais le Juste Empereur a raison, dit le roi Blanc.

– Votre Majesté ! s'écria Brystal. Vous ne parlez pas sérieusement !

– Pardonnez-moi, Bonne Fée. Le royaume du Nord vous sera toujours infiniment reconnaissant, à vous et au Conseil des fées, de l'avoir sauvé de la Reine des neiges, mais je ne peux en toute conscience rester planté là et permettre qu'un tel danger se présente. Cela ne fait aucun doute dans mon esprit : achever une vie pour sauver toute la vie sur terre est un sacrifice nécessaire.

– Je suis on ne peut plus d'accord, répondit la reine Endustria. Notre peuple attend que nous agissions. Nous devons faire tout le nécessaire pour le protéger.

– C'est bien vrai ! renchérit le roi Vatenguerre.

– Alors, procédons à un vote, conclut le Dr États. Que tous ceux en faveur de l'élimination de Xanthous Deschamps pour assurer la survie de la planète disent « oui ».

– Oui, dit le roi Blanc.

– Oui, dit le roi Vatenguerre.

– Oui, dit le roi Elvin.

– Absolument, oui, dit Sept avec un sourire mauvais.

– Oui, dit l'ancien gobelin.

– Oui, dit le chef troll.

– Oui, dit l'ogre.

– Eh bien, je dis *non* ! s'exclama Lucy. *Carrément non !*

La reine Endustria regarda la princesse Proxima par-dessus son épaule.

– Eh bien, qu'en est-il, ma chérie ?

– Grand-mère ? Vous voulez que moi, je vote ? demanda la princesse.

– Mon temps est compté. Tu siégeras sur le trône bien plus tôt que nous ne sommes prêtes à l'admettre. Ce n'est pas moi qui vivrai avec la décision d'aujourd'hui, c'est toi. Alors la décision te revient.

La princesse fut prise de court par cette responsabilité inattendue.

– Alors je vote « oui ». Nous ne pouvons pas laisser notre peuple revivre les atrocités de la nuit dernière.

M. Lauze soupira et hocha la tête tristement.

– Je suis vraiment désolé, Em, mais je ne vois pas d'alternative. Oui.

– Mes condoléances, mesdemoiselles, déclara le Dr États aux fées et aux sorcières. Le oui l'emporte.

En regardant autour de la table, Brystal se remémora sa bataille contre la Reine des neiges, et pas seulement à cause de la présence du roi Blanc. Le consensus des représentants était un nouveau monstre à vaincre.

– À présent, nous devons débattre de la méthode d'élimination, annonça le Dr États. Les alchimistes et moi-même sommes prêts à trouver ce garçon et à procéder à son exécution. Je dirigerais personnellement une équipe pour mener à bien cette tâche. Je souhaiterais employer la méthode la plus rapide et la plus humaine possible. De mon point de vue, il n'est pas nécessaire de rendre une situation douloureuse plus douloureuse encore en commettant un...

Brystal regarda tout autour d'elle dans la salle de conférence, cherchant à tout prix quelque chose, *n'importe quoi* qui permette de changer le cours des événements. Par chance, une idée lui vint, et elle n'arrivait pas à croire qu'elle allait le dire à haute voix :

– Attendez ! (Toute l'assemblée se tut.) Nous n'avons pas besoin de le tuer. Il existe un autre moyen d'empêcher à jamais Xanthous de provoquer un nouveau feu.

Les représentants et les alchimistes parurent troublés. Même les fées et les sorcières étaient impatientes de découvrir ce que Brystal avait en tête.

– Et que proposez-vous ? demanda le Dr États.

Brystal prit une profonde inspiration... C'était le moment ou jamais.

– En utilisant le *Livre des thaumaturges*.

– Qu'est-ce que le *Livre des thaumaturges* ? demanda le roi Vatenguerre.

– Le livre de sorts le plus puissant jamais créé. D'après la légende, il contient un sort qui peut ôter tous ses pouvoirs à quelqu'un. Si votre hypothèse se vérifie et que Xanthous est bien la source de l'incendie, nous pouvons utiliser le livre pour le priver de ses capacités magiques, et si mon hypothèse se vérifie et que Xanthous *n'est pas* le responsable, le livre nous permettra de vaincre la vraie cause de l'incendie.

Les représentants n'avaient jamais entendu parler de ce livre auparavant. Ils se tournèrent vers les alchimistes, attendant qu'ils en confirment l'existence. Toutefois les scientifiques, à peine amusés par la suggestion de Brystal, luttaient pour ne pas lui rire au nez.

– Bonne Fée, j'ai bien peur que le *Livre des thaumaturges* ne soit qu'une légende, répondit le Dr Ethnie. Depuis le temps que j'étudie l'Histoire, je suis tombé sur de nombreux mythes à son sujet, mais jamais sur une preuve de son existence.

– Pourtant, le *Livre des thaumaturges* existe bel et bien, intervint le Dr États.

Contrairement à ses collègues, le Dr États paraissait tout sauf amusé. L'alchimiste fixait Brystal avec un regard d'une extrême gravité, comme si elle venait de dévoiler quelque chose qu'elle n'était même pas censée connaître.

– Vous êtes sûr, monsieur ? demanda le Dr Éclair.

– Il est aussi réel que le nez sur ma figure.

Cette confirmation dérouta les autres alchimistes.

– Pourquoi ne nous l'avez-vous jamais dit auparavant ? demanda le Dr Ébullition.

– Parce que trop d'alchimistes talentueux ont perdu la vie à essayer de le trouver. Ce livre contient les sorts les plus puissants au monde. Et oui, la Bonne Fée a raison, le *Livre des thaumaturges* contient un sort qui permet d'ôter tous ses pouvoirs à quelqu'un. Mais il est impossible de mettre la main sur le livre, ce serait du suicide pour quiconque tenterait d'y parvenir.

– Avec tout le respect que je vous dois, docteur États, l'impossible est mon quotidien, rétorqua Brystal.

Fées et sorcières sifflèrent et claquèrent des doigts à sa remarque. Les représentants et les alchimistes furent plutôt surpris d'entendre une déclaration aussi effrontée dans la bouche de la Bonne Fée. Le Dr États parut intrigué par l'assurance de Brystal.

– Ma chère, êtes-vous consciente de ce qu'implique la recherche du *Livre des thaumaturges* ? Savez-vous où il se trouve ? Et quelles horreurs vous attendent à l'intérieur ?

Brystal acquiesça.

– Je sais qu'il se trouve dans le Temple du Savoir et que le temple est gardé par une tribu de guerriers singuliers. Je sais également qu'une fois à l'intérieur du temple il faut affronter des épreuves physiques, mentales et émotionnelles. Et que si l'on relève les défis avec succès, avant de pouvoir entrer dans la chambre qui renferme le *Livre des thaumaturges*, il faut encore vaincre la créature la plus dangereuse et mortelle qui ait jamais existé sur cette Terre.

Le climat de la conférence se fit très tendu. Les représentants se mirent à murmurer nerveusement, chacun spéculant sur la nature de cette créature.

– Cela n'a pas l'air si terrible que ça, dit l'ogre. Quelle est la créature la plus dangereuse de cette Terre ? Un ours ? Un lion ? Un loup ? Un de ces serpents qui vivent dans les toilettes ?

Tous les alchimistes se tournèrent vers le Dr Élan avec curiosité. Si quelqu'un connaissait la réponse, ce devait bien être le zoologiste.

– Un dragon, répondit-il en ravalant sa salive. Les dragons sont l'espèce la plus violente et destructrice qui ait jamais vécu. Ils se sont éteints il y a des milliers d'années, et bien que nous ayons la capacité d'en ramener à la vie, aucun zoologiste sain d'esprit ne songerait à faire une telle chose. Les dragons sont capables de faire des ravages. À vrai dire, la dernière fois que s'est tenue la Conférence des rois, nos ancêtres avaient décidé d'exterminer les dragons pour sauver la planète.

Toute l'assemblée frémit à l'évocation d'une créature aussi féroce.

– Et la Bonne Fée souhaite affronter un dragon pour sauver un ami ? demanda le roi Elvin.

Brystal croisa le regard des fées et des sorcières ; toutes savaient qu'elle avait d'autres raisons de convoiter le *Livre des thaumaturges*. Il représentait leur dernier espoir d'anéantir également l'armée des Morts.

– Xanthous ferait la même chose pour moi, répondit-elle. Mais j'ignore encore comment trouver le temple. Nous avons fouillé dans tous les coins du globe mais n'avons jamais rien trouvé de semblable. J'espérais que le Dr Estuaire puisse me mettre sur la bonne voie.

Le Dr Estuaire fut prise de court par sa requête.

– Je suis désolée, dit-elle. Je n'ai jamais entendu parler de ce temple avant aujourd'hui, et je ne l'ai jamais vu sur aucune de mes cartes.

– Parce qu'il ne se trouve sur aucune carte, intervint le Dr États. L'emplacement du temple est caché par une magie puissante. Si je ne l'ai jamais vu de mes propres yeux, je sais comment le trouver.

Les fées et les sorcières se redressèrent soudain, semblant grandir en même temps que leur moral.

– S'il vous plaît, docteur États, dites-le-nous ! supplia Emerelda.

– Nous vous en prions ! s'exclama Mandarina.

L'alchimiste hésita, pesant le pour et le contre.

– Vous êtes sûres de vouloir continuer ?

– Certaines, répondit Brystal. S'il y a la moindre chance que le *Livre des thaumaturges* nous aide à sauver la vie de Xanthous, je dois le trouver. Donnez-moi une semaine pour aller au temple et récupérer le livre. Et si je ne reviens pas, vous pourrez procéder à l'élimination comme prévu.

Le Dr États fixa Brystal, se frottant le menton pour réfléchir.

– Très bien. Si vous mettez la main sur le *Livre des thaumaturges* et ôtez à M. Deschamps ses pouvoirs magiques, nous lui laisserons la vie sauve. Cependant, nous ne pouvons pas nous permettre d'attendre une semaine, car il risque de provoquer un nouvel incendie. Nous devons procéder à l'élimination comme prévu et espérer que vous trouviez le livre avant que nous ne le localisions. Suis-je bien clair ?

Brystal eut la sensation d'un coup de poing dans le ventre. Elle n'aurait jamais cru que la pression pour trouver le *Livre des thaumaturges* puisse être encore plus forte, mais quelle alternative avait-elle ?

– Je comprends, répondit-elle.

Le Juste Empereur se raidissait un peu plus à chaque seconde. De toute évidence, le *Livre des thaumaturges* était l'ouvrage qu'elle recherchait dans la bibliothèque de Hautrige, mais c'était plusieurs jours avant l'incendie de Poignefer. Qu'importait ce qu'elle racontait aux alchimistes, lui savait que Brystal avait d'autres projets en tête. Il pouvait sentir sa détresse.

– C'est absurde ! proclama Sept. Nous ne pouvons pas lui faire confiance avec le *Livre des thaumaturges* ! Si elle survit à ce périple, Dieu sait ce qu'elle pourra faire avec !

– On sait très bien ce que *vous* feriez avec ! rétorqua Lucy.

– Le Juste Empereur et la grosse sorcière ont raison, intervint le chef troll. J'ai confiance en la Bonne Fée, mais que se passera-t-il si le livre tombe entre de mauvaises mains ? Personne ne devrait jouir d'un tel pouvoir !

– Je suis d'accord avec le chef troll, renchérit l'ancien gobelin. Si la Bonne Fée trouve le *Livre des thaumaturges*, une fois qu'elle aura utilisé le sort sur son ami, le livre devra être mis en sécurité !

– Nous serions ravis de conserver le livre ici parmi nous, dit le Dr États.

– Et pourquoi devrions-nous vous faire confiance ? lança Sept.

– Comme le prouve cet institut, les alchimistes peuvent se charger de nombreuses choses que le reste du monde n'est pas prêt à gérer. Vous avez tous ma parole, ce livre sera en sécurité et scrupuleusement surveillé.

Sept fulminait, toujours insatisfait.

– Mais rien n'empêchera la Bonne Fée de l'utiliser avant le sort sur son ami !

– Peut-être pourrions-nous envoyer quelqu'un qui surveille la Bonne Fée, suggéra le Dr États.

Le Juste Empereur se tut pour réfléchir. À mesure qu'il y songeait, un sourire sinistre s'étira sur son visage.

– Oui, c'est exactement ce que nous devrions faire, dit-il. Chacun d'entre nous enverra un délégué auprès de la Bonne Fée pour s'assurer qu'elle tienne parole.

Fées et sorcières contestèrent cette proposition.

– Et pourquoi ne pas lui mettre une cloche autour du cou, tant que vous y êtes ! s'insurgea Lucy.

– Ce n'est pas totalement déraisonnable, répondit le Dr États. Bonne Fée, voyez-vous une objection à être escortée par des délégués ?

Naturellement, Brystal avait de multiples objections à l'idée de voyager avec des chaperons, mais elle était prête à tout pour mettre la main sur cet ouvrage, et elle ne pouvait y parvenir sans l'aide du Dr États.

– Cela ne me pose aucun problème, répondit-elle tout en regardant Sept. Je serais même ravie d'avoir de la compagnie. Je vais avoir besoin de toute l'aide à ma disposition.

– Très bien. S'il le souhaite, chaque roi peut désigner un délégué qui voyagera au côté de la Bonne Fée jusqu'au Temple du Savoir.

Les représentants discutèrent en privé avec leurs accompagnateurs afin de choisir ceux qui rejoindraient la mission. Brystal et Lucy se rassemblèrent en rang serré avec les fées et les sorcières.

– Brystal, tu es sûre de ce que tu fais ? demanda Emerelda. Il ne vaudrait pas mieux envoyer l'une de nous au temple pour que tu puisses continuer de chercher l'Immortelle ?

– Surtout pas. Le temple est dangereux, et j'ai moins de deux semaines à vivre de toute façon. Si je ne reviens pas d'ici là, vous pourrez envoyer quelqu'un d'autre à ma place. Même si je ne récupère pas le livre, j'espère au moins pouvoir rendre le temple plus sûr pour la personne qui me remplacera. Entre-temps, vous toutes devrez chercher Xanthous. Il faut qu'on le trouve et le mette à l'abri des alchimistes.

Fées et sorcières acquiescèrent.

– Qui veut être la déléguée des sorcières ? demanda Mandarina.

– Évidemment, je suis le meilleur choix, répondit Suture.

– Non, c'est moi le meilleur choix ! intervint Germine.

– Vous êtes folles ? demanda Lucy. Vous êtes toutes les deux inflammables ! Je ne vais pas vous envoyer dans un temple gardé par un dragon cracheur de feu. J'y vais.

– Lucy, non ! s'écria Brystal. Je ne peux pas te laisser faire ça, c'est trop dangereux !

– Et je ne peux pas te laisser affronter un dragon toute seule ! De toute manière, la décision ne te regarde pas. Le roi des sorcières a parlé.

Brystal soupira en secouant la tête, mais elle savait qu'il lui était inutile de résister.

– Merci, Lucy. Je te serai redevable si l'on survit.

Lucy sourit.

– Je le rajoute à ton ardoise.

Après quelques minutes, tous les représentants avaient fini de délibérer.

– Je suis sûr que vous aurez tous pris une décision avisée, commenta le Dr États. Quelle sorcière le roi des sorcières a-t-il choisi ?

– C'est moi qui représenterai les sorcières, répondit Lucy.

– Très bien. Le roi du Nord ?

– Le royaume du Nord enverra sire Déluge, répondit le roi Blanc avec un signe de tête vers le chevalier qui se tenait à côté de lui. Il y a deux ans, il a joué un rôle décisif dans la bataille contre la Reine des neiges. Si quelqu'un est en mesure d'affronter un dragon et d'y survivre pour le raconter, c'est bien lui.

– Le roi de l'Est ?

– Le royaume de l'Est enverra le sire Marteau, déclara la princesse Proxima en se tournant vers le garde derrière elle. Il nous a protégées, ma grand-mère et moi, durant toute notre vie. Je lui fais plus confiance pour veiller sur le livre qu'à n'importe qui d'autre.

– Le roi de l'Ouest ?

– Le royaume de l'Ouest enverra sire Charpente, répondit le roi Vatenguerre avec un geste indiquant le soldat à son côté. Il est aussi fin limier que courageux et saura déjouer autant que vaincre ce que le temple réserve.

– Le roi du Sud ?

Le Juste Empereur fit un signe de tête vers le grand squelette qui l'escortait.

– Lui, peu importe son identité.

– Le roi des trolls ?

– Le territoire troll enverra Doubeurre, répondit le chef troll en tapant dans le dos du troll à côté de lui. Il est petit et puant, mais Doubeurre est le protecteur le plus brave et le plus loyal que j'aie jamais eu.

– Le roi des gobelins ?

– Le territoire gobelin enverra Gobzella, répondit l'ancien gobelin en pointant du doigt son accompagnatrice. C'est la guerrière la plus forte et la plus bruyante que les gobelins aient jamais connue, et je suis sûr qu'elle reviendra, même si les autres y restent.

– C'est un honneur que de servir ! hurla Gobzella, et tout le monde se couvrit les oreilles.

– Le roi des nains ?

– Le territoire des nains enverra Taloche le Mineur, répondit M. Lauze en prenant son voisin par l'épaule. Ne vous laissez pas berner par sa taille. Taloche manie le piolet d'une main de maître, le dragon ne sait pas ce qui l'attend.

– Le roi des ogres ?

– Si cela ne vous dérange pas, je crois que je vais passer mon tour. Je tiens à peine dans la nacelle, je risque d'être un poids plus qu'autre chose.

– Je n'y vois pas d'objection, répondit le Dr États. Et enfin, qui le roi des elfes compte-t-il envoyer ?

– Le territoire elfe enverra le prince Elron, annonça le roi Elvin en jetant un regard solennel à son fils. Ne me déçois pas.

Le prince Elron déglutit.

– Je ne vous décevrai pas, père.

Les autres furent surpris que le roi elfe choisisse son propre fils, mais pas plus que le prince lui-même.

– Très bien, conclut le Dr États. Les délégués partiront pour le Temple du Savoir sans attendre. Entre-temps, les alchimistes et moi-même nous lancerons à la recherche de M. Deschamps.

L'alchimiste donna un coup de canne sur la table tel un juge avec un marteau.

– La Conférence des rois est close.

Brystal ferma les yeux et prit une profonde inspiration.

– Tiens bon, Xanthous, se murmura-t-elle à elle-même. On arrive.

CHAPITRE 9

À PETITS PAS

Xanthous ? Xanthous ?

Xanthous espérait sortir d'un mauvais rêve. Dans son sommeil, il avait été hanté par des images de bâtiments en feu, par des cris et par l'odeur de terre brûlée. Hélas, quand il rouvrit les yeux, le cauchemar se réveilla avec lui.

Dans un premier temps, il ne savait pas où il était. Il était épuisé, il avait mal au crâne et des douleurs dans tout le corps, comme s'il venait de courir un marathon. Il se redressa en vitesse et regarda autour de lui pour étudier son environnement. Il avait dormi sur un tas de paille au dernier étage d'un vieux moulin. Il se mit debout et regarda par la fenêtre la plus proche. Le moulin se trouvait au milieu d'un champ, entouré par une grande forêt, mais il ignorait laquelle. Il était tard et le soleil se couchait à l'horizon.

Xanthous inspecta son corps et vit qu'il portait encore son déguisement de civil du royaume de l'Est, même s'il était brûlé par endroits et couvert de cendre. Étrangement, la médaille en cristal était toujours attachée avec un ruban rouge autour du cou. Un œil à la médaille suffit à faire revenir tous les souvenirs de la longue nuit et de la matinée qu'il avait passées.

– Xanthous ? Tu es là ?

La voix le fit bondir. Croyant d'abord à un rêve, il s'aperçut qu'elle provenait d'un étage inférieur du moulin ! Xanthous descendit prudemment l'échelle en inspectant chaque étage. En dehors de toiles d'araignées et de mécanismes rouillés, l'endroit était totalement vide.

– Xanthous, si tu m'entends, fais-moi signe ! insista la voix.

– Il n'est sans d-d-doute pas là, répondit une autre.

– Ce moulin est aussi vide qu'une promesse d'homme politique ! Ha ! Ha ! rit une troisième.

– Nous devrions continuer, suggéra une quatrième. D'après la carte, il doit y avoir une grange à un peu plus d'un kilomètre d'ici. Il est peut-être là-bas ?

– Non, attendez ! insista la première voix. J'ai une drôle de sensation.

– Tu es peut-être juste b-b-ballonnée, répondit la deuxième.

Xanthous finit par arriver au rez-de-chaussée. L'étage contenait un petit espace de vie, mais en dehors d'une table et de quelques chaises, l'endroit était aussi désert que le reste. Cependant, quelque chose capta le regard de Xanthous. Dans un coin de la pièce se trouvait un miroir vertical, mais au lieu de voir son propre reflet, il y trouva le reflet d'une amie.

– Cielène ? lança-t-il, sous le choc.

– Xanthous ! Dieu merci, tu vas bien ! s'exclama-t-elle avant de regarder par-dessus son épaule. Vous voyez ! Je vous l'avais dit que j'avais une drôle de sensation ! Je n'étais pas ballonnée !

Dans le miroir, Cielène fut rejointe par les reflets de Mme Vee, de Pip et d'Isabeille. Derrière elles, Xanthous aperçut les meubles en verre du bureau de Brystal. Il frotta ses tempes douloureuses, craignant d'être sujet à une hallucination.

– Comment se fait-il que je vous voie ?

– Nous utilisons un m-m-miroir m-m-magique ! s'écria Isabeille.

– C'est pas génial ? dit Pip. Cela nous permet de voir à travers tous les autres miroirs du monde !

– Mais comment m'avez-vous retrouvé ?

– Nous avons suivi ton étoile sur le carte de magie toute la journée, mais dans l'après-midi elle a disparu ! expliqua Cielène. C'est là que Mme Vee a suggéré que nous utilisions le miroir pour te retrouver. Alors nous nous sommes mises à épier dans toutes les maisons et les boutiques de la zone où tu t'es évaporé !

Xanthous se gratta la tête.

– Vous m'avez cherché chez les gens ? Ce n'est pas une violation de la vie privée, ça ?

Les fées et les sorcières échangèrent un regard coupable.

– Tu n'as p-p-pas envie de savoir ce qu-qu-qu'on a vu.

– Madame Vee, vous avez toujours eu un miroir magique ?

– J'avais oublié que j'en avais un à la cave, répondit l'intéressée avec un haussement d'épaules. Quand j'étais plus jeune, j'étais éperdument amoureuse d'un marchand itinérant. Hélas, il avait la réputation d'être un sacré homme à femmes. Alors j'avais acheté un miroir magique pour l'espionner pendant qu'il était en voyage.

– Et que s'est-il passé ? Il a été infidèle ?

– Je l'ignore. J'ai eu moi-même une liaison et je l'ai complètement oublié ! Ha ! Ha ! (La gouvernante se mit à ricaner.) Mais je vous raconterai ça un autre jour. Je suis contente de voir que tu vas bien !

Xanthous se rapprocha des reflets de ses amies mais, étrangement, il ne posa jamais les pieds sur le sol. Il grimpa de chaise en chaise, de tabouret en tabouret, puis s'agenouilla sur la table face au miroir.

– Pourquoi tu montes sur les meubles ? demanda Pip. Il y a des souris ?

– Non, je ne peux pas poser le pied par terre. C'est ce qui déclenche tout !

– Tout quoi ? demanda Cielène.

– Le feu ! Mais il ne vient pas de moi ! Regardez ! Je vais vous le prouver !

Il brandit la médaille en cristal qu'il avait autour du cou, et que Cielène reconnut instantanément.

– Tu portes ton ancienne médaille de mutisme !

– C'est grâce à cela que je sais que le feu ne vient pas de moi ! Je porte la médaille depuis cet après-midi, mais le feu apparaît quand même dès que je rentre en contact avec le sol !

Fées et sorcières furent totalement abasourdies. Elles avaient tant de questions qu'elles ne savaient pas par où commencer.

– Attends, Xanthous, commence par le début, lança Cielène. Em nous a raconté ce qu'elle avait vu la nuit dernière, mais nous voudrions entendre ta version.

Xanthous inspira profondément et secoua la tête, essayant encore de digérer lui-même la situation.

– Je dormais dans ma chambre à la taverne, quand soudain je me suis réveillé, et la pièce tout entière était en feu ! J'ai essayé de l'éteindre par la magie mais les flammes ne s'arrêtaient pas ! Em et moi avons alerté le reste de la taverne et mis les clients en sécurité, mais le temps que nous sortions, le feu s'était répandu partout ! Il nous a même poursuivis dans la rue ! Alors nous nous sommes mis à courir ! Mais l'incendie nous a suivis ! Nous avons traversé la rivière de l'Est et les flammes ont enjambé la surface de l'eau ! Je n'avais jamais vu un feu faire cela auparavant ! Je ne savais plus quoi faire, alors j'ai continué à courir ! J'ai parcouru des kilomètres et des kilomètres dans la campagne, mais le feu ne ralentissait pas. Il a fini par me rattraper et je me suis retrouvé cerné ! J'ai grimpé à un arbre pour lui échapper, et au moment où j'ai atteint le sommet, j'ai baissé les yeux et le feu avait disparu.

– Il est parti en fumée ! s'exclama Mme Vee. Sans mauvais jeu de mots. Ha ! Ha !

– Je suis resté dans l'arbre pendant des heures. Lorsque je suis enfin redescendu et que j'ai posé les pieds sur le sol, les flammes sont revenues presque instantanément ! Pour une raison ou une autre, chaque fois que je rentre en contact physique avec le sol, le feu réapparaît ! À ce moment-là, je craignais encore d'en être responsable. Je devais bloquer ma magie jusqu'à ce que je comprenne ce qui se passait. Alors j'ai voyagé jusqu'au royaume du Nord, bondissant de pierre en pierre, de bûche en bûche et j'ai pris la direction de la montagne où nous avons combattu la Reine des neiges. J'ai trouvé le trou dans lequel était enterrée Ocalmarine, et j'ai retrouvé ma médaille de mutisme sur son squelette ! Mais quand bien même j'ai la médaille autour du cou, le feu réapparaît toujours lorsque je pose le pied par terre ! À présent, je suis certain que le feu ne provient pas de moi ! Comment pourrais-je le déclencher sans magie ?

Le récit de Xanthous laissa sans voix les fées et les sorcières, et il leur fallut un moment pour retrouver leurs esprits.

– Alors c'est pour ça que tu as disparu de la carte de magie, dit Pip. La médaille a bloqué ta magie *et* ta position !

– Mais Xanthous, tu as dit que tu dormais quand l'incendie s'est déclaré, intervint Cielène. J'imagine que tu n'avais pas les pieds par terre ?

– Non, mais la pièce était en sous-sol, répondit Xanthous. Quelle qu'en soit l'origine, il a dû me trouver car j'étais en sous-sol ! Et ça me poursuit depuis !

– Mais si ça ne vient pas de toi, qu'est-ce qui le provoque ? s'interrogea Pip.

– Je n'en ai aucune idée. Mais je ne quitterai pas ce moulin tant qu'on ne l'aura pas arrêté !

– Il faut qu'on le dise à Brystal et Lucy ! s'exclama Cielène. Elles doivent en parler à la Conférence des rois avant qu'il ne soit trop tard !

Xanthous fronça les sourcils.

– Qu'est-ce que c'est, la Conférence des rois ?

– La C-c-conférence des rois est un c-c-conseil... d'élites ! lança Isabeille. Ils croient que c'est toi qui as d-d-déclenché le feu et ils craignent que tu ne d-d-détruises le monde ! Ils d-d-décident de ton sort en ce moment même !

– Quoi ? hurla Xanthous, terrorisé. Comment ça, ils décident de mon sort ? Est-ce que je suis en danger ?

Les fées et les sorcières échangèrent un regard angoissé.

– Eh bieeeeeeen, il faut croire que tout dépend de comment se passe la conférence, répondit honteusement Cielène. Avec un peu de chance, Brystal et Lucy parviendront à convaincre les autres représentants que tu es innocent et que tu ne vas pas détruire la planète. Mais sinon...

– On te t-t-traquera comme un mouton dans l'antre d-d-d'un loup ! déclara Isabeille.

Xanthous ne pensait pas que la situation puisse s'aggraver encore, mais après avoir entendu ça, il devint livide et perdit toute sensation dans son corps. Alors il bondit et se mit à faire les cent pas sur la table, réfléchissant à la suite des événements.

– Je... je... je ne peux pas croire ce qui m'arrive ! songea-t-il à haute voix. On va me tuer ! Je dois me cacher jusqu'à ce que je puisse prouver que je suis innocent !

– Xanthous, ne panique pas ! lança Cielène. Qu'importe si les gens croient que tu as provoqué à toi seul la plus grande catastrophe de l'histoire du monde, la vie continue ! Nous savons que tu es innocent, c'est tout ce qui compte.

Elle lui offrit un sourire plein de douceur, comme si leur confiance allait tout résoudre. Xanthous fit mine de ne pas entendre et poursuivit ses réflexions.

– Je suis désolé, les filles, mais personne ne doit savoir où je vais, pas même vous.

Xanthous prit la chaise à côté de lui et la souleva au-dessus de sa tête.

– Attends ! supplia Cielène. Xanthous, ne fais pas ça ! Nous pouvons t'aider...

Xanthous fracassa le miroir avec la chaise. Le verre éclata, et les fées et les sorcières disparurent. Xanthous savait qu'il devait partir le plus loin possible du moulin ; il ne faudrait pas longtemps à ses amies pour venir le chercher en personne.

Manquant de temps pour trouver une meilleure solution, il arracha des chaînes rouillées aux énormes rouages du moulin et attacha un tabouret sous chacun de ses pieds. Il tituba avec ses échasses de fortune, mais au moins elles lui permettraient de se déplacer sans toucher le sol. Avançant à petits pas, Xanthous sortit et s'enfonça dans la forêt, à la recherche d'un endroit où personne, pas même le feu, ne pourrait le retrouver.

CHAPITRE 10

AUX CONFINS DU NORD-EST

Après la Conférence des rois, les alchimistes escortèrent les représentants jusqu'à l'entrée de l'institut où les vaisseaux de bronze et les oiseaux mécaniques attendaient pour les raccompagner. Les invités remarquèrent la présence de deux vaisseaux supplémentaires sur la piste d'atterrissage, l'un pour emmener Brystal et les délégués jusqu'au Temple du Savoir, et l'autre pour conduire les alchimistes jusqu'à Xanthous, là où il pouvait se cacher.

L'estomac noué, Brystal regarda les alchimistes remplir leur vaisseau d'armes et de pièges, comme elle n'en avait jamais vu auparavant. Il y avait des cages munies de piques et de barbelés, des petits canons à main, des épées et des lances propulsées par des ressorts et des arbalètes préchargées de carreaux. On aurait pu croire que c'étaient les alchimistes qui se préparaient à affronter un dragon.

– Tout cela est-il bien nécessaire ? Je croyais que vous parliez d'une élimination aussi rapide et humaine que possible.

– Les armes ne sont qu'une précaution pour notre sécurité, répondit le Dr États. On n'est jamais trop prudent lorsque l'on traverse les royaumes des humains. Mais je vous assure que si nous trouvons M. Deschamps avant votre retour avec le *Livre des thaumaturges*, son élimination se fera sans douleur. Ce sera comme s'endormir, et avec un peu de chance, il ne nous verra même pas arriver.

– Docteur, notre vaisseau est prêt pour le départ, lança le Dr Ébullition.

– Formidable, répliqua le Dr États avant de se tourner vers les représentants. Je crois qu'il est temps pour nous de vous dire adieu et de chacun tracer sa route.

Sur la piste d'atterrissage, les délégués firent leurs propres adieux à leurs supérieurs. Le sire Déluge, le sire Marteau et le sire Charpente firent une révérence et embrassèrent la main de leurs souverains, M. Lauze et Taloche se saluèrent avec leurs piolets, le chef troll et Doubeurre croisèrent leurs cornes comme des cerfs en train de se battre, l'ancien gobelin et Gobzella se tapèrent le ventre et grognèrent comme des cochons.

Tous les représentants ne firent toutefois pas de grandes salutations en bonne et due forme à leurs délégués. Le roi Elvin n'adressa pas un mot au prince Elron ; il se contenta de fixer son fils avec un air de désapprobation, comme si le garçon avait déjà échoué dans sa mission. Le Juste Empereur ne daigna même pas regarder son soldat mort ; au lieu de cela, ses yeux restaient rivés sur Brystal, la scrutant avec un sourire sinistre.

– Il manigance encore quelque chose, n'est-ce pas ? dit Brystal à ses amies.

Les fées et les sorcières s'inquiétaient trop pour elle pour s'intéresser au Juste Empereur.

– Tout va bien se passer, dit-elle pour les rassurer, bien qu'elle ne fût pas sûre de le croire elle-même. Je sais que nous avons beaucoup de pain sur la planche, mais nous allons nous en sortir. Nous nous en sortons toujours.

– Vraiment ? demanda Mandarina. Hier, nous avions peur de te perdre et c'était déjà suffisamment dur à avaler. Je ne peux pas imaginer vous perdre, toi, Lucy et Xanthous, dans la même semaine ! Le Conseil des fées ne serait plus le même.

Jusqu'à cet instant, Brystal n'avait pas songé à quel point ses amies devaient se sentir mal. Qu'importait le résultat du Temple du Savoir, elle savait que sa vie allait s'achever, elle s'était fait une raison, mais ses amies étaient encore tourmentées par l'espoir. Et si Brystal ne rapportait pas le *Livre des thaumaturges* à temps, elles allaient devoir subir tout ce à quoi elle allait échapper. Elle fit signe aux fées et sorcières de se rassembler sur le côté de la piste d'atterrissage, là où les alchimistes et les représentants ne pourraient pas les entendre, pour un dernier discours de ralliement.

– *Nous ne pouvons pas laisser la peur fausser notre jugement*, chuchota-t-elle. *S'il y a bien une chose que j'aie apprise cette année, c'est combien la vie nous semble compliquée quand la peur prend le dessus. Et notre objectif est bien plus simple que nos peurs ne voudraient nous le faire croire. Premièrement, nous devons trouver Xanthous et le mettre en sécurité. Deuxièmement, nous devons trouver le* Livre de thaumaturges. *Et c'est tout. Si nous accomplissons ces deux choses, tout ira bien.*

Fées et sorcières acquiescèrent, mais des larmes leur montèrent aux yeux.

– Promets-nous que tu reviendras, l'implora Emerelda en faisant de son mieux pour ne pas pleurer. Promets-nous que ce n'est pas un adieu.

Brystal et Lucy échangèrent un regard, mais ce n'était pas une promesse qu'elles pouvaient faire.

– Oh ! dit Lucy en riant. Vous n'allez pas vous débarrasser de nous aussi facilement. J'ai combattu des divas bien plus terribles que des dragons !

La lèvre inférieure de Mandarina se mit à trembloter et des larmes coulèrent sur son visage.

– Tu es terrible, Lucy, mais tu es *notre* terrible ! Avec qui je vais me disputer si tu meurs ?

Mandarina lança ses bras autour de Lucy et sanglota dans son épaule. Les fées et les sorcières furent surprises par cet élan d'émotion, Lucy plus particulièrement.

– Allez, allez, la réconforta-t-elle. Tu trouveras bien quelqu'un d'aussi terrible que moi.

– Non, impossible. Tu es vraiment la pire.

– Toi aussi.

Les deux partagèrent un sourire tendre, conscientes qu'elles parlaient toutes les deux avec leur cœur.

– Nous ne pouvons jurer de rien, mais vous pouvez nous faire une promesse, dit Brystal. Même si Lucy et moi ne revenons pas du Temple du Savoir, et même si les alchimistes éliminent vraiment Xanthous, promettez-nous que vous ne laisserez pas le deuil vous empêcher d'accomplir votre mission. Promettez-moi que vous trouverez le *Livre des thaumaturges* et l'utiliserez pour anéantir l'armée des Morts.

Les fées et les sorcières se regardèrent et hochèrent la tête à l'unisson.

– Nous te le promettons, répondit Emerelda.

– Mais si vous mourez, est-ce que Germine et moi pourrons prendre vos chambres ? demanda Suture.

– Bien sûr, répondit Lucy en haussant les épaules maladroitement. Mais ne fais rien de bizarre avec ma collection de capsules de bouteilles. Elles vaudront cher. Un jour.

Brystal remarqua que les autres délégués commençaient à se rassembler autour du vaisseau.

– Eh bien, nous y sommes. Souhaitez-nous bonne chance.

Brystal et Lucy serrèrent les fées et les sorcières dans leurs bras. Quand elles rejoignirent la nacelle, les filles sentaient qu'il y avait déjà une tension entre les autres délégués. Si les fées s'entendaient bien avec les autres royaumes, il existait des passifs compliqués entre les espèces. Gobzella, Taloche, Doubeurre et le prince Elron formaient un premier groupe, tandis que sire Déluge, sire Marteau et sire Charpente se tenaient à part. Les hommes d'un côté et les créatures de l'autre ne se parlaient pas et se lançaient des regards noirs.

– Bonjour à tous, lança Brystal avec un geste amical. Avant de partir, je tiens à vous remercier de nous accompagner. Je suis très reconnaissante de votre aide.

Sire Déluge, sire Marteau et sire Charpente ricanèrent.

– Il y a quelque chose de drôle ? demanda Lucy.

– Ne faites pas comme si nous vous faisions une faveur, Bonne Fée, dit sire Déluge. Nous n'aurions pas rejoint cette mission si nous n'en avions pas reçu l'ordre.

– Et si un danger se présente, laissez-nous faire, ajouta sire Marteau. Nous aimerions revenir en un seul morceau, et nous n'avons pas besoin d'un groupe de donzelles et de bestioles dans nos pattes.

Lucy croisa les bras.

– Qui tu traites de *donzelle* ?

– « Donzelles » est peut-être excessif, mais « bestioles » est un euphémisme, ricana sire Charpente. Regardez-moi ce gobelin. On dirait un ours avec une gueule de porc !

Voum ! Avant même que Brystal et Lucy n'aient le temps de réagir à ces propos insultants, Gobzella plongea vers le sol.

Tchaak ! D'un coup de bâton, la gobeline fit trébucher les trois chevaliers. Gobzella se redressa, dominant les hommes, les deux poings en l'air.

– Vous les voyez, ceux-là ? L'un s'appelle « Colère » et l'autre « Vengeance » ! Encore un mot, et je serais ravie de faire les présentations !

Les chevaliers restèrent par terre jusqu'à ce que Gobzella s'éloigne. Lucy se tourna vers Brystal avec un grand sourire.

– Je l'adore, chuchota-t-elle.

Brystal gémit.

– Ce voyage va être long.

De l'autre côté de la piste, le Dr Ébullition, le Dr Éclair et le Dr Élan chargeaient le vaisseau de toutes leurs armes. Le Dr États trottina vers les délégués et, sur un coup de canne, la portière de la nacelle s'ouvrit.

– Je crains que le vaisseau ne soit pas assez grand pour vous tous, dit l'alchimiste. Certains vont devoir chevaucher les Magoiseaux.

– Permettez, répondit le sire Déluge.

Les chevaliers, enchantés de se séparer des créatures douées de paroles, montèrent sur les oiseaux mécaniques. Les délégués se serrèrent à l'intérieur de la nacelle, mais il manquait encore le soldat mort du Juste Empire. Brystal sonda la piste d'atterrissage et vit Sept murmurer à l'oreille du squelette, après quoi le Juste Empereur poussa le soldat en direction du vaisseau. Le squelette monta à bord et s'assit à côté des autres. L'odeur du corps putréfié écœura instantanément les délégués.

– Il faut absolument baisser une vitre, dit Lucy.

Brystal agita sa baguette et camoufla l'odeur du squelette avec un parfum fleuri. Une fois tout le monde à bord, la portière de la nacelle se referma. Brystal la bloqua avec le pied et s'adressa au Dr États.

– Vous allez nous dire comment nous rendre au Temple du Savoir ?

– Les Magoiseaux ont reçu des instructions pour voyager vers le nord-est.

Brystal attendit plus d'informations, mais le Dr États n'en dit pas plus.

– C'est tout ? Nous allons voler vers le nord-est et nous trouverons le temple ?

– Non, vous volerez vers le nord-est, et *lui* vous trouvera.

Le peu d'instructions rendit Brystal mal à l'aise, mais elle ôta son pied et laissa la portière de la nacelle se refermer. Le Dr États tituba jusqu'à l'autre côté de la piste d'atterrissage où il rejoignit le Dr Ébullition, le Dr Éclair et le Dr Élan dans l'autre vaisseau. Deux sonneries annoncèrent le départ des véhicules et les deux ensembles d'oiseaux mécaniques se mirent en mouvement. Les vaisseaux s'envolèrent, l'un avec les délégués vers le nord-est, l'autre avec les alchimistes vers le nord-ouest.

Les représentants et les alchimistes restants saluèrent les véhicules, qui disparurent à l'opposé dans le lointain. Les alchimistes retournèrent alors à l'institut et les invités rejoignirent les vaisseaux qui les ramèneraient chez eux. En montant dans leur nacelle, fées et sorcières remarquèrent que le Juste Empereur et le roi Elvin traînaient. Les hommes étaient au milieu d'une conversation privée, et à en juger par leur proximité, ils cherchaient clairement à ne pas se faire entendre.

– Brystal avait raison, dit Emerelda. Sept manigance carrément un truc.

– Mais c'est pas vraiiiii, gémit Mandarina. Il ne peut pas faire une pause, avec ses plans machiavéliques ?

La discussion entre Sept et le roi Elvin se conclut par une poignée de main. Les hommes partirent à la dérobée, comme si la conversation n'avait jamais eu lieu.

– On dirait que le roi Elvin n'est pas en reste, commenta Suture.

– Mais qu'est-ce que le roi des elfes peut bien fabriquer avec le Juste Empereur ? demanda Germine.

Emerelda étudiait les deux hommes avec un regard soupçonneux, se posant exactement la même question.

– Je ne sais pas... Mais nous devrions garder un œil sur ces deux-là jusqu'au retour de Brystal.

★

Tic… tac… tic… tac… tic… tac…

Brystal ne savait pas si ses angoisses lui jouaient à nouveau des tours ou si c'était l'espace confiné de la nacelle, mais elle aurait juré que sa montre à gousset résonnait plus fort que d'habitude.

Tic… tac… tic… tac… tic… tac…

Elle fit de son mieux pour ignorer le bruit menaçant, mais il lui paraissait plus ostensible que d'habitude, comme si la montre voulait être entendue. Le bruit était comme une invitation à faire ressurgir ses idées noires. À chaque tintement, elle pouvait sentir la malédiction se renforcer dans son esprit.

Tic… tac… tic… tac… tic… tac…

Eh bien, eh bien…

En voilà un revirement inattendu !

Tu as enfin trouvé l'emplacement du *Livre des thaumaturges* ?…

Mais tu risques de perdre un ami avant de mettre la main dessus…

La vie donne et reprend toujours…

Et toi, qu'est-ce que tu as à donner ?

Tic… tac… tic… tac… tic… tac…

Pourras-tu survivre au Temple du Savoir ?

C'est peu probable...

Pourras-tu sauver Xanthous ?

C'est peu vraisemblable...

Peux-tu arrêter le Juste Empereur avant que la mort ne vienne te chercher ? C'est impossible.

Tic… tac… tic… tac… tic… tac…

Oui, je vais y arriver, répondit Brystal à ses pensées.

Et une fois que Xanthous sera sauvé…

Une fois que nous aurons découvert la véritable origine de l'incendie…

Une fois que nous aurons enfin arrêté Sept et son armée des Morts…

Vous n'aurez plus aucun moyen de me tourmenter…

Et je passerai mes derniers jours en paix.

Tic… tac… tic… tac… tic… tac…

J'espère que tu as raison...

Tu n'as plus le temps de te tromper...

Plus que onze jours...

C'est tout ce qu'il te reste...

Bonne chance !...

Tu vas en avoir besoin.

Tic… tac… tic… tac… tic… tac…

Enfin, les idées noires s'effacèrent et laissèrent Brystal tranquille. Alors qu'elle soupirait de soulagement dans le silence de son esprit, Lucy, pour sa part, trépignait d'impatience dans le silence de la nacelle. Les délégués voyageaient depuis des heures et ne s'étaient pas adressé un seul mot.

– Booooooon, lança-t-elle pour rompre le silence. Quelqu'un veut faire un jeu ?

– J'adore les jeux ! déclara Gobzella.

La grosse voix de la gobeline fit tressaillir les autres délégués.

– Vous parlez toujours comme ça ? demanda le prince Elron.

– Comme quoi ?

– Comme si vous hurliez dans un long tunnel.

Gobzella haussa les épaules.

– Je suis une gobeline, nous crions toujours dans de longs tunnels. Bon, à quoi vous voulez jouer ? Je vous préviens, j'ai vraiment l'esprit de compétition et je ne tolère par la triche ! Le dernier qui a triché contre moi a perdu ses ongles de pied !

– En ce cas, on ne va peut-être pas jouer, répliqua Lucy. Et si on papotait, histoire d'apprendre à se connaître ? Je commence. Je m'appelle Lucy L'Oie et j'ai quinze ans. Vous me connaissez tous comme membre du Conseil des fées, mais avant cela, je jouais du tambourin dans la fameuse troupe des Musical'Oie.

– Jamais entendu parler, grommela Doubeurre.

– Pourtant, avec des oreilles pareilles, j'imagine que vous avez déjà tout entendu, se moqua le prince Elron.

– Regardez qui parle, la nymphe sylvestre avec ses oreilles pointues ! rétorqua Doubeurre.

– Comment osez-vous ! s'insurgea le prince. Je dirais que c'était un coup en dessous de la ceinture, mais vous ne devez pas pouvoir arriver plus haut !

Lucy s'empressa de changer de sujet avant qu'une altercation n'éclate.

– Alors, Gobzella, dit-elle avec un rire nerveux, on peut dire que vous avez donné une bonne leçon aux chevaliers tout à l'heure. À part être mon héroïne, vous avez quoi, comme hobby ?

– J'aime *me battre* ! Et *gagner* ! Et pas nécessairement dans cet ordre !

Lucy acquiesça poliment.

– Très intéressant. Vous devez aussi aimer la muscu pour avoir une telle carrure. Tout le monde dans votre famille est aussi grand et fort ?

– Je n'ai pas de famille. J'ai mangé mes frères et sœurs avant la naissance !

Lucy déglutit.

– Et vos parents ?

– Pas de parents ! J'avais encore faim quand je suis née !

Les passagers s'écartèrent le plus loin possible de la gobeline.

– Doubeurre, parlez-nous de vous, demanda Lucy. Vous auriez des passe-temps particuliers ?

– À vrai dire, j'aime écrire de la poésie, répondit le troll.

– Ah, vraiment ? Vous voulez nous en faire part ?

Excité, Doubeurre se redressa sur son siège et tira un parchemin plié de sa veste. Le troll se racla la gorge, poussant un son de hyène en train d'étouffer, et lut des poèmes à haute voix.

Les trolls aiment les ponts,
Les trolls adorent les enclaves,
Les trolls aiment les pontons,
Et les trolls adorent les esclaves.

Les chiots sont mignons,
Les chatons sont adorables,
Les lapins sont fripons,
Et ils sont tous délectables.

Tes dents sont pourries,
Et aiguisées comme une lame,
Ta barbe est bien fournie,
Tu es quand même ma femme.

Les délégués restèrent dans un silence gênant, terriblement perturbés par la poésie du troll. Gobzella, de son côté, essuya des larmes de ses yeux.

– C'était magnifique, Doubeurre ! Bravo !

– C'était puissant, ajouta Lucy. Je vais y repenser pendant longtemps.

– Surtout dans mes cauchemars, renchérit le prince Elron.

Doubeurre prit le commentaire de l'elfe comme un compliment.

– Merci, répondit-il timidement, avant de ranger ses poèmes dans sa veste.

– Et vous, Votre Majesté ? demanda Lucy à l'elfe. Quels sont vos centres d'intérêt ?

– La vie privée, répondit le prince Elron avec un regard glacial.

– Entendu. Enfin, et pas des moindres, nous avons Taloche. Une anecdote à partager ? Comment avez-vous été appelé « Taloche », par exemple ?

– J'ai eu une enfance horrible, répondit le nain.

– Et qu'est-ce que vous aimez faire, quand vous ne creusez pas dans les mines ?

Taloche scruta les autres passagers d'un air soupçonneux, ignorant s'ils étaient dignes de confiance.

– Je ne sais pas si je devrais en parler. La plupart des gens réagissent mal.

Tout le monde s'agrippa à son siège.

– Bon, maintenant, vous devez nous le dire, répondit Lucy.

Taloche regarda attentivement à sa gauche, puis à sa droite, et se pencha plus près des autres, comme si les nuages au-dehors avaient des oreilles.

– Je cherche des hommes-taupes.

– Des quoi ? demanda Doubeurre.

– Des hommes-taupes ! Il s'agit d'une société secrète qui vit dans les profondeurs de la Terre. Ils se nourrissent de racines et recrutent des enfants perdus dans leurs colonies. Les hommes-taupes ne montent à la surface que pour nous saboter et semer le chaos. Ils se cachent derrière les pires événements de l'histoire : attaques, assassinats, élections truquées, tout ! Les hommes-taupes veulent dominer le monde et ne s'arrêteront pas tant que le « peuple du Soleil » – c'est comme ça qu'ils nous appellent – ne sera pas éteint !

Les délégués adressèrent un regard vide à Taloche, imaginant que le nain ne parlait pas sérieusement. Hélas, si... Taloche croyait chaque mot de cette grotesque théorie du complot.

– Taloche, je vis sous terre et je n'ai jamais entendu parler d'hommes-taupes ! dit Gobzella.

– Croyez-moi, eux vous ont certainement entendu parler, ironisa le prince Elron.

– On ne peut pas trouver ce que l'on ne cherche pas, répondit le nain.

– Et vous avez déjà vu un de ces hommes-taupes auparavant ? demanda Doubeurre.

– Pas personnellement, mais j'ai entendu suffisamment d'histoires pour en être sûr. À l'heure où nous parlons, les hommes-taupes sont terrés quelque part sous nos pieds, à mettre au point leur prochaine action ! En réalité, cela ne m'étonnerait pas que ce soient eux qui aient provoqué les feux pour lesquels on veut faire porter le chapeau à votre ami !

Lucy se pencha vers Brystal pour lui murmurer à l'oreille.

– *On est foutues. Ces gens ne sont pas le haut du panier, si tu vois ce que je veux dire.*

– *Ils sont un peu excentriques, voilà tout.*

– *Pas étonnant que les représentants les aient choisis comme délégués. Ils n'allaient pas rater l'occasion de s'en débarrasser !*

Brystal ne répondit pas, mais les délégués hauts en couleur commençaient à la faire douter de la mission, elle aussi.

★

Tic… tac… tic… tac… tic… tac…

Le vaisseau continuait de voler à travers le ciel sans destination en vue. Chaque heure qui passait voyait le soleil plonger un peu plus vers l'horizon, mais il ne disparaissait pas. Ils avaient voyagé si loin vers le nord-est que Brystal se demandait s'ils n'allaient pas finir par atteindre le sud-ouest.

Plus le vaisseau volait et plus Brystal devenait paranoïaque, au point de se demander si le Temple du Savoir existait vraiment. Peut-être que le Dr États les avait envoyés en mission factice ? Peut-être avait-il tout inventé pour avoir le temps de trouver et éliminer Xanthous ? Alors même qu'elle commençait à penser qu'il fallait faire demi-tour, le sire Charpente tapa contre la vitre depuis l'extérieur.

– Bonne Fée ! appela le chevalier. Vous devriez voir ça !

Brystal, Lucy et les autres délégués regardèrent par la vitre avant. Au loin, flottant à la surface de l'océan, se dressait un énorme dôme blanc. Il était de la hauteur et de la largeur d'une chaîne de montagnes, mais à son arrondi si parfait, Brystal savait que ce n'était pas une formation naturelle.

– Qu'est-ce que c'est que ça ? demanda Lucy.

– On dirait un genre de bouclier, répondit Brystal.

– Quoi que ce soit, les Magoiseaux nous conduisent droit dessus, ajouta Doubeurre.

– On va s'écraser ? demanda Gobzella.

Brystal étudia plus attentivement la mystérieuse structure et comprit qu'elle était entièrement composée de nuages.

– Je ne crois pas... ça n'a pas l'air solide, dit-elle le sourire aux lèvres. Attendez une minute, ce n'est pas un bouclier, c'est une couverture ! Le dôme doit cacher le Temple du Savoir !

Le vaisseau poursuivit sa route et s'enfonça dans la couche épaisse et nuageuse. Étrangement, même si le dôme n'était pas solide, Brystal et Lucy eurent l'impression de traverser quelque chose, ou plutôt *d'être* traversées par quelque chose. Un frisson glacial leur parcourut tout le corps, les faisant frémir et trembler des genoux.

– Vous avez senti ? lança Lucy aux autres.

– Senti quoi ? demanda Taloche.

– Je ne sais pas... Tout à coup, je me suis sentie faible.

– Moi aussi, répondit Brystal.

– L'altitude, sans doute, répondit Doubeurre.

Lorsque les oiseaux mécaniques et le vaisseau eurent passé le dôme de nuages, ils pénétrèrent dans un environnement totalement caché du reste du monde. L'atmosphère était emplie de fumée, et il s'en échappait une odeur de soufre. Les vagues de l'océan y étaient plus fortes et un vent violent secouait le vaisseau. Le dôme protégeait une chaîne d'îles et chacune abritait un volcan en éruption crachant une longue traînée de fumée dans le ciel.

– Où sommes-nous ? demanda Lucy.

Tous les délégués gardèrent un silence de mort en observant les îles mystérieuses, se posant la même question. Le vaisseau entama sa descente et les Magoiseaux se préparèrent à l'atterrissage.

Tic… tac… tic… tac… tic… tac…

– Dieu merci, nous y voilà ! dit Doubeurre. Je devenais fou avec cet affreux bruit d'horloge.

Brystal n'en croyait pas ses oreilles.

– Vous pouvez l'entendre, vous aussi ?

– Bien sûr que oui.

– Je suis désolée, ça vient de ma montre.

Brystal fouilla sa poche et montra au troll sa montre à gousset en argent.

Tic… tac… tic… tac…

Doubeurre secoua la tête.

– Non, ce n'est pas ça. J'entends un son beaucoup plus fort et plus rapide.

Tous les délégués se turent et remarquèrent le bruit à leur tour. Brystal comprit que le son persistant ne provenait pas de sa montre à gousset ; c'était quelque chose d'autre à l'intérieur du vaisseau.

Tic… tac… tic… tac… tic… tac…

– C'est bizarre. Je ne vois rien qui pourrait provoquer ça.

Doubeurre dressa une oreille et suivit le bruit à la manière d'un chien sur la piste d'une odeur. Il examina la nacelle, passant par-dessus les genoux des autres passagers, et s'arrêta près de la poitrine du soldat mort.

– Ça vient de lui !

Le soldat mort n'avait pas bougé depuis que les délégués avaient quitté l'institut. En réalité, nombre d'entre eux avaient même oublié qu'il était là. Face à l'accusation de Doubeurre, le squelette bondit d'un coup et brandit son épée. Il agita son arme devant les délégués, qui plongèrent ou se penchèrent pour l'éviter. *Paf !* Gobzella dégagea l'épée des mains osseuses du soldat. Elle passa un bras autour de son cou et lui tint les mains derrière le dos avec l'autre.

– On dirait que le mort a un squelette dans le placard !

Profitant de ce que le soldat soit immobilisé, Taloche joua de son piolet pour arracher l'armure du squelette. À l'intérieur de la cage thoracique du soldat se trouvait un étrange assemblage contenant plusieurs sacs de poudre et une grosse horloge.

Tic… tac… tic… tac… tic… tac…

– C'est une bombe ! cria Lucy.

Tout le monde se mit à hurler et recula d'un coup.

– Pourquoi le squelette porte une bombe ? demanda Gobzella.

– Ce sont les hommes-taupes ! s'exclama Taloche. Ils essaient de saboter notre mission !

Brystal enragea ; elle savait pertinemment pourquoi le soldat était armé.

– Non, c'est Sept ! C'est pour cela qu'il conseillait que je voyage avec des délégués ! Il veut me faire sauter avant que nous n'arrivions au Temple du Savoir !

– Alors, ne restez pas plantés là ! Que quelqu'un fasse quelque chose ! cria le prince Elron.

Brystal prit sa baguette et l'agita en direction de la bombe. Rien ne se produisit. Elle l'agita une deuxième fois, de manière plus affirmée. Toujours rien ! Même après une troisième puis une quatrième tentative, la bombe restait intacte.

– Brystal, qu'est-ce qui se passe ? demanda Lucy.

– Ma magie ne fonctionne pas !

Brystal agita désespérément sa baguette une cinquième, puis une sixième fois, mais sans résultat.

Tic… tac… tic… tac… tic…

Doubeurre soupira de soulagement.

– Ouf, elle s'est arrêtée. Bravo !

– Je n'y suis pour rien ! J'essayais de la changer en bouquet de fleurs !

Bip-bip-bip-bip ! Le tic-tac laissa la place à un bruit d'alarme. Le soldat mort leva les yeux vers les autres passagers et les salua d'un air sinistre.

– Il va exploser ! cria Lucy.

– Qu'est-ce qu'on fait ? demanda le prince Elron.

– On quitte le navire ! hurla Gobzella.

La gobeline donna un grand coup de pied dans la portière. La nacelle se remplit instantanément de l'air enfumé de l'extérieur.

Gobzella attrapa Taloche et Doubeurre par le col et les jeta dehors, avant de pousser le prince Elron. Brystal frappa à la vitre avant pour prévenir les chevaliers.

– Descendez !

– Quoi ? rétorqua le sire Déluge.

– Il y a une bombe à bord ! Vous devez sauter !

– On n'entend pas ce que vous dites, répondit le sire Marteau. Le vent est trop fort !

Biiip-biiip-biiip-biiip-biiip ! L'alarme de la bombe s'intensifia.

– Il faut y aller ! hurla Gobzella.

Avant que Brystal ne comprenne ce qu'il se passait, la gobeline passa ses bras autour d'elle et de Lucy et bondit à l'extérieur. Brystal, Lucy et Gobzella chutèrent sur des centaines de mètres vers l'océan agité en contrebas. *Boum !* La bombe explosa et le vaisseau éclata au-dessus de leurs têtes. L'onde de choc les frappa comme un mur de brique, les faisant retomber encore plus vite.

Splash ! Brystal plongea... L'impact lui vida les poumons... Les lames se brisèrent sur elle, la tirant toujours plus profond... Son corps se retourna, vrilla sous l'effet du puissant courant... Sa baguette échappa à sa prise serrée et disparut dans les profondeurs de l'océan...

Des débris de l'explosion tombèrent dans l'eau et coulèrent autour d'elle... Brystal essaya de nager jusqu'à la surface, mais elle était trop faible... Ses bras et ses jambes devinrent de plus en plus lents, puis s'immobilisèrent...

Elle chercha Lucy et Gobzella, en vain... Elle ne voyait plus que l'océan noir qui s'étirait à des kilomètres autour d'elle...

CHAPITRE 11

LE PRINCE ELFE

Xanthous avait marché toute la nuit, mais hélas, il n'était pas arrivé bien loin. Avec les tabourets attachés à ses pieds, il n'avait pu parcourir que quelques kilomètres depuis le moulin. Alors que le soleil commençait à se lever, Xanthous était encore dans la même forêt que la veille, et il savait que ce n'était qu'une question de temps avant que les fées et les sorcières ne le rattrapent. S'il voulait trouver une cachette pérenne, il lui fallait d'abord trouver un meilleur moyen de transport. Alors, Xanthous s'assit sur un rocher pour reposer ses jambes fatiguées et réfléchir.

Calculant ses chances de trouver un vélo ou une charrue tirée par des chevaux dans la forêt, il fut distrait par des bruits sourds. Ces bruits s'intensifièrent ; quelque chose avançait dans les bois. Xanthous regarda autour de lui, sans savoir où se cacher sans provoquer un feu. Tous les buissons et les rochers alentour étaient trop près du sol. Sans alternative, Xanthous se pressa contre l'arbre le plus proche et ôta les tabourets de ses pieds. Il grimpa sur la branche la plus haute et se cacha dans le feuillage.

Quelques instants plus tard, il fut surpris de découvrir la source de cette étrange perturbation. Une carriole d'argent était tirée à travers les bois par six lapins à cornes de la taille de grands chiens. Les animaux étaient conduits par un jeune homme en armure à damier noir et blanc. Le jeune homme avait des cheveux noirs ondulés, de grands yeux gris et un nez légèrement pointu. Une fronde et un sac de pierres étaient attachés à sa ceinture. Il devait avoir quinze ans, et même s'il ne semblait pas menaçant, Xanthous resta aussi silencieux que possible.

À son grand désespoir, alors que la carriole passait sous l'arbre, le jeune homme tira sur les rênes et les lapins à cornes s'arrêtèrent net. Le jeune homme renifla, puis sonda la forêt en fronçant les sourcils. Il bondit de la carriole et examina le terrain, passant les doigts sur les étranges traces que Xanthous avait laissées dans la terre. Curieux, celui-ci se pencha un peu vers la droite pour regarder le jeune homme de plus près, et la branche sous son pied émit un petit *crac !*

Soudain, le jeune homme fit volte-face, brandit sa fronde et d'un seul mouvement tira trois pierres l'une derrière l'autre droit sur Xanthous. Évitant les projectiles, ce dernier perdit l'équilibre.

– Aaaaah ! cria-t-il dans sa chute.

Par chance, elle se termina dans un mûrier fourni. Le jeune homme se pencha sur lui sans attendre, pointant sa fronde vers la gorge de Xanthous.

– Ne tire pas ! supplia-t-il en leva les bras. Je ne suis pas armé !

Le jeune homme étudia Xanthous de plus près. Après une rapide inspection, il se détendit et abaissa sa fronde.

– Mince alors, dit-il à mi-voix. J'aurais préféré que tu sois un ours.

– Pardon ?

– J'ai chassé toute la matinée et je me disais que j'avais enfin de la chance.

– Désolé de te décevoir.

Le jeune homme pencha la tête de côté, comme un chiot curieux.

– Qu'est-ce que tu fabriquais, caché dans cet arbre ?

Xanthous se savait très mauvais menteur, en particulier sous la pression, mais il fit de son mieux.

– Je ne me cachais pas, répondit-il avec un rire nerveux. J'aime grimper aux arbres tranquillement, pour faire le vide.

Le jeune homme leva un sourcil.

– Donc tu t'épuises physiquement dans des forêts dangereuses pour... te détendre ?

Xanthous chercha autour de lui des idées qui l'aideraient à mentir.

– Eh bien, je ne fais pas que me détendre... Je m'entraînais aussi. Il se trouve que je suis champion d'escalade d'arbre. Tu vois ça ? Je l'ai gagnée à ma dernière compétition.

Xanthous montra au jeune homme sa médaille de mutisme. Peu convaincu, ce dernier acquiesça malgré tout, comme si Xanthous était un enfant qui lui montrait un de ses jouets.

– Un champion d'escalade d'arbres, vraiment ? J'ignorais que c'était un sport de compétition.

– Oh, c'est très compétitif.

– Et tu aimes porter tes médailles même quand tu t'entraînes.

– Ça me motive.

– Et les tabourets, c'est pour quoi ? Ça fait partie de ta méthode d'escalade d'arbres ?

Le jeune homme désignait les tabourets que Xanthous avait abandonnés.

– Eh bien... commença Xanthous qui peinait à trouver une explication. Techniquement, c'est de la triche, mais parfois j'ai besoin d'un petit coup de pouce. Mais nous ne sommes pas dans une compétition officielle, alors ce n'est pas grave.

– Et pourquoi tu en as deux ? Au cas où tu en casserais un ?

Le jeune homme adressa un sourire joueur à Xanthous. Visiblement, cela l'amusait beaucoup de creuser les trous dans le récit de Xanthous. Jusqu'à présent, ce dernier n'avait pas remarqué à quel point le jeune homme était *séduisant*. Il en oublia presque tout du mensonge éhonté qu'il essayait de lui faire avaler.

– Pourquoi toutes ces questions ? Tu écris un livre sur les inconnus croisés dans les bois ?

Le jeune homme rit.

– Si c'était le cas, tu serais certainement le plus bizarre d'entre eux.

Xanthous pouffa devant cette remarque.

– Moi, je suis bizarre ? Ce n'est pas toi qui chasses l'ours avec des lapins à cornes ?

– Oh, je n'ai jamais prétendu être normal. Le bizarre me va très bien, ça donne du piment. Et le bizarre attire souvent le bizarre, si tu vois ce que je veux dire.

Xanthous ne savait pas ce que le jeune homme voulait dire, mais quelque chose dans sa manière de le dire le fit rougir.

– Qui es-tu ?

– Je m'appelle Elrik Elderwood. Et toi ?

– Je suis Xan... pardon, Xach ! Xach Bellenfant.

– Ravi de te rencontrer, Xach. Je peux t'aider à descendre de ton arbuste ?

Le jeune homme tendit la main à Xanthous, qui eut un rapide mouvement de recul.

– Je te promets de ne pas te faire de mal.

– Désolé, ce n'est pas toi. Je ne dois pas toucher le sol.

– Je te demande pardon ?

– Euh... Je me suis tordu la cheville, expliqua Xanthous qui tressaillit pour feindre la douleur. Je ne devrais pas m'appuyer dessus.

– Donc toi, tu grimpais à un arbre avec une cheville foulée ?

– Non... Je grimpais à l'arbre quand je me suis tordu la cheville.

– Pourquoi tu n'es pas descendu ?

– Parce que... j'avais besoin d'aide.

– Alors pourquoi tu ne me demandes pas de l'aide ?

Xanthous rougit et ses narines fumèrent ; il se retrouvait coincé par ses mensonges.

– Parce que... parce que... dit-il, incapable de trouver une idée. Parce que je me cachais de quelqu'un, voilà ! Content ?

Elrik applaudit lentement.

– Eh bien, la route fut longue mais je savais qu'on finirait par arriver à la vérité. Alors, de qui tu te caches ?

Xanthous était à la fois agacé et un peu flatté par l'intérêt persistant dont Elrik faisait preuve à son encontre. Il se tut et réfléchit à la manière de lui répondre. De toute évidence, mentir ne fonctionnait pas, mais il ne pouvait pas lui dévoiler la vérité non plus. Xanthous décida alors de lui dire la vérité sur son passé plutôt que sur son présent.

– Si tu dois tout savoir, c'est mon père que je fuyais.

– Ce n'est pas un homme bien ?

– C'est le moins qu'on puisse dire.

Elrik poussa un long soupir et s'assit sur la pierre à côté de l'arbre. Il tira des tranches de pomme de sa poche et nourrit ses lapins à cornes.

– Oh, je sais très bien ce que tu ressens.

– Vraiment ?

– Et comment ! Mon père est un homme affreux. Il monte toujours ses enfants les uns contre les autres. Il transforme tout en compétition et nous confie différentes tâches pour qu'on l'impressionne. Traverse la rivière à la nage ! Escalade cette montagne ! Chasse un ours ! Il fait toujours mine qu'il sera fier de nous si on réussit, mais quoi qu'on fasse, il n'est jamais satisfait de rien. Parfois, je crois que tout son bonheur est mort en même temps que notre mère.

Xanthous acquiesça tristement, comprenant Elrik mieux que ce dernier ne pouvait l'imaginer.

– Ma mère est décédée, elle aussi. Elle est morte en accouchant de moi, et mon père m'en a toujours tenu pour responsable.

– Vraiment ?

– S'il n'y avait que ça... Il me battait chaque fois qu'il me surprenait en train de faire quelque chose qu'à ses yeux les garçons normaux ne font pas. J'essayais par tous les moyens de lui faire plaisir, mais il trouvait toujours une nouvelle raison de m'en vouloir. J'ai passé beaucoup de temps à chercher ce qui n'allait pas chez moi, mais la vérité, c'est que c'est lui qui était brisé, pas moi.

Le regard des garçons se croisa et ils partagèrent un sourire doux-amer. Mais à mesure qu'ils se regardaient, l'atmosphère devenait moins amère et plus douce. Xanthous ne pouvait se l'expliquer, surtout au vu des circonstances, mais il y avait quelque chose chez Elrik qui le poussait à lui faire confiance, et qu'il aimait vraiment.

– On dirait que nous avons beaucoup de choses en commun, dit Elrik.

Xanthous rougit à nouveau.

– Le bizarre attire le bizarre, n'est-ce pas ?

Les garçons gardèrent leur sourire jusqu'à ce que le silence soit sur le point de devenir gênant. Elrik termina de nourrir ses lapins à cornes et se releva.

– Ce serait un plaisir de t'accompagner jusqu'au prochain village.

Xanthous était excité à l'idée d'aller n'importe où avec Elrik, mais il se rappela rapidement pourquoi il était dans les bois à l'origine.

– À vrai dire, je crois qu'il vaut mieux que je reste planqué... du moins, jusqu'à ce que je trouve un plan. Tu sais, pour éviter mon père.

– Tu te doutes que je ne vais pas laisser un charmant garçon blessé et perdu dans une forêt dangereuse.

Xanthous n'en croyait pas ses oreilles.

– Comment tu m'as appelé ?

– Blessé, répéta le jeune homme.

– Non, après.

– Perdu ?

– Tu as dit que j'étais *charmant* ?

Elrik fit mine de chercher autour de lui une troisième personne présente.

– Je ne crois pas. Si je m'étais permis de le faire, cela aurait été très cavalier de ma part.

Xanthous restait ébahi, son cœur battant plus fort que ceux de tous les lapins à cornes réunis. Elrik lui fit un petit sourire un coin et remit une mèche de cheveux derrière ses oreilles. Le regard pudique de Xanthous fut interrompu quand il remarqua qu'Elrik avait les oreilles en pointe.

– Attends une seconde... tu es un elfe ?

– C'est un problème ?

– Bien sûr que non, je suis juste surpris. Tu es bien plus grand que tous les elfes que j'ai connus.

Elrik se crispa, comme si le sujet le mettait mal à l'aise.

– Ouais, disons que je suis une sorte de prince. Les elfes aristocratiques sont plus imposants que les autres. C'est simplement la manière dont notre espèce a évolué au fil du temps. Ma famille dit que c'est parce que nous sommes « supérieurs », mais honnêtement, je crois que mes ancêtres étaient du genre à garder tout le lait et les légumes pour eux.

Soudain, une idée frappa Xanthous. De tous les royaumes et les territoires du monde, la Terre des elfes était l'endroit que le Conseil des fées avait le moins visité, mais Xanthous n'aurait jamais pu oublier la première fois qu'il avait posé le regard sur ce territoire. Tous les elfes vivaient dans des petites maisons suspendues aux branches d'un arbre immense dans la région du Nord-Est. C'était une des grandes merveilles de ce monde, *et c'était l'endroit parfait pour se cacher.*

– Tu pourrais m'emmener sur la Terre des elfes ?

– Pourquoi veux-tu aller là-bas ?

– Parce que mon père ne viendra jamais m'y chercher ! Et j'ai toujours voulu y aller !

Elrik se mordit la lèvre en réfléchissant.

– Pourquoi pas, mais à une condition.

– Laquelle ?

Elrik sourit.

– Tu dois dire à mon père que je t'ai sauvé d'un ours.

– Que d'un ? Je me souviens d'une meute entière !

– Bien vu ! Bon, il serait temps qu'on y aille.

Elrik se rapprocha de la carriole et fit signe à Xanthous de le suivre. Ce dernier ne bougea pas, fixant nerveusement le sol.

– Qu'est-ce qui ne va pas ? demanda Elrik.

– Je... je ne mentais pas au sujet de ma cheville. Je suis vraiment désolé de te demander ça, mais est-ce que tu voudrais bien me porter jusqu'à ta carriole ?

– Et moi qui croyais que le prince, c'était moi !

Elrik attrapa Xanthous dans ses bras tel un bébé et le déposa délicatement dans la carriole. L'elfe fit claquer les rênes et les lapins à cornes bondirent en avant, en direction de la Terre des Elfes ; prendre un peu de hauteur allait faire du bien à Xanthous.

CHAPITRE 12

LES GARDIENS SINGULIERS

Balayée par les flots depuis ce qui lui semblait une éternité, Brystal sentit enfin le sable sous la pointe de ses orteils. L'instant d'après, une puissante vague la porta jusqu'à la rive d'une île. Elle essaya de se mettre debout mais les vagues ne cessaient de venir se briser, la repoussant au sol. Elle était dans un tel état d'épuisement qu'elle pouvait à peine relever la tête, sans parler de se relever tout court.

– Lucy ! cria-t-elle. Luuuuucy !

Brystal sonda l'île. La plage était couverte de sable blanc et des tas de pierres noires irrégulières étaient éparpillés partout. L'air était si enfumé qu'elle voyait à peine le soleil à travers la brume. Rien dans cette terre étrangère ne paraissait accueillant ; à dire vrai, elle avait l'impression de se trouver sur une tout autre planète.

– Brystal ! Je suis lààààà !

Entendre la voix de Lucy lui donna l'énergie dont elle avait besoin pour se mettre debout. En se relevant, elle sentit une douleur aiguë au poignet droit et comprit qu'elle se l'était cassé dans sa chute. Elle marcha sur le sable jusqu'à l'autre côté de la plage et trouva Lucy assise contre un rocher. Les yeux écarquillés, elle se tenait la jambe gauche.

– Dieu merci, tu es en vie ! s'exclama Brystal. Tu es blessée ?

– Je crois que je me suis cassé la jambe. (Lucy geignit.) Tu peux la guérir ?

Brystal voulut prendre sa baguette, mais s'aperçut qu'elle n'était plus là.

– Ma baguette ! J'ai dû la perdre dans l'océan !

Lucy geignit plus fort.

– Cette journée ne pourrait pas tourner plus mal !

Brystal passa une main dans ses cheveux et examina l'île en panique. Sans sa baguette, comment allait-elle survivre, au Temple du Savoir ? Et maintenant que les Magoiseaux et le vaisseau étaient détruits, comment allaient-elles pouvoir quitter l'île ?

Contemplant l'océan, elle vit Gobzella flotter au milieu des vagues. La gobeline nageait d'une main vers la terre ferme, tandis que son autre bras entourait le prince Elron. L'elfe avait perdu connaissance, et son visage était bleu. Doubeurre et Taloche avaient les bras agrippés au cou de Gobzella, qui leur faisait office de radeau.

– Gobzella ! cria Brystal en agitant les bras. On est là !

– J'ai retrouvé les petits, mais pas les chevaliers ! Je crois qu'ils n'ont pas survécu au crash !

Gobzella finit par rejoindre la rive. Ayant sorti tout le monde de l'eau, elle tomba à genoux, à bout de souffle. Le prince Elron était étendu sur le sable, ne bougeant pas d'un iota, et son visage devenait toujours plus bleu à chaque seconde. Taloche entreprit de lui faire du bouche-à-bouche tandis que Doubeurre lui sautait sur le ventre.

Après quelques instants, le troll pressa l'oreille contre la poitrine du prince.

– Je n'entends pas son cœur !

Gobzella rampa jusqu'au côté de l'elfe et repoussa le troll et le nain. Elle frappa alors la poitrine du prince de ses poings.

– Restez loin de la lumière, Votre Majesté ! Aucun elfe ne mourra aujourd'hui ! Je répète, aucun elfe ne mourra aujourd'hui !

Si le cœur de l'elfe s'était arrêté, Gobzella l'avait assurément redémarré. Le prince Elron se redressa comme électrocuté, et recracha une bonbonne entière d'eau de mer.

– Ma foi, je ne peux pas être au paradis ! s'exclama le prince Elron en observant l'île.

Lucy poussa soudain un cri, faisant bondir tous les délégués.

– Qu'est-ce qui se passe ? C'est ta jambe ? demanda Brystal.

– Non, j'ai vu quelque chose bouger !

Lucy pointa du doigt les rochers noirs derrière elle. Les autres scrutèrent les pierres en silence. Au moment même où ils se dirent que Lucy s'était trompée, une grande forme sombre fila entre les pierres.

– Là ! Vous avez vu ?

– Je l'ai vu, oui ! s'écria Taloche.

– Moi aussi ! s'exclama Doubeurre. On aurait dit une sorte de reptile.

Quelque chose détala à nouveau, mais cette fois, à plusieurs endroits.

Brystal déglutit.

– Nous ne sommes pas seuls.

Les délégués tournèrent la tête dans toutes les directions, voyant de plus en plus de silhouettes fonçant de cachette en cachette. Au fil des mouvements des créatures monstrueuses autour d'eux, ils distinguèrent des parties de corps : une queue, une griffe ou encore une langue. Les délégués entendirent également des sifflements et des bruissements à mesure que les silhouettes se rapprochaient. Puis, devant les yeux horrifiés de tous, des dizaines de reptiles gigantesques gros comme des tigres jaillirent des rochers. Leurs longs corps noirs étaient recouverts d'écailles, leurs langues fourchues glissaient hors de leurs gueules immenses, et des griffes acérées crissaient contre les pierres tandis qu'ils avançaient.

– Mon Dieu, qu'est-ce que c'est que ça ? demanda le prince Elron.

– Ce doivent être les fameux gardiens singuliers qui protègent le Temple du Savoir ! répondit Lucy.

– Que personne ne panique, intervint Taloche. Après tout, ils peuvent très bien être herbivores.

– À mon avis, on aurait plus de chance que Gobzella gagne un concours de beauté, lança le prince Elron.

– Hé ! Je viens de vous sauver la vie !

Le prince Elron leva les yeux au ciel.

– Ah, mais oui ! Merci de m'avoir sorti de l'eau pour que je sois bouffé sur la plage ! Je vous dois une reconnaissance éternelle !

Les reptiles faisaient claquer leurs mâchoires d'un air menaçant et grondaient d'un ton grave et rauque. Les délégués reculèrent. Lucy passa son bras autour des épaules de Brystal en se tenant sur sa jambe en bon état.

– Dites, Bonne Fée, ce serait peut-être le moment idéal pour les transformer en mouettes ! suggéra Taloche.

– Je ne peux pas ! Ma baguette est au fond de l'océan !

– Je m'en occupe, rétorqua Lucy avec assurance. Que tout le monde recule, je vais créer un fossé de dolines autour de nous !

Elle frappa le sable avec le poing, mais rien ne se produisit. Lucy essaya encore et encore, mais aucune doline ne se forma.

– Je ne comprends pas... Pourquoi est-ce que notre magie ne fonctionne pas ? Tu n'as pas pu arrêter la bombe dans le vaisseau, et maintenant je ne peux pas provoquer mes fameuses dolines !

Brystal contempla l'île avec horreur.

– Nous avons toutes les deux eu une drôle de sensation en pénétrant dans le dôme. Quelque chose dans cet endroit doit bloquer la magie.

Les reptiles se multipliaient à chaque seconde. Les dizaines devinrent des centaines, puis les centaines, des milliers. Les créatures fixaient les délégués avec de grands yeux affamés, sans jamais les quitter du regard. Brystal savait que quelques secondes plus tard elles allaient attaquer.

– Vous avez d'autres idées ? insista le prince Elron.

– Peut-être qu'on pourrait les semer ? proposa Brystal.

– Il n'y a qu'une seule façon de le savoir ! s'écria Doubeurre.

Le troll se mit à courir le long de la plage. Ne sachant pas quoi faire d'autre, Gobzella ramassa Lucy, puis tous les délégués coururent derrière Doubeurre. Les reptiles chargèrent leurs proies et, malheureusement, étaient d'excellents coureurs. Tandis que les délégués fonçaient sur la plage, encore plus de reptiles apparurent des rochers et se joignirent à la poursuite. Les délégués coururent jusqu'à ne plus en pouvoir. Ils finirent par manquer d'air et s'affaiblirent à chaque pas.

– Je suis vraiment désolé, dit Taloche à bout de souffle. Je n'en peux plus !

– Moi non plus, répondit Doubeurre.

– Dites à mon père que je suis désolé, dit le prince Elron, haletant.

Un par un, les délégués perdirent connaissance et s'effondrèrent dans le sable. Les reptiles les cernèrent, faisant claquer leurs dents acérées tout en refermant leur cercle. Gobzella reposa Lucy par terre et se mit à asséner des coups de poing et des coups de pied aux créatures.

– Allez, les horreurs à écailles ! Qui en veut ? Je répète, qui en veut ? Il y aura de la Gobzella pour tout le monde !

Cinq reptiles bondirent sur la gobeline, enroulant leurs corps autour du sien, tels des serpents géants. Gobzella se débattit, mais ils lui serrèrent la gorge avec la queue. Leur prise se resserra encore et encore et la gobeline finit par fermer les yeux et tomber à côté des autres. Brystal et Lucy ramassèrent des branches de bois flotté et les agitèrent face aux prédateurs, mais elles étaient si fatiguées qu'elles parvenaient à peine à les lever, et les reptiles semblaient amusés par le spectacle des filles en difficulté ; plus elles se fatiguaient, et plus il serait facile de les tuer.

Au moment même où Brystal et Lucy allaient être attaquées, l'île fut soudain obscurcie par une ombre immense. Les reptiles se figèrent et levèrent la tête vers le ciel. L'ombre balaya à nouveau les lieux et une forme gigantesque traversa les airs. Les créatures se mirent à couiner et s'éparpillèrent à travers l'île. Elles s'immiscèrent entre les rochers en se disputant les meilleures cachettes.

– J'ai dit quelque chose de mal ? demanda Lucy.

– Ce n'était certainement pas moi, répondit Brystal.

Tout à coup, les filles ressentirent un vent puissant provenant d'en haut. Elles levèrent les yeux et eurent la vision la plus effrayante de leur vie. Volant dans le ciel juste au-dessus de leurs têtes, se dressait un autre monstre à écailles, aussi grand qu'une maison.

– C'est un... un... un...

Lucy s'évanouit avant de terminer sa phrase.

– C'est un dragon ! cria Brystal.

La bête immense se posa sur la plage et l'île tout entière trembla sous le choc. Le corps du dragon était recouvert d'écailles rouges et plusieurs cornes pointaient sur son crâne. Ses yeux étaient d'un jaune si intense qu'ils en brillaient, et de la fumée sortait de ses énormes narines. Provoquant la plus grande confusion chez Brystal, le dragon était également équipé de rênes à la manière d'un cheval. Et, assis sur une selle à la base de son cou, se tenait un homme revêtu d'une armure munie de piques acérées.

Un groupe de reptiles fort courageux tenta d'attaquer le dragon... La bête géante poussa un rugissement tonitruant et un jet de feu jaillit de sa gueule, réduisant les reptiles en cendres. La vue du dragon, l'éclat de son rugissement assourdissant et la chaleur de son souffle, c'en était trop pour les sens de Brystal...

Ses yeux se révulsèrent et son corps s'effondra dans le sable.

CHAPITRE 13

LES ÎLES DRAGON

Brystal fut réveillée par un agréable picotement à son poignet droit. Ouvrant lentement les yeux, elle n'avait aucune idée d'où elle était ni de comment elle était arrivée là. Elle remarqua en premier le toit composé de grandes feuilles au-dessus de sa tête. Puis elle comprit qu'elle était allongée dans un grand hamac vert. Enfin, son poignet droit la picotait parce qu'il était en feu !

À cette vue angoissante, Brystal se redressa en vitesse et le hamac se balança sous elle. Elle essaya d'éteindre les flammes en frottant son poignet contre la jambe de son pantalon, mais elles ne s'éteignaient pas. Frappant frénétiquement son poignet, elle comprit qu'elle se faisait plus de mal que le feu lui-même. En effet, les flammes semblaient avoir pour effet de soigner son poignet blessé. Et étonnamment, au lieu d'une couleur jaune ou orange éclatante, le feu arborait une douce teinte rosée, évoquant la peau d'une pêche.

Brystal observa son environnement et découvrit qu'elle était dans une cabane. Celle-ci se composait d'une grande pièce où chaque centimètre carré était intégralement fait de palmier, des feuilles du toit au sol en noix de coco. Lucy, Gobzella, le prince Elron, Doubeurre et Taloche dormaient dans d'autres hamacs à côté d'elle, chacun avec différentes parties du corps brûlant dans les mêmes flammes mystérieuses.

– Salutations !

La voix fit bondir Brystal qui faillit en tomber de son hamac. Elle regarda en l'air et vit un jeune homme penché au-dessus d'elle. Il était grand, musclé, âgé d'environ seize ans. Il avait le crâne rasé, des sourcils noirs épais et des yeux marron clair. Il arborait un sourire amical et portait une armure à piques de la couleur du charbon. Cet accoutrement lui paraissait familier, mais Brystal était incapable de se rappeler où elle l'avait vu.

– Pardon, je ne voulais pas te faire peur... Je te regardais juste dormir.

– Comment ? s'écria Brystal en ouvrant de grands yeux.

L'homme regretta ses mots.

– Je voulais dire que je suis censé te regarder dormir – et non que j'en aie envie, corrigea-t-il avec un rire nerveux. Soyons clairs, tu es jolie, *très* jolie même. Je suis sûr qu'un tas de garçons voudraient te regarder dormir. Enfin, non pas que je trouve ça normal ! Non, c'est affreux ce que je dis ! Ce que je voulais dire, c'est que je ne suis pas un affreux... Je faisais juste mon travail.

Si Brystal n'avait pas été aussi inquiète, elle aurait trouvé sa gêne attendrissante.

– Qui es-tu ?

– Toutes mes excuses, j'aurais dû commencer par là. Je m'appelle Ryder. Et toi ?

Brystal trouvait cela rafraîchissant de ne pas être reconnue, mais elle se méfiait encore du jeune homme.

– Je m'appelle Brystal. Pourquoi est-ce ton travail de me regarder dormir ?

– Pour m'assurer que le feu fonctionne bien, expliqua-t-il en indiquant les flammes à son poignet. Vous étiez tous bien amochés après que je vous ai sauvés. Oh ! pardon ! Je ne voulais pas dire « sauvés », cela sous-entendrait que je ne vous crois pas capables de vous défendre vous-mêmes. Je suis sûr que tu es capable de faire tout ce dont tu as envie. Je ne suis pas comme tous ces hommes. J'ai beaucoup de respect pour les femelles. *Femelles ? Franchement, Ryder ?* Désolé, je ne sais pas pourquoi j'ai dit « femelles », je voulais dire « femmes ». Et le mot que je voulais employer tout à l'heure, c'est « aidés ». Vous étiez bien amochés après que je vous ai *aidés*, alors je vous ai amenés ici.

– Où sommes-nous ?

– Vous êtes dans la maison de guérison. Heureusement que vos blessures, à tes amis et toi, n'étaient pas trop graves. J'ai vu les rôdeurs des rochers infliger un sort bien pire à des naufragés.

– Les « rôdeurs des rochers » ?

Ryder était surpris qu'elle ne s'en souvienne pas.

– Oui, c'est comme cela qu'on appelle les reptiles qui vous ont attaqués sur la plage. Les îles externes en sont infestées. Heureusement que j'ai vu votre groupe à temps, sinon vous auriez fini dévorés.

Soudain, les souvenirs de la plage défilèrent devant les yeux de Brystal. Elle se souvint de l'explosion du vaisseau, elle se souvint de la poursuite avec d'immenses reptiles, et enfin elle se souvint où elle avait vu l'armure insolite de Ryder. Brystal bondit hors du hamac, épouvantée, et s'éloigna lentement de lui.

– Tu chevauchais le dragon !

– Oui, c'était moi.

– Pourquoi chevauchais-tu un dragon ?

Ryder la fixa comme s'il s'agissait d'une question piège.

– Euh... parce qu'elle se laisse faire...

– C'est censé être drôle ?

– Euh... non ?

– Alors pourquoi fais-tu comme si c'était normal ? Chevaucher un dragon n'est pas normal !

Ryder haussa les épaules.

– Pour moi, si. Aaaaah, j'ai complètement zappé ! Toi, tu viens juste d'arriver et tu ne dois rien y comprendre ! Ce n'est pas ta faute, comment pourrais-tu comprendre ? Non, c'est entièrement ma faute. J'ai vécu ici toute ma vie alors, parfois, j'oublie d'expliquer aux gens. Si j'ai bien compris, tes amis et toi avez survécu à un naufrage, c'est bien ça ?

– Hmm... exactement, répondit Brystal en mentant. Nous avons survécu à un naufrage.

– J'avais bien deviné, c'est en général le cas quand des gens échouent sur la plage. En fait, ces îles sont un sanctuaire animalier pour les créatures en voie de disparition. Bienvenue aux îles Dragon !

Le jeune homme prit la pose, les bras ouverts, mais les rabaissa rapidement lorsqu'il comprit combien il avait l'air bête. Ryder avait raison sur une chose : Brystal n'y comprenait rien. Le Dr États n'avait jamais évoqué de « sanctuaire animalier » près du Temple du Savoir.

– C'est quel genre de sanctuaire animalier ?

– Ben... c'est pour les dragons. D'où le nom.

Brystal était sous le choc.

– Tu veux dire qu'il y en a plusieurs ici ?

Au lieu de lui donner une réponse verbale, Ryder prit sa main en bon état et la conduisit jusqu'à la fenêtre. Il ouvrit les rideaux de feuilles et Brystal se décrocha la mâchoire. La maison de guérison n'était qu'un des nombreux bâtiments construits autour d'un volcan en activité. Depuis la cabane, elle avait une vue spectaculaire sur toutes les îles de l'archipel et une immense étendue de magma à l'intérieur du volcan en contrebas. De la lave coulait à flanc de volcan et sinuait à travers l'île, formant une rivière rouge vif.

Plus choquant encore que le volcan, en suivant la rivière des yeux, Brystal voyait des dragons partout où elle posait le regard. Les créatures avaient diverses formes et tailles, avec des teintes et des allures différentes. Certains ressemblaient en tout point à celui qu'elle avait vu sur la plage, avec des ailes immenses et une longue queue. D'autres étaient petits, trapus, marchant à quatre pattes, dépourvus d'ailes. La plupart de ces créatures étaient recouvertes d'écailles, d'autres, de fourrure ou de plumes. Les dragons tourbillonnaient ensemble dans les airs, paissaient ou se battaient dans les champs, et Brystal en aperçut même en train de se baigner et de nager dans la rivière de lave.

– Je... je... je n'arrive pas à y croire. Je pensais que les dragons avaient disparu.

– On les a chassés au point qu'ils ont frôlé l'extinction. Mes ancêtres ont rassemblé les survivants et les ont conduits jusqu'aux îles pour les mettre en sécurité. Ma famille s'en occupe depuis lors. Nous sommes appelés les « Bienfaiteurs ».

– Combien y a-t-il de sortes de dragons ?

– Plus de cinquante espèces sur l'archipel, répondit Ryder, tout excité. Tu vois le petit gros, avec des écailles qui ressemblent à de l'écorce ? C'est un mâche-arbre ; ils se nourrissent de bois pétrifié et construisent leurs nids avec des bûches. Là, tu vois la nuée de petits à ailes jaunes ? Ceux-là sont des anges de fumée. Ils se nourrissent de nuages et leurs corps sont si légers qu'ils passent leur vie entière dans les airs. Là-bas, tu vois les dragons qui nagent dans la rivière, ceux qui ressemblent à des serpents brillants ? On les appelle des somnolaves, ils survivent en absorbant la chaleur du magma. Et les poilus, avec des pieds palmés ? Ce sont des poissessifs, ils mangent des algues et vivent dans des terriers sur la rive.

– Ils sont dangereux ?

– Ils sont comme les gens, ils peuvent être gentils ou agressifs. Tout dépend de la manière dont ils ont été élevés. Beaucoup l'ignorent, mais les dragons sont une espèce soumise, ce qui signifie qu'ils ont besoin de maîtres pour survivre. Après l'éclosion de l'œuf, le dragon se focalise sur la première personne qu'il voit. Si le dragon a été élevé par une personne qui se montre humaine, alors il sera gentil. Mais si quelqu'un de cruel ou de corrompu met la main sur lui, il peut devenir tout à fait hostile.

Au milieu des dragons que lui avait montrés Ryder, Brystal distingua plusieurs personnes. Elles portaient des armures à piques et marchaient autour de l'île, observant avec prudence les créatures dont elles inspectaient les habitats.

– Toutes ces personnes sont de ta famille ?

– La plupart, mais certains sont des naufragés tout comme tes amis et toi. Nous avons pour règle d'aider les naufragés à rentrer chez eux, mais ils sont nombreux à décider de rester. Il suffit d'une interaction avec un dragon et *hop !* ils sont accros pour la vie.

Brystal rit en voyant des Bienfaiteurs apprendre à des dragons à se tenir assis et à se rouler par terre en échange de friandises.

– Je n'aurais jamais cru que des dragons puissent être aussi affectueux.

– Certains sont plus qu'affectueux, ils sont même dévoués. Tu vois le dragon assis dans le nid au sommet du volcan ? Celui avec les écailles blanches éclatantes et des yeux bleus ? C'est un grand dragon albinos, il crache un feu réparateur, et non destructeur. C'est excellent pour réparer des objets endommagés ou pour soigner les blessures.

Brystal baissa les yeux vers les flammes qui brûlaient autour de son poignet. Savoir qu'elles provenaient d'un dragon les rendait encore plus extraordinaires. Mais alors qu'elle les observait, les flammes disparurent sans crier gare.

– Qu'est-ce qui s'est passé ? Pourquoi le feu s'est éteint ?

– Cela signifie que ton poignet est guéri.

Ryder regarda dans la maison de guérison et vit que les flammes de Lucy, de Gobzella, du prince Elron, de Doubeurre et de Taloche étaient toujours vives. Les délégués dormaient encore à poings fermés, ronflant paisiblement dans leurs hamacs.

– On dirait que tes amis en ont pour un moment. Tu veux visiter les îles, en attendant ?

Brystal ne put résister à l'enthousiasme contagieux de Ryder. Elle se dit qu'une visite serait même le moyen parfait de sonder les îles à la recherche du Temple du Savoir.

– Absolument !

Ryder sourit et conduisit Brystal hors de la maison de guérison au bord du volcan. Il siffla entre ses doigts et, un instant plus tard, le dragon que Brystal avait croisé sur la plage descendit du ciel, atterrissant devant eux. Ryder avait beau garantir à Brystal que les dragons étaient affectueux, elle n'était pas à l'aise face à la bête géante.

– Je te présente Minette. C'est une écarlate à cornes cracheuse de feu. Autrefois, c'était l'espèce qui comptait le plus grand nombre de spécimens, jusqu'à ce qu'on fasse la chasse aux dragons. Mais ne t'inquiète pas, Minette est inoffensive. Je l'ai élevée moi-même.

– Tu as appelé ton dragon « Minette » ?

Ryder haussa les épaules.

– J'ai toujours voulu un chat... mais ils ne font jamais long feu sur l'île, tu sais, pour des raisons évidentes. Minette, tu veux bien nous montrer ton joli sourire ?

Ryder parlait au dragon avec une voix haut perchée, comme s'il s'adressait à un bébé. La créature ouvrit sa gueule massive, dévoilant des centaines de dents pointues. Si le sourire du dragon était censé rassurer Brystal, c'était loupé.

– C'est bien, ma fifille ! C'est qui, le beau dragon ? C'est qui, le beau dragon ?

Le dragon haleta et agita la queue comme un chien content, puis roula sur le dos pour que Ryder lui gratte le ventre.

– Tu veux faire un tour avec la gentille dame ? Tu veux faire un tour avec la gentille dame ?

Le dragon était surexcité à cette idée et lécha allègrement le visage du garçon avec sa langue fourchue.

– Attends, tu veux me faire faire une visite guidée sur Minette ?

– Évidemment. Comment ferait-on pour se déplacer, sinon ?

– On ne peut pas marcher ?

– On ira plus vite à dos de Minette. Tu es en totale sécurité. Aucun dragon ne vole mieux qu'elle sur l'archipel.

Le dragon leva la tête et posa triomphalement. Brystal recula d'un pas.

– Je te promets que c'est une visite que tu n'oublieras jamais, dit Ryder. De plus, c'est tellement rare que je rencontre des gens de mon âge – enfin tu es la première, même. D'habitude, les seules personnes qui atterrissent ici sont des pirates bagarreurs et des marins ivres.

Brystal hésita.

– Je ne le sens pas.

– Allez, s'il te plaît !

Ryder fit la moue comme un enfant et Minette l'imita derrière son dos. Ils firent tellement pitié à Brystal, tous les deux, qu'elle éclata de rire.

– Bon, d'accord. Mais vas-y en douceur, Minette, c'est ma première fois.

Le dragon baissa la tête jusqu'au sol et Ryder et Brystal montèrent sur la selle. Minette déploya alors ses grandes ailes, et en seulement deux grands battements, le dragon se souleva dans le ciel. Le décollage fut bien plus rapide que Brystal ne l'avait imaginé et elle serra ses mains autour de la taille de Ryder pour éviter de glisser.

– Je crois que c'est bien de commencer par ici, dit Ryder en montrant les bâtiments au sommet du volcan. Voici le village des Bienfaiteurs, c'est là que nous mangeons et que nous dormons quand nous ne nous occupons pas des dragons. La grande cabane au milieu, c'est là où vit la Bienfaitrice suprême.

– Qu'est-ce qu'une Bienfaitrice suprême ?

– Elle est un peu comme notre reine. Son rôle consiste à gouverner les îles et à en assurer la sécurité. Tous les Bienfaiteurs lui obéissent et tous les dragons la traitent comme leur alpha. Crois-moi, tu n'as pas intérêt à te la mettre à dos.

– C'est bon à savoir, répondit Brystal qui mit un point d'honneur à ne pas l'oublier.

Tandis que Minette survolait l'archipel, Ryder montrait à Brystal les différentes îles, ainsi que chaque espèce qu'ils rencontraient. Brystal s'émerveillait de tout ; elle n'arrivait pas à croire qu'un écosystème entier de dragons existât en secret depuis des milliers d'années. Elle était si intriguée par tout ce qu'elle voyait qu'elle en oublia presque la raison de sa venue. Elle s'amusait tant qu'elle se sentait un peu coupable.

– La plupart des dragons sont regroupés en fonction de leur régime. La majorité d'entre eux mange du poisson ou des rôdeurs des rochers, certains chassent les autres dragons. Nous essayons de garder les *chasseurs* et les *chassés* sur des îles séparées, mais ils aiment se balader.

Minette plongea vers une île, suivant une rivière de lave depuis les airs. La lave se déversait dans un lac de magma comme une fontaine. Brystal aperçut des Bienfaiteurs affairés au bord du lac. Ils le traversaient, sautant avec précaution de pierre en pierre, surveillant des objets ronds qui flottaient à la surface du magma.

– Tu vois ce lac ? Nous l'appelons le « lit des naissances ». Tous les dragons pondent leurs œufs dans le magma. Plus le magma est chaud, et plus les embryons se développent vite. D'habitude, il ne leur faut que quelques semaines pour éclore mais il arrive que ça ne prenne que quelques heures !

– C'est incroyable ! s'exclama Brystal. Mes amis ne vont jamais en revenir !

– De quel royaume viens-tu ?

– À l'origine, du royaume du Sud.

– C'est pas vrai ! Mon père aussi venait du royaume du Sud. C'était un marin dans la flotte royale du roi Champion XIV, mais je ne l'ai jamais rencontré. Lui et son équipe se sont échoués parce qu'une tempête avait endommagé leur navire. Ils ne sont restés dans les îles Dragon que le temps de réparer leur bateau. Il est reparti avant même que ma mère ne sache qu'elle était enceinte.

– Tu n'as jamais songé à quitter l'archipel ?

Ryder sourit en y pensant.

– Peut-être un jour. J'ai toujours rêvé de parcourir le monde, mais pour l'heure, je crois que ma place est ici. Les dragons ont besoin de moi, et j'aime me sentir utile. Tu comprends ?

– Tout à fait, répondit Brystal avec un sourire plein de douceur. J'aime me sentir utile, moi aussi.

Ryder guida Minette vers les îles externes de l'archipel. Brystal remarqua alors une forme très longue et très épaisse qui nageait dans l'océan en contrebas.

– Qu'est-ce que c'est ?

– C'est un *dragon d'eau.*

– Il y a des dragons qui vivent dans l'eau ? s'écria Brystal, ébahie.

Ryder hocha la tête.

– Tu as envie d'en rencontrer un ?

Avant que Brystal n'ait le temps de répondre, Ryder dirigea Minette vers la plage de l'île la plus proche. Ils atterrirent sur la rive et posèrent pied à terre. Ryder se mit face à l'océan et siffla avec ses doigts. Quelques secondes plus tard, un immense serpent de mer aux écailles couleur de saphir et aux nageoires turquoise sortit la tête de l'eau.

– Brystal, voici Orcéan. C'est un de mes protégés, déclara Ryder.

Brystal écarquilla les yeux et recula face à la créature.

– C'est un plaisir de te rencontrer, Orcéan, dit-elle avec un tremblement dans la voix.

– Orcéan, tu veux bien montrer à Brystal ta caverne aux merveilles ? demanda Ryder avec la même voix haut perchée qu'il utilisait avec Minette.

– La caverne aux merveilles ?

– Orcéan aime récupérer des objets brillants qu'il trouve au fond de l'eau. C'est surtout du verre de mer et des bouteilles vides, mais une fois, il a trouvé un ensemble complet de bijoux royaux ! C'est extraordinaire, n'est-ce pas ? Qui sait combien de temps ils avaient passé au fond de l'eau ?

Le dragon adressa un drôle de regard à Brystal, avant de se tourner vers Ryder, d'un air de dire : « On peut lui faire confiance ? »

– Ne t'inquiète pas, elle ne va rien te voler.

Orcéan scruta Brystal. « D'accord, mais tu gardes tes mains là où je peux les voir. »

Le dragon d'eau émergea et étira son long corps sur le sable. La créature ressemblait à un serpent géant, sans pattes avant ni arrière. Ryder enfourcha Orcéan, puis aida Brystal à monter. Quand ils furent installés, le dragon d'eau glissa dans la mer et nagea à la surface. À un peu plus d'un kilomètre de la rive, Orcéan se tourna vers Ryder et hocha la tête. « C'est maintenant. »

– Retiens ta respiration, lança Ryder à Brystal. Et vraiment, retiens-la bien.

Brystal suivit son conseil et remplit ses poumons au maximum. Le dragon d'eau plongea, serpentant toujours plus profondément dans l'océan. Brystal dut s'agripper à ses nageoires de toutes ses forces pour éviter de glisser. L'eau salée lui piquait les yeux et la pression dans ses oreilles empira à mesure qu'ils s'enfonçaient. Au moment même où elle croyait ne plus pouvoir retenir sa respiration, Brystal sentit l'air fouetter sa peau. Elle rouvrit les yeux et découvrit que le dragon d'eau avait refait surface dans une grande caverne sous-marine.

Il y avait des tas d'objets étincelants, si bien que Brystal crut dans un premier temps qu'ils avaient fini dans l'espace. Sa vue s'ajusta et elle comprit que la caverne était remplie de milliers d'objets précieux. Orcéan avait organisé ses trésors en piles de pièces anciennes, de bijoux, d'argenterie, de bouteilles vides, de bouteilles avec un message, et de verre de mer trié par couleur. Il y avait également un bric-à-brac immense de télescopes, de rames, d'horloges, de voiles, et d'autres morceaux de navires engloutis.

– Mince alors ! s'écria Brystal. Regarde-moi tout ça !

– Impressionnant, n'est-ce pas ? répondit Ryder.

Le dragon d'eau hocha la tête fièrement. « Et comment ! »

– J'ignorais que les dragons avaient des hobbies.

– Ce sont des créatures étonnantes. Hélas, ils sont bien trop méconnus. J'imagine que le monde a toujours détesté et craint ce qu'il ne comprend pas. Mais si les gens essayaient au moins de les comprendre, je suis sûr qu'ils adoreraient les dragons autant que moi.

– Le monde se trompe sur beaucoup de choses, tu sais. Même si j'ai été agréablement surprise par les progrès faits ces dernières années. Il y a eu des changements que je n'aurais jamais cru voir de mon vivant. Alors, peut-être que le monde sera prêt à accepter les dragons plus tôt qu'on ne le pense ?

– Je l'espère. Je ne pourrais imaginer ma vie sans eux.

– Ils ont de la chance de t'avoir.

– J'ai encore plus de chance de les avoir.

En parlant d'eux, Ryder avait des airs de papa fier. Brystal était touchée de voir combien il se souciait de ces dragons. Sa passion lui rappela ce qu'elle-même ressentait à l'égard de la Terre des fées. Plus elle passait de temps avec le Bienfaiteur, plus il lui plaisait... lui plaisait vraiment. Cela faisait plus d'un an que Brystal n'avait pas ressenti ce genre d'impression envers quiconque. Malheureusement, elle savait que son temps était compté et essaya de réprimer ses sentiments avant qu'ils ne se développent davantage. Elle sonda la caverne à la recherche d'une distraction. Et par chance, elle trouva tout ce dont elle avait besoin, et *plus* encore.

– Oh, mon Dieu !

– Que se passe-t-il ?

– Je n'arrive pas à y croire ! C'est... c'est... *ma baguette* !

Sa baguette de cristal trônait au-dessus d'un tonneau de vin dans la pile de bazar des mers. Elle scintilla à l'approche de Brystal, comme si l'objet était content de la revoir.

– Attends une seconde... c'est à toi ? demanda Ryder.

– Oui, j'en suis certaine ! Je l'ai perdue dans le crash, enfin le naufrage.

– C'est incroyable ! Orcéan, tu fais des miracles !

Brystal voulut attraper sa baguette, mais avant qu'elle ne puisse la ramasser, le dragon d'eau s'interposa. Orcéan gronda avec un visage mauvais. « C'est à moi ! »

– Désolé, les dragons d'eau peuvent être très possessifs, intervint Ryder. Orcéan, ce n'est pas parce que tu as trouvé quelque chose que ça t'appartient ! Tu te souviens ce dont je t'ai parlé ? « Trouvé, c'est gagné », c'est un joli slogan, mais cela fait de toi un voleur. Maintenant, rends à la gentille dame sa baguette !

Le dragon poussa un soupir de dédain et lui tourna le dos. Brystal récupéra sa baguette, avec un sourire jusqu'aux oreilles.

– Je n'aurais jamais cru la revoir.

– Quelle était la probabilité qu'Orcéan la trouve ? s'exclama Ryder. C'est de la magie.

– Oui, répondit Brystal avec un rire nerveux. De la magie.

★

Brystal ayant retrouvé sa baguette, elle retourna avec Ryder sur la plage et ils continuèrent leur visite des îles. Leurs vêtements trempés séchèrent au fil du vol de Minette dans le ciel. Depuis les airs, le regard de Brystal fut attiré par l'île du plus grand volcan de l'archipel. En dépit de sa taille et de sa végétation luxuriante, l'île était totalement déserte.

– Pourquoi n'y a-t-il aucun dragon par là-bas ?

– Ils ont peur de cette île.

– Pourquoi ?

– Parce que cette île abrite *le vieux temple.*

En approchant, Brystal comprit subitement pourquoi les dragons la craignaient. Une immense forteresse se dressait sur le flanc du volcan en activité. La structure était si ancienne qu'elle ne faisait pratiquement plus qu'un avec l'île. Elle se composait de pierres noires parfaitement assorties à la terre brûlée autour du volcan. Un escalier d'un millier de marches, dont chacune était recouverte d'herbes et de plantes rampantes, conduisait à l'entrée.

À la seconde où elle posa les yeux dessus, Brystal sut qu'elle contemplait le Temple du Savoir, et sa vue lui provoqua un frisson dans toute la colonne vertébrale.

– Ça t'ennuie si l'on s'approche ? demanda-t-elle à Ryder.

– Pas du tout.

Ryder tira sur les rênes et dirigea Minette vers une île située en face du Temple du Savoir. Ils atterrirent dans un nid de dragon vide avec une vue imprenable sur l'île. Se trouver si près du temple rendit Minette mal à l'aise. Le dragon se renferma dans ses ailes et trembla en regardant de l'autre côté de la mer.

– Tu ne plaisantais pas, dit Brystal. Pourquoi les dragons en ont-ils si peur ?

– Il y a quelque chose à l'intérieur du temple... quelque chose qui les terrifie.

– Mais qu'est-ce qu'il y a de plus effrayant qu'un dragon ?

Ryder haussa les épaules.

– Pas la moindre idée. Personnellement, je n'ai jamais pénétré à l'intérieur, mais j'en sais assez pour ne pas m'y aventurer.

Brystal joua les ingénues.

– Ah ! vraiment ? Tu peux m'en dire plus ?

Un sourire malicieux se dessina sur le visage de Ryder. Il observa les alentours pour vérifier qu'ils étaient bien seuls.

– Je peux te confier un grand secret ?

– Je t'en prie.

– On l'appelle le « Temple du Savoir ». Il a été construit il y a des milliers d'années par un groupe de thaumaturges et le temple renfermerait une chambre contenant les objets les plus puissants jamais créés. C'est pourquoi mes ancêtres et leurs dragons sont venus dans ces îles. Les thaumaturges leur ont offert un foyer, dans l'espoir que la présence des dragons décourage les gens d'y entrer. Puis ils ont protégé les îles d'un dôme magique pour les camoufler.

Brystal portait son regard vers l'autre rive, subjuguée. Tout prenait son sens : les Bienfaiteurs et les dragons, et non les rôdeurs des rochers, étaient les « gardiens singuliers » de la légende.

– Comment fait-on pour y entrer ?

– Les portes ne s'ouvrent qu'avec une clé spéciale. Mais crois-moi, tu n'as pas envie d'y aller. Tous ceux qui y sont entrés n'en sont jamais sortis.

– Et si quelqu'un voulait y aller, comment trouver la clé ?

Ryder fronça les sourcils.

– Pourquoi tu t'intéresses autant au temple ?

Brystal le regarda droit dans les yeux et poussa un long soupir. Ryder s'était montré si gentil avec elle qu'elle n'avait plus le cœur à lui mentir. De plus, elle ne ferait que perdre du temps à mentir, du temps dont elle manquait.

– Ryder, je dois t'avouer quelque chose. Mes amis et moi ne sommes pas des marins. Et nous n'avons pas vécu de naufrage. Nous sommes venus dans les îles pour trouver le Temple du Savoir.

– Quoi ? Mais... mais... mais pourquoi ?

– Parce que le monde court un grave danger. Un feu puissant détruit les villes, un feu comme jamais le monde n'en a connu, et des innocents sont accusés à tort. Chez moi, on m'appelle « la Bonne Fée », et tout comme la Bienfaitrice suprême, mon rôle consiste à veiller à la sécurité de tous. Il y a un puissant livre de sorts à l'intérieur du temple qui pourrait m'aider à arrêter les incendies. Je sais que c'est dangereux, et je sais que je dois être folle de même vouloir essayer, mais si tu pouvais nous aider à y entrer, nous pourrions sauver de nombreuses vies.

Sous le choc, Ryder dut prendre un moment pour digérer tout ce que Brystal venait de lui révéler.

– Donc... tu es une *fée* ?

– Oui, enfin, j'en étais une. Ma magie ne fonctionne pas depuis que nous sommes arrivés ici.

– C'est à cause du sort des thaumaturges. Il est impossible d'utiliser la magie sous le dôme. Les thaumaturges voulaient empêcher que quiconque ait un avantage dans le temple.

Frustrée, Brystal ferma les yeux et inspira profondément. Elle avait compté sur cet avantage. Sa mission se compliquait donc à chaque minute.

– Je dois quand même essayer. De nombreux innocents vont mourir si nous échouons. Peux-tu m'aider ?

Brystal voyait bien que Ryder était troublé par sa requête.

– Personne ne peut entrer dans le Temple du Savoir au débotté. Il faut avoir la permission de la Bienfaitrice suprême. C'est elle qui détient la clé du temple. Mais elle n'a jamais autorisé personne à utiliser la clé auparavant.

– Est-ce que je pourrais lui parler ?

– D'ordinaire, elle ne rencontre pas les étrangers, mais je devrais peut-être pouvoir organiser ça.

– Vraiment ? Elle t'écouterait ?

Ryder ravala sa salive.

– Je crois... C'est ma mère.

★

Le soir même, Brystal resta dans la maison de guérison, tandis que Ryder allait parler à la Bienfaitrice suprême. Brystal faisait les cent pas entre les hamacs en attendant son retour. Les flammes réparatrices s'amenuisaient sur les corps des délégués et, un par un, ils commençaient à se réveiller.

Lucy bâilla et s'étira paresseusement hors de son hamac, mais elle paniqua en ouvrant les yeux.

– Qu'est-ce qui nous est arrivé ? Je ne me suis pas sentie aussi engourdie depuis le festival de musique de Hautrige.

– Lucy, tu as le feu ! s'écria Gobzella.

– Merci, mais ce n'était pas une blague.

– Non, tu as littéralement le feu ! s'exclama Doubeurre.

Lucy poussa un cri en voyant les flammes couleur de pêche brûler sa jambe cassée.

– Il n'y a pas qu'elle ! Nous sommes tous en feu ! hurla le prince Elron.

Tous les délégués se mirent à crier et à bondir hors de leurs hamacs. Ils couraient dans tous les sens dans la maison de guérison, pour essayer d'éteindre les flammes. Brystal siffla le plus fort possible pour attirer leur attention.

– Que tout le monde se calme ! Le feu ne vous fait pas de mal, il vous aide ! Il s'éteindra dès que vos blessures seront guéries !

Dans un premier temps, les délégués ne la crurent pas, mais en réalisant que le feu ne leur provoquait aucune douleur, ils se détendirent. Ils découvrirent même que la sensation des flammes était *agréable*. Gobzella se rallongea dans son hamac et mit les mains derrière la tête.

– Elle a raison ! C'est génial ! Ça chatouille et ça masse en même temps !

– Mes genoux n'ont jamais été en aussi bon état depuis mon nainfance, dit Taloche.

– Brystal, c'est toi qui nous fais ça ? Ta magie fonctionne à nouveau ? demanda Lucy.

– Non et non. Mais je peux tout vous expliquer.

– La dernière chose dont je me souvienne, c'est que nous étions cernés par ces lézards mutants ! s'exclama Doubeurre. Comment leur avons-nous échappé ?

– C'était moi ? J'ai gagné ? demanda Gobzella.

– Nous sommes en sécurité à présent, c'est tout ce qui compte, répondit Brystal. Que personne ne panique, nous avons en réalité été sauvés par un dragon.

Lucy poussa un cri.

– Tu veux dire que ce n'était pas un rêve ?

Les autres délégués scrutèrent Brystal comme si elle avait été folle. Plutôt que de perdre du temps à essayer de les convaincre, Brystal marcha jusqu'à la fenêtre et ouvrit les rideaux de feuilles. Les délégués furent abasourdis en découvrant le volcan, les îles, et tous les dragons qui erraient et volaient à travers l'archipel.

– Non, non, non, non, déclara Lucy en secouant la tête. Ce ne peut pas être vrai. Quelqu'un a dû nous glisser un trèfle à pois violets à notre insu. Dans cinq minutes, tout cela va disparaître et un groupe de joueurs de tuba préadolescents sera en train de se moquer de nous. Ça m'est déjà arrivé pendant une colo de musique.

– Ce que vous voyez est bien réel, je vous le promets. Les îles renferment plus que le Temple du Savoir, c'est un sanctuaire pour dragons. Quand les thaumaturges ont bâti le temple, ils ont invité les dragons à venir pour qu'ils les aident à le protéger. Ce sont eux, les « gardiens singuliers » contre lesquels la légende nous met en garde.

– Comment savez-vous tout cela ? s'enquit le prince Elron.

Brystal raconta aux délégués tout ce qui s'était passé pendant leur sommeil. Elle évoqua sa visite des îles avec Ryder, raconta comment un dragon d'eau avait trouvé sa baguette au fond de l'océan, et expliqua qu'à présent elle attendait pour parler à la Bienfaitrice suprême.

– Apparemment, la clé est le seul moyen d'entrer. Si elle ne nous la donne pas, nous n'aurons aucune chance.

– Et tu crois que nous pouvons la convaincre ? demanda Lucy.

– Il le faut.

La porte s'ouvrit grand et Ryder fit son entrée. Brystal était si impatiente qu'elle ne songea même pas à le présenter aux autres.

– Eh bien ? Qu'est-ce que ta mère a dit ?

Ryder soupira et Brystal sut que les nouvelles n'étaient pas bonnes.

– Elle a dit qu'il était absolument hors de question qu'elle vous donne la clé, mais elle a accepté de te rencontrer. J'ai fait du mieux que j'ai pu.

– Très bien, répondit Brystal. Allons la rencontrer. Je pourrai peut-être la faire changer d'avis.

Ryder conduisit Brystal et les délégués hors de la maison de guérison. Ils traversèrent un long pont de corde qui serpentait à travers le village des Bienfaiteurs jusqu'au bâtiment au sommet du volcan. L'entrée était gardée par deux Bienfaiteurs intimidants, armés de lances en dents de dragon. Brystal et les délégués suivirent Ryder jusqu'à la salle du trône qui dominait le volcan tel un grand balcon ; elle avait un sol de verre au travers duquel on voyait directement le lit de magma en contrebas.

– Approchez, dit une voix de femme.

La Bienfaitrice suprême était assise tout au bout de la pièce, sur un trône fabriqué à partir de côtes de dragons. Elle arborait une couronne à cornes, des épaulettes à piques et une robe blanche moulante en peau de dragon fondue. Un seul coup d'œil suffit à Brystal pour comprendre pourquoi les dragons la traitaient en alpha. Son regard imperturbable débordait d'assurance et de sagesse. Elle était une des personnes les plus intimidantes que Brystal ait jamais rencontrées.

Ryder approcha de sa mère avec une révérence, et les délégués l'imitèrent.

– Mère, voici les personnes dont je vous ai parlé.

La Bienfaitrice suprême n'était intéressée que par Brystal.

– Ainsi, vous êtes la fameuse Bonne Fée. La réputation de votre remarquable pouvoir a traversé terres et mers. C'est un plaisir de faire votre connaissance.

– Je vous remercie, Madame. J'aimerais pouvoir en dire de même, mais vous avez su préserver le secret des îles Dragon.

– Mon fils me dit que vous êtes venue pour le Temple du Savoir.

– En effet. Nous espérions prendre le *Livre des thaumaturges*.

– Et pourquoi quelqu'un doté d'un pouvoir tel que le vôtre aurait-il besoin d'un objet pareil ?

– Il ne s'agit pas de gagner plus de pouvoirs, il s'agit d'*ôter ses pouvoirs* à quelqu'un. Il y a deux nuits de cela, le royaume de l'Est a été attaqué par un feu extrêmement dangereux. Il ne ressemble à rien de ce que nous connaissons. Il brûle bien plus vite et plus fort qu'un feu normal. Plus de la moitié de la ville de Poignefer a été détruite en quelques minutes. Notre ami Xanthous est une fée spécialisée dans le feu. Il était sur la scène de l'attaque, et on l'accuse désormais d'en être responsable. Nous savons qu'il est innocent, nous savons que quelque chose *d'autre* est à l'origine des flammes, mais nous ne pouvons pas le prouver.

La Bienfaitrice suprême acquiesça lentement.

– Alors le Souffle du diable est de retour.

– Je vous demande pardon ?

– Le feu dont vous parlez s'appelle le « Souffle du diable ». Il y a des milliers d'années, il a détruit la quasi-totalité de l'ancien monde.

– Vous voulez dire que ce n'est en rien la faute de Xanthous ?

– À moins que votre ami soit âgé de plusieurs milliers d'années, j'en doute sincèrement.

– Alors, que s'est-il passé la première fois ? Comment a-t-on arrêté le Souffle du diable ?

– On ne l'a pas arrêté. Le feu a disparu aussi vite qu'il était apparu. Jusqu'à ce jour, personne ne sait d'où il est venu ni où il est allé. Hélas, cela n'empêche pas les gens de trouver des coupables. Un groupe d'hommes appelés les « alchimistes » ont tenu une conférence avec les dirigeants du monde pour faire face à la situation. Ils ont déterminé que les dragons étaient à l'origine des destructions, et ils ont donc décidé d'exterminer l'espèce entière pour sauver la planète. Sans les efforts héroïques de mes ancêtres, les dragons auraient disparu.

Brystal n'en croyait pas ses oreilles. L'histoire se répétait.

– Et aujourd'hui, il se produit la même chose avec mon ami ! s'écria-t-elle. Nous venons justement de l'Institut d'alchimie ! La Conférence des rois a décidé que Xanthous était à l'origine du feu ! Ils n'ont pas démordu de l'idée que le seul moyen d'empêcher de nouveaux incendies était de l'éliminer, mais il est aussi innocent et incompris que les dragons !

– Il semblerait que *tuer* soit la réponse des alchimistes à tout. Mes condoléances pour la perte de votre ami.

– Mais nous pouvons encore le sauver ! Si nous trouvons le *Livre des thaumaturges* et l'utilisons pour ôter ses pouvoirs à Xanthous, les alchimistes ont dit qu'ils l'épargneraient !

– Je suis désolée, ma chère, mais cela n'arrivera pas. Ouvrir le temple représente un grand risque, un risque qui ne vaut pas de sauver une seule vie.

– Mais nous pourrions utiliser le *Livre des thaumaturges* pour arrêter le Souffle du diable une bonne fois pour toutes. Et si je suis parfaitement honnête, les fées et les sorcières le recherchaient bien avant que les incendies ne commencent. Nous avons une autre raison de le convoiter.

La Bienfaitrice suprême fut surprise de l'entendre, et elle n'était pas la seule. Les raisons supplémentaires de Brystal étaient une surprise pour les délégués aussi. Elle pouvait sentir leurs regards confus à l'arrière de son crâne sans même se retourner.

– Racontez donc.

– Le monde est menacé par bien plus que le Souffle du diable. L'année dernière, le royaume du Sud a été renversé par un impitoyable tyran qui se fait appeler le « Juste Empereur ». Il s'est allié à une puissante sorcière pour lever une armée des Morts inexpugnable. L'empereur projette d'envahir et de conquérir tous les royaumes et tous les territoires du monde. Si nous ne l'arrêtons pas, les gens seront privés de leurs droits, les créatures douées de parole perdront leurs maisons, et la communauté magique tout entière sera persécutée.

– Vous voulez dire que l'armée des Morts peut être vaincue ? demanda Taloche.

– Pourquoi ne pas l'avoir dit plus tôt ? renchérit le prince Elron.

– Les alchimistes ne m'auraient jamais dit où se trouvait le Temple du Savoir s'ils avaient su ma véritable raison de vouloir le *Livre des thaumaturges.* Les feux peuvent détruire toute vie sur terre, l'armée des Morts, tout ce qui vaut la peine de vivre. Mais avec le *Livre des thaumaturges*, nous pouvons tout arrêter. Il nous faut simplement la clé.

Brystal ne savait plus quoi dire pour convaincre la Bienfaitrice suprême. Celle-ci fit claquer ses ongles longs sur les bras de son trône en réfléchissant.

– Non, déclara-t-elle enfin.

– *Non ?* s'écrièrent à l'unisson les délégués.

– Mère, vous ne parlez pas sérieusement ? protesta Ryder.

– Les chances ne sont pas de leur côté. Oui, les feux pourraient détruire la planète. Et oui, le Juste Empereur pourrait détruire tout ce qui vaut la peine de vivre. Mais si le *Livre des thaumaturges* atterrit entre de mauvaises mains, le monde périra à coup sûr.

– Enfin, Mère, nous ne pouvons pas rester là et...

La Bienfaitrice suprême leva la main pour faire taire son fils.

– Ma décision est prise. De plus, je ne pourrais pas vous aider même si je le souhaitais. À l'instant où j'ai hérité de la clé, je me suis assurée qu'elle ne revoie plus jamais la lumière du jour. Nos ancêtres ont conduit suffisamment de gens à leur perte.

– Madame, dites-nous où elle se trouve, je vous en conjure ! supplia Brystal. Vous êtes notre dernier espoir !

– Demain matin, j'ordonnerai d'affréter un navire pour qu'on vous ramène, vos amis et vous, sur le continent... mais c'est tout ce que je peux vous offrir. Ryder, je te prie de raccompagner nos visiteurs à la maison de guérison. Ils peuvent y rester jusqu'à leur départ.

Ne pouvant plus rien dire ni faire, Brystal et les délégués suivirent Ryder hors de la salle du trône. Ils marchèrent tête basse le long du pont de corde à travers le village des Bienfaiteurs. De leur point de vue, ce n'était pas la fin de leur mission, c'était la fin du monde.

– Ne pourrait-on pas faire appel ou quelque chose dans le genre ? suggéra Lucy.

– Hélas non, répondit Ryder. La volonté de ma mère fait loi par ici. Et elle ne revient jamais sur sa décision.

– Ce ne peut pas être la fin ! geignit Gobzella. On doit lui faire entendre raison !

Ryder leur tint la porte de la Maison de guérison pour qu'ils entrent. Mais une fois à l'intérieur, ils prirent conscience que Ryder les avait conduits dans une tout autre partie du village. Au lieu des hamacs verts et des flammes couleur de pêche, la nouvelle cabane était remplie d'épées, de lances, d'arbalètes et d'armures à piques.

– Ryder, quel est cet endroit ? demanda Brystal.

– Que tout le monde s'équipe, répondit-il. Vous ne pouvez pas aller au Temple du Savoir habillés comme ça.

– Mais ta mère a dit qu'elle ne nous aiderait pas, répliqua Lucy.

– Ah, ça, elle s'est montrée très claire. Ma mère est une oratrice hors pair. Elle choisit très attentivement ses mots et ne dit jamais une chose qu'elle ne penserait pas. Quand elle a dit que la clé ne *reverrait jamais la lumière du jour*, ce n'était pas une métaphore.

– Et en quoi est-ce que la franchise de ta mère est une bonne chose ?

– Parce que, sans le vouloir, elle nous a dit où elle cachait la clé. Rares sont les endroits où le soleil ne brille pas, en particulier par ici.

Brystal écarquilla les yeux en comprenant où Ryder voulait en venir.

– *L'océan !* Ta mère a jeté la clé dans l'océan !

Ryder sourit.

– Et si j'ai raison, je crois connaître celui qui l'a déjà trouvée.

CHAPITRE 14

UN DÎNER AVEC LES ELFES

Les lapins à cornes conduisaient Elrik et Xanthous à travers les collines des bois du Sud-Ouest, en direction de la Terre des elfes. Les garçons se relayaient avec les rênes et Xanthous eut l'agréable surprise de constater avec quelle agilité les lapins se faufilaient entre les arbres. Il n'aurait pas cru être capable de rire et de sourire dans un moment pareil, mais Xanthous trouvait chaque virage serré plus amusant que le précédent. Et malgré les dangers de la forêt environnante, la présence d'Elrik lui donnait le sentiment d'être en sécurité. Il se sentait transporté à chaque bond et rebond qui les rapprochait un peu plus.

Très vite, le grand arbre de la Terre des elfes apparut au loin. Il se dressait royalement au centre des bois du Nord-Ouest tel un géant au milieu des hommes. L'arbre mesurait plus de trois cents mètres de haut et près de cent mètres de large. Un village entier de petites maisons pendait à ses énormes branches, tel un village de nichoirs. Maisons et magasins étaient de différentes couleurs et de différents styles, avec une architecture asymétrique astucieuse pour optimiser les espaces limités. Xanthous vit les petits habitants elfes marcher sur des ponts et des chemins entre les feuilles.

Au pied de l'arbre, les lapins à cornes traversèrent un portail en bois gardé par des soldats elfes. Elrik emprunta avec la carriole un chemin qui conduisait aux racines imposantes de l'arbre et tournait autour de son tronc massif. Plus les lapins grimpaient, plus Xanthous se rassurait ; il était si haut au-dessus du sol que le feu ne pourrait jamais le retrouver.

La carriole avança jusqu'au sommet du territoire et s'arrêta devant un château miniature qui ornait la cime de l'arbre telle une couronne. Le château était composé de panneaux en damiers de bois noir et blanc ; il possédait quatre tours identiques et le bâtiment tout entier était recouvert d'impressionnantes gravures en forme de feuilles. Dès que le chariot se fut immobilisé, des serviteurs sortirent du château pour en débarrasser Elrik.

Xanthous descendit de la carriole et tourna sur lui-même pour admirer la Terre des elfes.

– Waouh ! Cet endroit ne lasse jamais.

– Je croyais que tu n'étais jamais venu ici ?

– Je veux dire, ce doit être impossible de se lasser de cet endroit, non ?

– Absolument. Comment va ta cheville ? Mieux ?

Xanthous avait complètement oublié sa blessure imaginaire.

– Comme neuve ! Je me remets souvent rapidement.

– Tant mieux, répondit Elrik en riant. Je craignais de devoir te porter jusqu'aux appartements des invités. Viens, je vais te montrer ta chambre.

Comme l'extérieur, toute la décoration intérieure du château était noire et blanche. Les sols étaient recouverts de carrelage noir et blanc et les grands murs blancs étaient ornés de symboles peints en noir semblables aux gravures extérieures. Le château grouillait de servantes, de majordomes et d'autres serviteurs elfes en uniformes assortis noir et blanc.

Xanthous suivit Elrik en haut d'un escalier tournant et le long d'un couloir à l'étage, jusqu'aux appartements des invités. La chambre comprenait un lit à baldaquin, une méridienne et une penderie, mais les meubles étaient si petits qu'ils donnaient à la pièce un air de chambre d'enfant.

– Désolé pour les meubles. Nous recevons en général des invités plus petits.

– Ne t'inquiète pas, ça ira très bien. Je te suis si reconnaissant de...

Xanthous s'interrompit en remarquant un miroir dans un coin de la pièce. Il imagina d'emblée que les fées pourraient l'espionner et jeta un drap sur le verre poli.

– Tu n'aimes pas les miroirs ?

– Je me suis vu, je n'avais pas réalisé comme je suis sale.

Elrik alla dans la penderie miniature et en tira une chemise blanche aux revers noirs.

– Tiens, tu pourras mettre ça si tu veux. C'est de l'extra-extra-large elfe, alors ça devrait t'aller. Il y a une salle de bains à côté, si tu as besoin de te rafraîchir.

– Merci, répondit Xanthous qui prit la chemise. C'est très gentil de ta part de m'avoir amené ici. Je ne sais pas si je pourrai te rendre la pareille un jour.

Elrik haussa les épaules, l'air de rien.

– Aucun problème. Les garçons comme nous doivent se serrer les coudes.

Le prince et la fée échangèrent un sourire plein de douceur, mais l'instant fut interrompu par quelque chose qui vola soudain devant la fenêtre. Xanthous et Elrik se précipitèrent et virent un grand vaisseau de bronze descendant du ciel. La nacelle flottait grâce à un gros ballon, tirée par quatre oiseaux mécaniques.

– Qu'est-ce que c'est que ça ? demanda Xanthous.

Elrik ravala sa salive.

– Mon père est rentré.

– Il se balade là-dedans ?

– Non, il a été invité à une réunion spéciale hier. Tous les dirigeants du monde assistaient à ce qu'on appelle une « Conférence des rois », dans un endroit appelé « l'Institut d'alchimie ». C'est l'institut qui a fourni le moyen de transport.

Après s'être senti transporté, Xanthous se sentit malade. Il savait qu'Elrik parlait certainement de la réunion évoquée par Cielène, mais il n'avait jamais entendu ces noms auparavant.

– Qu'est-ce qu'une Conférence des rois ?

– Il faut croire que c'est ce que font les rois en cas d'urgence.

– Et qu'est-ce que l'Institut d'alchimie ?

– Aucune idée. Mais j'espérais que mon père serait absent plus longtemps.

Xanthous et Elrik regardèrent le vaisseau de bronze se poser devant le château. Des serviteurs se précipitèrent vers la nacelle pour accueillir leur souverain. Quand le roi Elvin voulut descendre, les branches d'arbres de sa couronne étaient si larges que les serviteurs durent l'aider à manœuvrer hors du véhicule. Xanthous fut pris de panique en voyant le roi entrer dans le château. Par le passé, il l'avait rencontré plusieurs fois avec le Conseil des fées. Si Xanthous ne voulait pas être reconnu, il allait devoir garder ses distances.

– C'est bizarre, dit Elrik, mon frère n'est pas avec lui. Je me demande pourquoi père a laissé Elron à l'institut. Enfin, tu verras, le dîner sera bien plus agréable sans lui. Elron est insupportable.

Xanthous fit les yeux gros.

– Tu veux dire que je suis invité à dîner ? Avec ton père ?

– Évidemment... tu es invité par le prince, répondit Elrik en riant. La salle à manger est au rez-de-chaussée. Nous mangeons tous les soirs à dix-neuf heures dix-sept exactement. Bon, je ferais mieux de me changer. Je suis bien sale après cette si longue journée de chasse.

Elrik se retira des appartements des invités. Le prince parti, Xanthous se mit à faire les cent pas dans la pièce, affolé. Apparemment, faire profil bas n'allait pas être possible. Si Xanthous ne voulait pas que le roi le remarque, il allait devoir se rendre méconnaissable. Alors il se précipita dans la pièce voisine et prit un bain dans la baignoire elfe miniature. Après quoi, il colla ses cheveux blonds en arrière, dans l'espoir qu'une nouvelle coupe lui permettrait de se grimer. Il avait tellement l'habitude des flammes sur sa tête qu'il en oubliait la dernière fois qu'il avait utilisé un peigne.

Ensuite, Xanthous retourna dans sa chambre et mit la tenue blanche qu'Elrik lui avait fournie. Il rangea avec précaution sa médaille de mutisme sous sa chemise et vérifia son reflet dans le miroir, le plus vite possible, juste au cas où les fées regarderaient de l'autre côté. Cependant, Xanthous contempla son reflet plus longtemps qu'il ne pensait. Sa nouvelle tenue et sa coupe de cheveux le rendaient plus adulte, au point qu'il eut du mal à se reconnaître. Dans un passé récent, Xanthous avait officiellement quitté l'adolescence et était entré à l'âge adulte, mais il n'aurait su dire quand cela s'était produit.

– Pas mal, dit-il en contemplant son reflet. Pas mal du tout.

À dix-neuf heures seize, il descendit l'escalier tournant et trouva la salle à manger au rez-de-chaussée. À son arrivée, une fille elfe âgée d'environ six ans était déjà assise à la longue table de réception. Elle portait une robe blanche avec des motifs noirs, une tiare de fleurs blanches, et ses cheveux formaient trois chignons au sommet de son crâne. La fille tenait un écureuil roux au poil soyeux, qu'elle nourrissait à l'aide d'une pipette.

– Oh, princesse Elvina ! s'écria Xanthous avant de s'incliner brièvement.

La princesse leva un sourcil.

– On se connaît ?

Xanthous avait assurément rencontré la princesse Elvina avec le Conseil des fées auparavant, mais de toute évidence elle ne se souvenait pas de lui ; le déguisement devait fonctionner.

– Non, mais j'ai beaucoup entendu parler de vous. Je suis Xach Bellenfant. Je suis un ami de votre frère Elrik.

– Je n'avais pas saisi qu'Elrik avait des amis.

– Il en a au moins un, répondit Xanthous avec un haussement d'épaules. Je vois que vous avez un ami, également. Est-ce que cet écureuil a un nom ?

– Maïs, répondit la princesse Elvina. J'essaie de l'apprivoiser.

– J'ignorais que les écureuils pouvaient être apprivoisés.

La princesse poussa un soupir de découragement et reposa l'écureuil dans une cage sous la table.

– Je commence à croire que c'est impossible. Père m'a dit d'attraper et d'apprivoiser un animal sauvage. C'est une de ses missions, mais je ne sais pas vraiment comment c'est censé faire de moi un meilleur chef. À ce que je sache, les elfes n'enfouissent pas leur nourriture et ne font pas pipi partout quand on a le dos tourné.

– Heureusement, non.

Un jeune elfe très séduisant entra dans la salle à manger, vêtu d'un costume noir à revers blancs, l'inverse exact de Xanthous. L'elfe portait également une couronne de branches et ses cheveux noirs formaient une petite queue-de-cheval derrière ses oreilles pointues. Il fallut un moment à Xanthous avant de réaliser qu'il se trouvait face à *Elrik*. Il n'avait pas imaginé que le prince elfe puisse être aussi *princier*.

– Waouh ! tu es superbe.

Elrik scruta Xanthous de haut en bas, pensant visiblement la même chose que lui.

– Toi aussi, vraiment superbe.

Xanthous rougit mais ne sut pas quoi répondre. Par chance, il n'eut pas le temps de dire quoi que ce soit : les portes s'ouvrirent grand et le roi Elvin entra d'un pas lourd. Elvina bondit et les elfes s'inclinèrent devant leur père. Xanthous les imita, quoique avec un léger retard.

– Bonsoir, père, dirent les elfes.

Le roi Elvin s'installa en bout de table sans même un regard vers ses enfants. Une fois le roi assis, les elfes s'assirent à leur tour. Xanthous ignorait où se mettre, aussi prit-il place à côté d'Elrik.

– J'ai une faim de loup ! Mangeons ! cria le roi.

Presque instantanément, une parade de serviteurs elfes entra dans la salle à manger avec des assiettes remplies de nourriture. Le régime des elfes étant exclusivement végétarien, les serviteurs posèrent des piles d'amandes, de fruits et de légumes sur la table. Il y avait suffisamment de nourriture, non seulement pour quatre personnes, mais pour un régiment entier. La princesse Elvina contempla la chaise vide à côté d'elle.

– Où est Elron ? demanda-t-elle.

– Il a une mission, répondit le roi Elvin. À ce propos, est-ce là l'animal que tu apprivoises ?

– Pour l'heure, il peut s'asseoir et rester immobile, mais je lui apprends encore à être propre.

– Bien. Et toi, Elrik ? Tu as chassé l'ours comme je te l'avais ordonné ?

Elrik adressa un regard nerveux à Xanthous.

– À vrai dire, Votre Majesté, Elrik a chassé plusieurs ours, intervint Xanthous.

Le roi leva les yeux pour la première fois et fut surpris de découvrir un visiteur.

– Qu'est-ce qu'un humain fait à ma table ?

Xanthous était ravi que le roi ne le reconnaisse pas, mais il était également terrifié d'avoir toute son attention.

– Sire, je m'appelle Xach Bellenfant. Votre fils m'a sauvé la vie dans la forêt. Voyez-vous, je m'étais perdu dans les bois et j'ai été attaqué par une meute d'ours. Si Elrik n'était pas arrivé à temps, je me serais fait dévorer.

Elrik hochait la tête au fil du récit. Le roi n'était pourtant pas convaincu et ses yeux jonglaient entre les garçons. La princesse Elvina elle-même paraissait suspicieuse.

– J'ignorais que les ours se déplaçaient en meute, lança le roi Elvin.

– Eh bien... ils étaient nombreux, en effet, répondit Elrik.

– Combien ? demanda la princesse Elvina.

– Cinq, dit Xanthous.

– Six, dit Elrik.

Les garçons se raidirent ; ils auraient dû revoir le détail de leur mensonge en amont.

– Six dont un ourson, Sire, précisa Xanthous.

– Et j'imagine que vous avez rapporté les corps en souvenir ? demanda le roi Elvin.

– Il n'y avait de place que pour nous deux dans la carriole, père, répondit Elrik.

– Tu es en train de me dire que tu as massacré six ours et que tu n'as rien rapporté pour le prouver ?

– Je ne pouvais pas laisser Xach seul dans les bois. Et si d'autres ours étaient apparus ?

Le roi Elvin grommela en secouant la tête.

– La prochaine fois que je te confie une mission, je veux que tu rapportes la preuve de ta réussite.

– Oui, père.

Un silence gênant s'installa dans la salle à manger. Xanthous s'interrogeait sur la visite du roi à l'Institut d'alchimie, mais ignorait comment aborder le sujet. Aussi il leva la main comme un élève à l'école.

– Vous avez une question ? demanda le roi Elvin.

– Comment s'est passé votre voyage, Votre Majesté ?

– C'était long.

Xanthous avait espéré que le roi développe davantage, mais il ne partagea aucun détail.

– Elrik m'a dit que vous assistiez à une Conférence des rois dans un lieu appelé l'Institut d'alchimie ? C'est bien ça ?

– Oui.

– Je suis curieux, qu'est-ce que l'Institut d'alchimie ?

– C'est un grand campus flottant dans le ciel. C'est là que vivent les alchimistes et qu'ils mènent des expériences.

Plus Xanthous en apprenait, et plus il était perdu.

– Des alchimistes, Sire ? Je ne connais pas ce mot.

– C'est parce qu'ils vivent cachés. Apparemment, les alchimistes sont un genre de fées ou de sorcières qui étudient la science. Ils ont un département pour chaque sujet scientifique imaginable : physique, chimie, biologie, que sais-je encore. Personnellement, je n'ai jamais compris l'intérêt de la science. Pourquoi perdre son temps avec quelque chose que l'on ne maîtrise pas ?

– Peut-être pour apprendre à le maîtriser ? suggéra Elrik.

Le roi Elvin jeta un regard noir à son fils, comme si le prince venait d'insulter son intelligence. Xanthous voulait absolument en savoir plus et leva à nouveau la main avant que la tension ne monte. Le roi leva les yeux au ciel devant la persistance de Xanthous.

– Quoi ? gronda-t-il.

– Pardonnez ma curiosité, Votre Majesté, mais de quoi avez-vous débattu à la Conférence des rois ? Elrik m'a parlé d'une urgence ?

– Il semblerait qu'une fée ait perdu la maîtrise de ses pouvoirs et répande des feux. Les alchimistes craignent que le garçon ne détruise la planète s'il n'est pas appréhendé. La conférence a donc décidé qu'il valait mieux l'éliminer avant qu'il ne cause plus de dégâts. Les alchimistes le cherchent en ce moment même.

Xanthous resta bouche bée, et son visage perdit toutes ses couleurs.

– Mais... mais... mais, et s'il était innocent ?

– J'en doute, répondit le roi Elvin. Les preuves parlent d'elles-mêmes.

– Mais... mais... mais, et si les preuves étaient fausses ? Et s'il s'agissait d'un malentendu ?

La princesse Elvina plissa les yeux.

– Tu as l'air très investi dans cette histoire.

– Pardonnez-moi, je trouve simplement cela injuste de voter une exécution sans procès, ne pensez-vous pas ? J'espère que quelqu'un l'a au moins défendu, ce pauvre garçon.

– Hélas, oui, répondit le roi Elvin. Toute la conférence aurait duré une heure de moins si la Bonne Fée ne s'était pas entêtée à dire que son ami avait été piégé. Mais vous savez comment elle est, elle a un cœur trop grand pour son bien. La Bonne Fée a supplié les alchimistes de lui laisser une chance de prouver l'innocence du garçon.

– Et comment compte-t-elle s'y prendre ? demanda Xanthous.

– Elle et une équipe de délégués sont en route vers une sorte de temple pour récupérer un livre de sorts spécial, je ne me rappelle plus les noms. S'ils reviennent à temps avec le livre censé contenir un sort qui permettrait d'ôter ses pouvoirs au garçon, elle prouverait son innocence. Mais il est bien improbable que la Bonne Fée rentre avant que les alchimistes ne le trouvent et ne le tuent. Apparemment, quand des gens entrent dans ce temple, ils n'en ressortent jamais.

Xanthous fut envahi par une telle angoisse qu'il n'avait plus les mots pour formuler d'autres questions. À cet instant précis, une équipe de scientifiques aguerris étaient en train de le traquer. Tout d'un coup, il se sentait en grave danger ; la Terre des elfes pouvait bien le protéger des feux mystérieux, où pouvait-il donc se cacher des alchimistes ? Jusqu'où devrait-il aller ? Et combien de temps devrait-il y rester ?

Et si cela ne suffisait pas, une de ses meilleures amies risquait sa vie pour sauver la sienne. Brystal allait-elle revenir du temple ? Est-ce que le livre de sorts était celui dont elle avait besoin pour vaincre l'armée des Morts et anéantir l'Immortelle ? Ou Brystal allait-elle passer ses derniers instants à essayer de prouver l'innocence de Xanthous au lieu de se concentrer sur ses propres besoins ?

Elrik avait dû sentir son désarroi car, sous la table, il lui pressa doucement la main.

– Père ? demanda la princesse Elvina. Vous avez bien dit que la Bonne Fée était partie au temple avec une équipe de délégués ?

– Oui. Un choisi par chaque royaume et territoire.

– Je vous en prie, dites-moi que ce n'est pas ça, la mission que vous avez confiée à Elron ! s'exclama Elrik.

– C'est tout à fait ça, affirma le roi Elvin. Nous savons tous que ton frère a agi en lâche par le passé. C'est l'occasion parfaite pour lui de montrer ce qu'il vaut.

Ni le prince ni la princesse ne pouvaient croire les mots qui sortaient de la bouche du roi.

– Père, comment avez-vous pu ? s'insurgea Elrik. Et si Elron était blessé ? Et s'il était tué ?

Le roi Elvin frappa du poing sur la table, faisant trembler toutes les assiettes.

– Alors il ne mérite pas d'hériter de mon trône. C'est mon devoir, mon devoir sacré, de laisser ce territoire entre les bonnes mains à ma mort. Et pour l'heure, aucun de mes enfants ne s'en est montré digne. Vous êtes tous les trois des déceptions absolues ! Alors, à moins que tu ne veuilles que je t'envoie toi en mission, d'où je suis certain que tu ne reviendras pas, je te suggère de la boucler !

Elrik devint livide et baissa les yeux vers son assiette. L'éclat du roi suffit à sortir Xanthous de sa paralysie. L'espace d'un instant, il oublia tous ses propres soucis et ressentit une empathie totale envers le prince elfe. Xanthous connaissait exactement ce sentiment d'humiliation par une personne censée donner de l'amour ; il l'avait vécu tous les jours de sa vie avec son propre père.

Il pressa la main d'Elrik sous la table. La commissure des lèvres de l'elfe se retroussa légèrement et il répondit à son geste. Les garçons se tinrent la main en secret et à la fin du dîner, ni l'un ni l'autre ne souhaitait lâcher prise.

★

Dans la soirée qui suivit leur dîner tumultueux avec le roi, Elrik conduisit Xanthous sur le grand balcon au troisième étage du château. De là, les garçons avaient une vue sur toute la Terre des elfes en contrebas. Toutes les petites maisons elfes étaient éclairées et les fenêtres brillantes transformaient l'arbre en univers miniature. Les garçons étaient épuisés émotionnellement après ce repas éprouvant, mais plus ils restaient à contempler la vue spectaculaire, plus le moral leur revenait.

– Je ne pensais pas que cet endroit pouvait être encore plus beau, dit Xanthous.

– C'est le moment de la nuit que je préfère. Les magasins sont fermés, le travail est terminé, tout le monde est chez soi, j'adore comme tout devient simple et paisible.

– Je comprends ce que tu veux dire. On irait que le monde respire un grand coup.

– Exactement. J'aimerais que tous les moments soient comme celui-ci. J'aimerais pouvoir l'envelopper et le ressortir au besoin. Mais il faut croire que c'est pour cela qu'on nous répète de chérir chaque instant, parce que les bons moments ne durent jamais.

Le prince poussa un soupir de tristesse ; Xanthous ressentit toute la douleur qu'il exprimait.

– Je suis désolé que ton père soit aussi cruel. Tu mérites mieux.

– Je suis désolé au sujet de mon père, moi aussi. Mais comme tu l'as si bien dit dans la forêt, ce sont eux qui sont brisés, non ?

Xanthous s'émut que le prince s'en souvienne.

– Les moments comme celui-là ne durent pas toujours, mais je suis certain de le chérir à jamais.

– Moi aussi, répondit l'elfe. Je t'aime beaucoup, Xach.

– Je t'aime beaucoup aussi, Elrik.

– De toutes les personnes en ce monde, quelles étaient les chances que deux garçons comme nous se rencontrent au beau milieu des bois ? J'en viens à me demander si certaines choses ne sont pas écrites.

Xanthous était parfaitement d'accord. Rencontrer quelqu'un comme Elrik relevait du miracle. Si Xanthous avait pu faire un vœu, cela aurait été de passer plus de temps avec le prince. Hélas, il savait que leur moment touchait à sa fin. Si Xanthous comptait survivre aux alchimistes, il devait quitter la Terre des elfes au plus vite.

– Elrik, je dois te dire quelque chose. Je n'ai pas été entièrement honnête avec toi. Je ne m'appelle pas Xach, mais Xanthous, et la vraie raison pour laquelle tu m'as trouvé dans les bois, c'est que...

– Tu es la fée que recherchent les alchimistes, conclut Elrik.

Xanthous n'en revenait pas.

– Comment le sais-tu ?

– Quand père parlait de la Conférence des rois, ton pouls battait à cent à l'heure.

– Et cela ne t'a pas inquiété ?

– Si tu avais dû allumer un feu, je me suis dit que tu l'aurais déjà fait.

– Alors tu comprends sans doute pourquoi je dois partir.

– Oui.

– J'aimerais pouvoir rester. Honnêtement, j'aimerais pouvoir passer chaque minute de chaque jour avec toi... Tu as été un rêve au milieu d'un cauchemar. Mais je ne suis pas en sécurité ici.

Elrik acquiesça.

– Je ressens la même chose que toi. Alors tu comprends sans doute pourquoi je n'ai pas le choix, je dois venir avec toi.

Xanthous crut que son ouïe lui jouait des tours.

– Quoi ? Elrik, tu ne peux pas venir avec moi !

– Et pourquoi non ?

– Parce que c'est dangereux ! Tu as entendu ce qu'a dit ton père, les alchimistes viennent me tuer ! Je dois aller là où ils ne me trouveront jamais ! Je dois me cacher jusqu'à ce que la Bonne Fée s'empare du livre de sorts dans le temple !

– Sans vouloir t'offenser, j'ai vu ta technique pour te cacher ; si tu refuses mon aide, tu seras mort au lever du soleil. Tu vas avoir besoin de quelqu'un pour faire le guet, pour trouver de la nourriture et de l'eau, et pour te guider à travers les bois, et personne ne connaît mieux les bois du Nord-Ouest que moi. Je connais des grottes et des cavernes où jamais personne au monde n'est allé, et dont on n'a jamais entendu parler. Et surtout, tu vas avoir besoin de quelqu'un pour contacter la Bonne Fée à son retour.

Xanthous resta sans voix. Il savait qu'Elrik avait raison : se cacher des alchimistes serait impossible sans l'aide de quiconque, mais il ne voulait pas mettre le prince en danger.

– Elrik, je ne peux pas accepter que tu fasses tout ça pour moi.

Le prince agrippa Xanthous par les épaules et le regarda dans le fond des yeux.

– Je ne peux pas te dire combien de fois j'ai regardé ces grilles et rêvé de m'enfuir. Je me suis toujours trouvé des tas d'excuses pour rester, mais tu es la première excuse que j'aie de partir. Je sais que tu as l'impression que le monde entier est contre toi, mais ce n'est pas vrai. Moi, je suis là. Et je ne suis pas prêt à te perdre maintenant.

– Mais imagine que la Bonne Fée ne revienne pas ? Et si je devais me cacher éternellement ?

– Je peux imaginer des destins pires que d'être coincé avec une fée aussi canon, répondit Elrik avec un clin d'œil. Alors qu'est-ce que tu en dis ? On fugue ensemble ?

Soudain, le pire cauchemar de Xanthous se transforma en vrai rêve. Même une vie en cavale ressemblait au paradis avec Elrik à son côté.

– Très bien. C'est parti, fuguons ensemble.

Elrik arbora le plus grand sourire que Xanthous eût jamais vu.

– Formidable, dit le prince. Nous partons sur-le-champ. Je vais prendre des affaires et préparer ma carriole. Tu restes ici, je reviens dès que j'ai terminé !

Elrik embrassa Xanthous et courut à l'intérieur du château. Les yeux de Xanthous doublèrent de volume et il porta une main tremblante à ses lèvres. Est-ce que cela venait vraiment de se produire ? Xanthous se pinça pour s'assurer qu'il n'était pas en train de rêver. Non, cela s'était vraiment produit ! Médaille de mutisme ou pas, Xanthous rougit si fort qu'il fut surpris que ses joues ne prennent pas feu. Émerveillé, il contempla la Terre des elfes, brillant plus fort que les étoiles dans le ciel noir.

Peut-être Emerelda avait-elle raison au sujet de l'amour. Peut-être qu'il y avait bien un Fringant pour tous les Chafouin.

CHAPITRE 15

LE TEMPLE DU SAVOIR

À l'intérieur de l'arsenal du village de Bienfaiteurs, Brystal, Lucy et les délégués mirent des tenues en peau de dragon, des bottes et des protections à piques pour les épaules, les genoux et les coudes. Ryder insista pour qu'ils s'équipent également d'armes et Brystal et Lucy eurent bien du mal à choisir. Les filles étaient tellement habituées à se protéger par la magie qu'elles ne pouvaient s'imaginer manier une épée ou une lance de combat. Elles suivirent malgré tout les conseils de Ryder et choisirent des épées forgées à partir de dents de dragon acérées. Brystal rangea sa baguette dans sa botte pour plus tard, impatiente de pouvoir la réutiliser.

– Ça fait un sacré changement ! s'exclama Brystal en découvrant leur nouvelle apparence.

– On dirait l'équipe de lutte la plus brutale du monde, dit Lucy. Je suis pour.

– Tout le monde est prêt ? demanda Ryder.

Les délégués acquiescèrent et levèrent le pouce.

– Bien, maintenant nous allons nous faufiler hors du village et descendre le long du volcan à pied. Nous devons être aussi silencieux que possible. Si les gardes de ma mère nous surprennent, elle nous jettera dans la prison des Bienfaiteurs.

– C'est compris ! hurla Gobzella. Je serai aussi discrète qu'un renard !

Le prince Elron tressaillit.

– Gobzella, tu n'as pas le droit de parler jusqu'à ce qu'on soit arrivés là-bas !

Gobzella fit semblant de verrouiller ses lèvres et de jeter la clé. Ryder entrouvrit la porte et jeta un œil à l'extérieur.

– La voie est libre, murmura-t-il. Venez.

Les délégués suivirent Ryder le long du pont de corde au-dehors. Il était tard et, hormis le lac flamboyant et les gargouillis du magma en contrebas, tout était sombre et tranquille dans le village des Bienfaiteurs. Sous le pont de corde, tous se mirent à ramper, à l'exception de Doubeurre et Taloche – le nain et le troll avaient la taille idéale pour passer dessous. À mesure qu'ils avançaient à couvert dans le village, Ryder levait occasionnellement la main pour arrêter le cortège chaque fois qu'il entendait un Bienfaiteur au-dessus d'eux.

À l'orée de la cité, Ryder sonda les terres qui entouraient le volcan puis regarda le ciel. Assuré qu'il n'y avait ni Bienfaiteur ni dragon alentour, il glissa le long de la pente raide jusqu'à la base du volcan. Brystal, Lucy et les délégués lui emboîtèrent le pas et arrivèrent jusqu'en bas sans grande difficulté, à l'exception de Gobzella : la gobeline dévala le volcan comme une avalanche.

Les délégués l'aidèrent à se relever, l'époussetèrent, puis foncèrent à travers l'île. Ils marchèrent sur la pointe des pieds au milieu d'une nuée de mâche-arbres endormis, sautèrent par-dessus une rivière de somnolaves somnolents, puis contournèrent une colonie de poissessifs qui ronflaient dans leurs tanières. Ryder conduisit les délégués jusqu'à un coin désert de la plage et siffla en direction de l'océan. Un instant plus tard, Orcéan sortit son énorme tête de l'eau. Le dragon regarda Ryder avec des yeux ensommeillés. « Tu sais l'heure qu'il est ? »

– Salut Orcéan, désolé de te réveiller, s'excusa Ryder.

– Il s'appelle « Orcéan » ? murmura Taloche aux autres.

– Ryder a un nom pour tous les dragons, c'est un peu comme ses compagnons, chuchota Brystal.

– Écoute, je te promets que je ne te dérangerais pas au milieu de la nuit si ce n'était pas un cas d'extrême urgence, poursuivit Ryder. Tu veux bien nous conduire jusqu'à ta caverne aux merveilles ?

Le dragon d'eau lui jeta un regard soupçonneux. « Pour quoi faire ? »

– Parce que je crois que tu as quelque chose dont nous avons besoin. Il y a plusieurs années, ma mère a jeté une clé spéciale dans l'océan. Nous n'avons aucune idée de ce à quoi elle ressemble, mais j'ai l'intuition que tu l'as trouvée.

Orcéan se tourna vers Brystal et remarqua la baguette qui dépassait de sa botte. Le dragon d'eau grommela et secoua la tête. « Tu ne crois pas que tu m'en as déjà trop pris, non ? »

– S'il te plaît, Orcéan ? supplia Brystal. Je serais ravie de faire du troc cette fois.

Orcéan leva un sourcil. « Je t'écoute. »

– Mon amie Emerelda peut transformer n'importe quoi en joyaux. Si tu nous laisses prendre la clé, je pourrai t'offrir tous les diamants, les rubis et les émeraudes que tu souhaites. Qu'est-ce que tu en dis ?

Le dragon d'eau ne parut pas impressionné. « J'ai assez de joyaux, merci beaucoup. » Brystal et Ryder se regardèrent, chacun espérant que l'autre aurait une idée, mais aucun des deux ne savait comment convaincre Orcéan. Lucy se racla alors la gorge et s'avança devant Brystal et Ryder.

– Reculez, je m'en occupe, déclara-t-elle.

– Comment ?

– J'ai négocié avec les pires prêteurs sur gages du monde, les collectionneurs sont tous de la même trempe, dit-elle en fixant le dragon. Salut, monsieur Orcéan... Je peux vous appeler « monsieur Orcéan » ?

Le dragon acquiesça. « S'il le faut. »

– Bien, monsieur Orcéan, je vois que vous êtes un dragon qui a du goût. Vous savez qu'un bon marché, ce n'est pas nécessairement une question de *prix*, c'est une question de valeur. Les diamants et les joyaux sont bien trop ordinaires pour être intéressants. Ce que vous voulez vraiment n'a pas de prix, vous voulez quelque chose d'irremplaçable.

Orcéan plissa les yeux. « Continue. » Lucy ôta son collier orné d'une capsule de bouteille et le lui tendit.

– Vous voyez ça ? Cette capsule provient d'une bouteille de Fine Fabulleuse que la duchesse de Toutenbas m'a envoyée *personnellement*. Elle assistait à un concert des Musical'Oie à la salle de concert de Pommon, et elle a été si bouleversée par mon solo au tambourin qu'elle m'a fait un cadeau. J'ai partagé la bouteille avec les ténors gobelins, de renommée internationale. J'ai fabriqué ce collier avec la capsule et je le porte depuis lors. Il représente tout pour moi, et ce qui représente tout pour une personne est plus rare que ce qui est important pour tout le monde, n'est-ce pas ?

Le dragon d'eau se gratta la tête avec sa queue en réfléchissant à tout ça. Même Brystal ne comprenait pas très bien où Lucy voulait en venir.

– Alors, qu'est-ce que vous en dites ? Je vous offre mon bien le plus précieux en échange d'un vieux truc trouvé au fond de l'eau. Vous ne ferez jamais une meilleure affaire.

Le dragon d'eau était visiblement intrigué. Pendant qu'il réfléchissait, son regard jonglait entre Ryder et Lucy et sa capsule. Enfin, il prit une décision et acquiesça avec enthousiasme.

– *Merci, Lucy*, chuchota Brystal. *Je suis désolée que tu échanges quelque chose d'aussi précieux.*

– *T'inquiète, il n'y a pas de duchesse de Toutenbas. Je dupe un dupeur.*

Orcéan prit le collier entre ses dents, puis glissa sur la plage pour s'étirer dans le sable. Tout le monde grimpa sur son dos, et une fois que tous furent installés, il entra dans l'eau et serpenta dans la mer. À un peu plus d'un kilomètre du rivage, ils retinrent leur souffle et le dragon d'eau plongea. Deux minutes plus tard, ils refirent surface dans sa caverne sous-marine. Les délégués respirèrent un grand coup et contemplèrent avec admiration les piles de pièces, de verre de mer, d'argenterie, de bouteilles et de morceaux de navire.

– Waouh ! s'exclama Lucy avec de grands yeux. Ça, c'est du compte offshore !

Tandis que les délégués exploraient la caverne, le dragon d'eau se mit sur le dos et joua avec son nouveau collier comme un chat avec une pelote de laine. Au bout d'une heure, ils avaient trouvé une centaine de clés dans la pile de bazar d'Orcéan. Ils les alignèrent pour les inspecter. Certaines étaient en or, d'autres, en acier, et quelques-unes étaient même ornées de joyaux.

– Alors ? Laquelle est la clé du temple ? demanda Doubeurre.

Brystal examina les clés. Malgré toutes celles qui brillaient, ses yeux ne cessaient de revenir vers une petite clé rouillée. Elle la ramassa pour la montrer aux autres.

– C'est celle-là.

Le prince Elron grommela.

– Vous n'êtes pas sérieuse. C'est impossible que ça, ce soit la clé de la chambre la plus précieuse au monde !

– Si vous cachiez vos biens, à quoi ressemblerait la clé ? Cette clé est la plus insipide et trompeuse qui soit, et c'est exactement ce que les thaumaturges recherchaient.

Ryder prit la clé des mains de Brystal et l'étudia à son tour.

– Elle a raison. Regardez, cette clé est fabriquée en pierre volcanique. Exactement comme le temple.

Gobzella tapa dans ses mains en signe de réjouissance.

– Très bien, on a la clé ! Maintenant, il nous faut une porte !

– Comment se rend-on d'ici au Temple du Savoir ? demanda Taloche.

Ryder se crispa.

– Je n'ai pas réfléchi à ça... Il faut croire que nous devons convaincre Orcéan de nous y conduire.

Les délégués se tournèrent vers Lucy, espérant qu'elle ait un autre objet précieux à échanger.

– Dites, monsieur Orcéan ? lança Lucy au dragon. Est-ce que je vous ai déjà parlé de ma *bague d'orteil* porte-bonheur offerte par le duc d'Enhaut-Adroite ?

★

Le dragon d'eau conduisit les délégués à travers l'archipel jusqu'à l'île du Temple du Savoir. Brystal sentait Orcéan devenir de plus en plus nerveux à mesure que l'édifice ancien apparaissait au loin. Elle ne lui jetait pas la pierre. Même elle sentait son estomac se nouer à mesure qu'ils avançaient. Et à en juger par les yeux écarquillés et les visages pâles de ses compagnons, tous étaient intimidés.

Tic… tac… tic… tac…

Ne t'inquiète pas…

Tu n'en as plus pour très longtemps…

Avec ou sans temple…

Avec ou sans épreuves...
Il ne te reste que huit jours...
Mais tu seras morte bien avant.

Brystal tenta d'ignorer ses idées noires, mais elle se sentait si vulnérable en cet instant que les idées se nourrissaient d'elles-mêmes.

Tic... tac... tic... tac...
Comment pourrais-tu survivre à
L'épreuve physique,
L'épreuve mentale,
L'épreuve émotionnelle...
Sans magie ?

Plus Orcéan approchait du Temple du Savoir, plus la montre à gousset de Brystal et ses idées noires se faisaient entendre.

Tic... tac... tic... tac...
Et il ne faut pas oublier...
Que si tu veux le *Livre des thaumaturges*...
Tu vas devoir affronter la créature la plus dangereuse et mortelle de la Terre...
Si ce n'est pas un dragon, quoi alors ?
Quel genre de bête terrifiante t'attend à l'intérieur ?
Je doute que tu ailles assez loin pour le savoir.

Quelques mètres avant de toucher la terre ferme, Orcéan s'arrêta brusquement. Il arrondit le dos et catapulta en vitesse les sept passagers sur la plage. Quand ils eurent touché le sable, le dragon, peureux, plongea dans l'eau et ne revint pas. Les délégués se relevèrent, s'essuyèrent et levèrent les yeux vers le temple et le volcan en activité dans lequel il s'enfonçait.

– C'est donc ça, le Temple du Savoir ? s'exclama Taloche.

– On devrait l'appeler le Temple du Carnage ! lança Gobzella.

– Où est l'entrée ? demanda Doubeurre.

– En haut des marches, répondit Ryder.

Les délégués gémirent en s'apercevant que les marches s'étiraient jusqu'au sommet du temple – tous, à l'exception de Gobzella. La gobeline, enthousiaste, se frotta les mains et entreprit de s'étirer.

– Très bien, c'est parti pour un peu de cardio ! On va réveiller le palpitant !

L'ardeur de Gobzella fit geindre le prince Elron, qui rentra la tête dans ses mains.

– Je la hais, dit-il à mi-voix. Qu'est-ce que je la hais !

La gobeline mena la charge et les délégués la suivirent vers le haut de l'escalier interminable. Les marches de pierre étaient irrégulières, craquelées par des années d'exposition aux éléments, recouvertes d'herbes et de plantes rampantes qui rendaient l'ascension encore plus ardue. À mesure qu'ils grimpaient, le soleil apparut à l'horizon, aidant les délégués à voir où ils mettaient les pieds. Hélas, les rayons de lumière éclairaient également les délégués sur la hauteur du temple. Si l'un d'eux glissait, la dégringolade allait être longue... Arrivant au sommet des marches, tout le groupe haletait et transpirait à grosses gouttes.

– Je vous en supplie, dites-moi que c'était ça, l'épreuve physique ! lança Lucy qui étouffait.

– J'en doute très sincèrement, répondit Brystal.

L'escalier conduisait à une grande arche creusée dans le flanc du volcan. Sous l'arche se trouvait une immense porte en pierre qui les dominait de toute sa hauteur. La porte se constituait d'un bloc et ne présentait ni poignée ni bouton, seulement une petite serrure. Brystal inséra la clé dans le trou et soupira de soulagement en voyant qu'elle s'imbriquait parfaitement. Elle tourna la clé et, soudain, la porte de pierre s'ouvrit et tout le temple se mit à trembler. Un nuage de poussière souffla de l'intérieur du temple, faisant tousser les délégués.

– Si quelqu'un veut faire demi-tour, c'est maintenant ou jamais, lança Brystal. Une fois à l'intérieur, plus possible de revenir en arrière.

Les délégués étaient visiblement effrayés, mais ils prirent leur courage à deux mains et acquiescèrent d'un air assuré.

– Les enjeux sont trop grands pour abandonner maintenant, répondit Lucy.

– Je n'aurais pas dit mieux, ajouta Doubeurre. Nous ne pouvons pas laisser le monde à la merci des tyrans de feu ou des feux tyranniques.

– De plus, nous sommes arrivés si loin, dit le prince Elron. Je ne redescendrai pas cet escalier.

– On va récupérer le *Livre des thaumaturges* pour arrêter le Souffle du diable et botter un Juste Derrière, déclara Gobzella.

– Et puis les hommes-taupes, conclut Taloche en brandissant le poing.

Les délégués levèrent les yeux au ciel.

– Bien sûr, Taloche, répondit Lucy. Puis les hommes-taupes.

La détermination des délégués était contagieuse. Pour la première fois depuis qu'ils avaient quitté l'Institut d'alchimie, Brystal sentit une lueur d'espoir.

– Très bien, allons-y, dit-elle. Quoi qu'il se passe à l'intérieur, nous devons continuer d'avancer. Trop de gens comptent sur nous pour que nous échouions.

Brystal, Lucy, Ryder, Gobzella, le prince Elron, Taloche et Doubeurre prirent tous une profonde inspiration et pénétrèrent dans le temple. Dès qu'ils furent entrés, la lourde porte se referma derrière eux et se verrouilla. Dans un premier temps, les délégués ne virent rien que des ténèbres. Quand leurs yeux se furent adaptés, ils constatèrent qu'ils se trouvaient dans un tunnel sombre. Une lumière perçait tout au fond, d'où se dégageait également de la chaleur. Ils s'agrippèrent à leurs armes et avancèrent prudemment, les yeux et les oreilles en alerte.

Quand ils atteignirent le bout du tunnel, les délégués découvrirent qu'ils étaient à l'intérieur du volcan. Un long pont de pierre s'étirait au-dessus d'un grand lac de magma qui bouillonnait violemment et provoquait des éclaboussures en contrebas. Le pont reliait le tunnel à une plateforme ronde au centre du volcan. Sept statues géantes de thaumaturges installés sur des trônes étaient disposées autour de la plateforme, quatre hommes et trois femmes. Les statues avaient des visages ridés – les hommes, de longues barbes fournies, les femmes, de longs cheveux filandreux –, et toutes étaient vêtues d'un manteau à capuche. Les orbites des statues étaient vides, comme si elles ne voyaient rien mais voyaient tout à la fois.

Les délégués traversèrent prudemment le pont et se rendirent sur la plateforme un par un. En son centre, le sol était recouvert d'un grand pentagramme en métal noir. Brystal et les délégués se rassemblèrent sur le symbole et s'aperçurent que l'étoile était encerclée par des gravures dans une langue ancienne.

– Qu'est-ce que ça veut dire, à votre avis ? demanda Ryder.

– C'est probablement un avertissement, répondit Brystal.

Tout à coup, la plateforme se mit à vibrer et un grondement de pierres résonna dans tout le volcan. Le pentagramme commença à s'enfoncer, entraînant les sept délégués avec lui.

– Ça doit nous conduire à la première épreuve, dit Brystal. Tenez bon, tout le monde ! Et soyez prêts à toute éventualité !

Les délégués se tinrent dos à dos tandis que le pentagramme descendait, encore et encore. Il accélérait, s'enfonçant dans la plateforme creuse comme dans un puits profond. Les parois de pierre montaient autour d'eux et l'air devenait de plus en plus chaud. Entendant des clapotis en contrebas, Brystal eut un mauvais pressentiment.

– Je n'aime pas ça ! Nous devons descendre de ce truc !

Les délégués sautèrent et s'accrochèrent aux blocs de pierre des parois. Quelques secondes plus tard, l'intuition de Brystal se vérifia : le pentagramme plongea dans une marre de magma au fond du puits. Regardant en contrebas avec terreur, les délégués s'aperçurent que le magma était en train de remonter lentement.

– Ça vient vers nous ! hurla Taloche.

– On doit grimper ! cria Brystal.

Les délégués se mirent à escalader en panique les parois, mais une entrée apparut plusieurs mètres au-dessus d'eux.

– Ce doit être l'issue ! dit Ryder.

– Là, c'est l'épreuve physique, aucun doute ! lança Brystal. Que tout le monde se dirige vers le passage !

Malheureusement pour les délégués, l'épreuve ne faisait que commencer. Tous les blocs de pierre du puits se mirent à sortir et à rentrer dans la paroi ! Le mouvement se produisait à des vitesses différentes et sans ordre ni logique particulière, rendant le tout imprévisible. Les délégués perdaient prise et glissaient toujours plus bas, alors que le magma montait et montait encore.

Pour ne rien arranger, les délégués entendirent un vacarme au-dessus de leur tête. Ils levèrent les yeux et virent d'énormes rochers tomber dans le puits ! Les rochers s'entrechoquaient, réduisant les blocs en morceaux et laissant d'énormes fissures dans la paroi. Les délégués devaient esquiver et plonger de bloc en bloc pour ne pas finir écrasés.

– Sérieux ? protesta Lucy. Les blocs et le magma ne suffisaient pas ? Les thaumaturges nous balancent aussi des rochers ?

– Doubeurre ! Attention ! s'écria Ryder.

Le troll leva les yeux et vit un rocher arriver droit sur lui. Doubeurre se décala juste à temps et sauta de l'autre côté du puits. Tragiquement, lorsqu'il atteignit la paroi opposée, le bloc qu'il visait se rétracta subitement. Le troll n'avait aucune prise à disposition et il glissa le long du puits. Il essaya désespérément de s'agripper à quelque chose, ses longs ongles crissant sur la pierre.

– Ahhhhhhh ! hurla Doubeurre.

– Doubeurre ! crièrent les délégués.

Le troll sombra droit dans le magma et ne refit jamais surface. Les délégués hurlèrent, horrifiés par la scène. Tristement, ils n'avaient pas le temps de faire le deuil du troll disparu. Plus ils restaient dans le puits, et plus il y avait de rochers qui leur tombaient dessus.

– C'est inutile ! s'écria le prince Elron. Nous n'en sortirons jamais vivants !

– Que tout le monde se calme ! dit Gobzella. J'ai une idée !

La gobeline se balança de bloc en bloc, tel un singe entre des arbres, évitant de justesse la pluie de rochers qui s'abattait sur elle. Elle récupéra chaque délégué dans le puits, les jetant par-dessus son épaule. Brystal, Lucy, Ryder, Taloche et le prince Elron se tinrent à Gobzella, qui remonta avec minutie.

– Pas un mort de plus aujourd'hui ! Pas un mort de plus aujourd'hui ! se répéta Gobzella en progressant.

Enfin, la gobeline atteignit le passage au sommet du puits. Les délégués s'y mirent en sécurité et tirèrent Gobzella derrière eux. Tandis qu'elle s'allongeait pour reprendre son souffle, le prince Elron se pencha sur elle et lui embrassa encore et encore le visage.

– Gobzella, tu es mon héroïne ! Je te promets de ne plus jamais me moquer de ton volume de ma vie !

Les réjouissances furent de courte durée, car les délégués se rappelèrent que leur équipe comptait désormais un membre de moins.

Les larmes leur montèrent aux yeux alors qu'ils regardaient le magma grimpant qui avait englouti le troll.

– Je n'arrive pas à croire que Doubeurre soit parti, dit Lucy. C'est arrivé si vite.

– Seigneur, pourquoi deviez-Vous nous prendre Doubeurre ? s'exclama Gobzella en reniflant. Le monde avait besoin de la beauté de sa poésie !

– Adieu l'ami, déclara Taloche. À ton image, ta vie fut bien trop courte.

En entrant, les délégués connaissaient les dangers du temple. En rejoignant cette mission, ils savaient qu'ils risquaient leur vie. Mais jusqu'à présent, la réalité ne les avait pas encore saisis. La mort de Doubeurre n'était vraisemblablement que la première d'une série.

– Nous devons continuer, rappela Brystal aux autres autant qu'à elle-même. Le monde compte sur nous.

CHAPITRE 16

L'APPÂT

Attendant Elrik sur le balcon, Xanthous rêvassait au sujet de leur vie en cavale. Il s'imaginait parcourir le monde, filant de cachette en cachette, partageant des repas exotiques dans des contrées exotiques, et échappant aux alchimistes, main dans la main avec Elrik. Ces pensées étaient si joyeuses que Xanthous dut se rappeler le danger qu'il courait.

Cependant, après plus d'une heure à attendre le retour du prince elfe, Xanthous sentit sa hâte laisser place à l'impatience. Et après la deuxième, puis la troisième heure, son impatience vira en véritable inquiétude.

Xanthous ne pouvait imaginer ce qui retenait Elrik depuis si longtemps. Il se pencha par-dessus la rambarde, sonda les alentours du château, mais ne vit le prince ni sa carriole nulle part. Alors qu'il cherchait, il fut soulagé d'entendre des pas derrière lui.

– Elrik ? demanda-t-il avant de se retourner avec un grand sourire. Où étais-tu passé ?

Hélas, Xanthous tomba sur le mauvais membre de la famille royale.

– Princesse Elvina ? Que faites-vous ici ?

– Mon frère m'a demandé de venir vous chercher. Je l'ai croisé en train d'apprêter une carriole dans les écuries. Il a dit qu'il allait vous faire faire une visite nocturne du royaume.

– Euh... en effet, répondit Xanthous avec un rire nerveux. La Terre des elfes est si belle la nuit que je voulais tout voir de plus près.

La princesse Elvina croisa les bras.

– Mmmm, marmonna-t-elle. Bien, suivez-moi. Je vais vous montrer les écuries.

Xanthous était heureux qu'il ne soit rien arrivé à Elrik et se sentit gêné de s'être laissé envahir par la paranoïa. Une fois de plus, sa tête se remplit de rêves éveillés sur leur avenir ; Xanthous flottait presque en suivant la princesse Elvina à travers le château. Ils montèrent l'escalier courbe à l'étage, puis la princesse le conduisit en bas d'un escalier raide jusque dans les sous-sols du château. Elle l'escorta le long d'un couloir étroit, après lequel ils entrèrent dans une pièce plongée dans l'obscurité.

– Nous y sommes presque.

– Les écuries sont si loin que ça ?

– Ce sont les écuries secrètes de la famille. Au cas où le château serait assiégé, cela nous permettrait de nous échapper rapidement. Elles se trouvent derrière cette porte... Attention à votre tête.

Si Xanthous ne pouvait pas voir la princesse, il l'entendit ouvrir une porte. Il se baissa pour franchir la porte basse et dut se mettre à quatre pattes pour avancer dans le petit couloir qui se trouvait derrière. À peine quelques secondes plus tard, il se heurta à des barreaux de fer.

– Princesse Elvina ? Je crois qu'il y a quelque chose qui bloque le…

Vlan ! La princesse referma la porte derrière lui. Xanthous entendit le cliquetis de chaînes et la fermeture d'un cadenas. Il essaya d'aller à droite, à gauche, mais il avait à peine la place de bouger. La princesse l'avait piégé dans une sorte de boîte en métal.

– Qu'est-ce qui se passe ? Où suis-je ?

Scratch ! Le visage de la princesse Elvina s'illumina un bref instant comme elle utilisait une allumette. Elle la jeta alors dans une pile de bois mort sous les pieds de Xanthous. Tandis que les flammes se soulevaient, Xanthous comprit qu'il n'était pas dans un couloir : *il était emprisonné dans une cage au milieu d'une cheminée !* La chaleur du feu fit briller les barreaux métalliques et brûla les extrémités de sa chemise blanche.

– Elvina, qu'est-ce que vous faites ? hurla-t-il.

Un sourire malsain s'étira sur le visage de la princesse elfe, qui regardait les flammes monter toujours plus haut. Alors que la cage était entièrement engloutie par le feu, Xanthous restait indemne.

– Vous voyez, père ? Je vous l'avais dit, que c'était lui ! Je l'ai reconnu à la seconde où il est entré dans la salle à manger !

Xanthous vit deux mains apparaître dans un coin de la pièce sombre. Marchant lentement hors de l'ombre, le roi Elvin applaudit sa fille. Il approcha de la cheminée, rejoint par quatre soldats de l'armée des Morts.

– Bravo, Elvina. Je suis on ne peut plus fier de toi. Tu t'es montrée bien plus maline et apte que tes frères. Tu feras une excellente reine après ma mort.

La princesse Elvina eut un sourire de triomphe.

– Merci, père.

Xanthous secoua les barreaux de sa cage, en vain.

– Où est Elrik ? Qu'est-ce que vous avez fait de lui ?

– J'ai bien peur que tu ne revoies jamais mon fils. Vois-tu, mentir au roi expose à de graves conséquences, surtout pour un prince. Lorsque Elrik aura purgé sa peine, tu ne seras plus là.

– Si vous comptez me livrer, où sont les alchimistes ? Pourquoi ces soldats sont-ils là ?

– Le Juste Empereur m'a fait une proposition que je ne pouvais pas refuser. En échange de toi, il m'a promis d'épargner la Terre des elfes de l'invasion.

– Mais pourquoi ? Qu'est-ce que Sept me veut ?

– Je me fiche de ses raisons. J'ai un territoire à protéger. L'armée du Juste Empereur est invincible. Peu importe ce qu'en pense la Bonne Fée, ce n'est qu'une question de temps avant qu'il ne réduise à néant tout ce qui entrave sa route. Te livrer à lui est le seul moyen de garantir la sécurité des elfes.

– Il vous ment ! Vous ne pouvez pas croire l'empereur ! Il vous trahira comme il trahit tout le monde ! Vous devez me libérer !

– Je suis désolé, petit, mais je n'ai pas le choix, répondit le roi Elvin avant de faire un signe de tête aux soldats morts. Emmenez-le.

★

Le Dr États et les alchimistes cherchaient depuis deux jours entiers et n'avaient encore trouvé aucune trace de Xanthous Deschamps nulle part. Cependant, alors que le soleil pointait au matin du troisième jour, ils crurent voir leur chance tourner. Leur vaisseau de bronze volant dans le ciel du Nord-Ouest au-dessus du Juste Empire, ils aperçurent une colonne de fumée au loin.

Les alchimistes dirigèrent les Magoiseaux vers la fumée et atterrirent près d'un petit feu de forêt dans les collines. Étrangement, au lieu de surprendre Xanthous Deschamps sur les lieux, ils tombèrent nez à nez sur le Juste Empereur en personne, qui tenait un flambeau allumé. Il était accompagné de son Haut Commandant et d'un régiment de ses soldats morts.

– Messieurs, quel plaisir de vous revoir, déclara Sept.

– Qu'est-ce que cela signifie ? demanda le Dr États.

– Pardonnez cette mise en scène, j'ai de bonnes nouvelles et je ne trouvais pas d'autre moyen d'attirer votre attention.

– Vous avez localisé M. Deschamps ?

– Encore mieux, s'amusa Sept. Xanthous Deschamps a été capturé, ligoté et désarmé par une médaille de mutisme. Je le tiens prisonnier en ce moment même.

Les alchimistes se regardèrent et soupirèrent, soulagés.

– C'est une merveilleuse nouvelle ! Beau travail, Votre Majesté ! Dites-nous où il se trouve et nous nous y rendrons sans attendre.

L'empereur plissa le nez et secoua la tête en faisant mine d'y réfléchir.

– À dire vrai, je ne crois pas que ce soit une bonne idée, répondit-il.

– Que voulez-vous dire ? Nous devons l'éliminer au plus vite !

– Mais comme vous l'avez souligné, Xanthous Deschamps est très puissant. Je ne pense pas qu'il soit sage ni responsable de procéder à son exécution dans mon empire. Et si quelque chose tournait mal ? Si un de mes citoyens était blessé dans le processus, ma foi, je ne me le pardonnerais jamais.

Cela faisait si longtemps que l'empereur n'avait pas ressenti d'empathie envers quiconque sinon lui-même qu'il dut se rappeler quels muscles du visage solliciter.

– Votre Majesté, nous sommes tout à fait capables de nous en occuper, répondit le Dr Ébullition.

– Si cela vous rassure, nous pouvons ramener ce garçon à l'institut et procéder à l'exécution là-bas, renchérit le Dr Élan.

– Et prendre le risque qu'il ne s'échappe en cours de vol ? Non, non, non, ce ne serait pas très malin non plus, répondit Sept en poussant un soupir théâtral. Si seulement il y avait un moyen de rapprocher l'institut du Juste Empire… Ainsi, je pourrais y remettre M. Deschamps en toute sécurité sans mettre mon peuple ou mon royaume en péril.

Les alchimistes poussèrent un rire méprisant aux dépens de l'empereur.

– L'Institut d'alchimie peut aller partout où nous l'avons décidé, lança le Dr Éclair. Il trône sur un socle de nuages, des nuages qui voyagent partout dans le monde.

Sept porta une main à sa poitrine et ouvrit grand la bouche, feignant l'admiration.

– Vraiment ? s'exclama-t-il. Eh bien, dites donc, vous autres scientifiques nous réservez bien des surprises ! Voilà qui résout tout, semble-t-il.

Le Dr États regarda l'empereur avec circonspection, comme s'il avait senti une odeur nauséabonde.

– Malheureusement, déplacer cet édifice comporte ses propres risques, dit-il. Nous ne voudrions pas compromettre la confidentialité de l'institut en le dévoilant à votre peuple.

L'empereur balaya son argument d'un geste de la main comme s'il s'était agi d'une pauvre mouche inoffensive.

– Oh, ne vous inquiétez pas à ce sujet. Mon empire est soumis à un couvre-feu très strict. Aucun citoyen ne peut plus sortir après le coucher du soleil. Si vous amenez l'Institut d'alchimie au Juste Palais de nuit, disons à minuit ce soir, personne ne saura que vous étiez là.

Les alchimistes froncèrent les sourcils et se grattèrent le front en réfléchissant à la proposition de l'empereur. Il leur semblait que Sept compliquait la situation plus que nécessaire, mais ils étaient prêts à tout pour mettre la main sur le garçon.

– Très bien, Votre Majesté, dit le Dr États. Nous porterons l'Institut d'alchimie jusqu'au Juste Palais ce soir à minuit.

– Formidable. Je dormirai bien mieux une fois ce cauchemar derrière nous.

Leur décision prise, les alchimistes remontèrent dans le vaisseau de bronze. Les Magoiseaux soulevèrent les scientifiques dans le ciel ; l'empereur agita la main, le temps qu'ils disparaissent au loin vers le sud. Quand ils furent partis, le sourire amical de l'empereur devint mauvais.

– Qu'en pensez-vous, Haut Commandant ? J'étais convaincant ?

– Sans l'ombre d'un doute, Monseigneur, répondit le Haut Commandant. Vous étiez un parfait idiot. Les alchimistes ne soupçonnent rien.

– Bien, rétorqua Sept. C'est exactement ce qu'il me faut.

CHAPITRE 17

L'ÉNIGME DES QUATRE PORTES

Après avoir survécu in extremis, les délégués comprenaient enfin pourquoi personne n'était jamais ressorti vivant du Temple du Savoir, et ils commençaient à douter que leur destin soit différent. Leurs bras et leurs épaules leur faisaient terriblement mal à cause de l'escalade des blocs de pierre, leurs paumes et leurs poings étaient couverts d'égratignures et de cloques, et leurs ongles, de sang. En secourant les autres, Gobzella s'était froissé tous les muscles du corps. La gobeline était si courbaturée qu'elle pouvait à peine marcher, et s'appuyait sur Taloche comme sur une béquille vivante. C'était un miracle que les délégués puissent se mouvoir, et même qu'ils soient encore debout, mais le groupe avançait, faisant un pas assuré après l'autre, prêt à affronter les obstacles à venir.

La sortie au sommet de l'épreuve physique les avait menés à un long couloir sombre. Au passage des délégués, des torches accrochées au mur s'allumèrent par magie. Plus ils avancèrent, plus le couloir s'inclina et l'air se refroidit. Les délégués se dirent qu'ils avaient quitté le volcan et se trouvaient désormais sous l'océan.

Ils finirent par atteindre le bout du couloir et découvrirent une grande cavité. La cavité était déserte, à l'exception de quatre portes identiques dans la paroi du fond. Les portes étaient entrouvertes et une fine lumière diaphane se diffusait. Une plaque était vissée dans la paroi au-dessus des portes, portant une inscription dans la même langue ancienne qu'ils avaient vue auparavant.

– Ce n'est pas très juste, commenta Lucy. Comment sommes-nous censés savoir ce que raconte la plaque ?

– Vous n'avez qu'à porter plainte, pouffa le prince Elron.

Soudain, comme si la plaque avait entendu Lucy, les lettres se mirent à bouger toutes seules, formant une langue que les délégués pouvaient comprendre. Ils se rassemblèrent en rang serré en dessous pour lire le message.

Chaque porte conduit à UN CHEMIN DIFFÉRENT.
Chaque chemin conduit à LA MÊME DESTINATION.
Le chemin derrière la première porte est le plus rapide.
Le chemin derrière la deuxième porte est le plus court.
Le chemin derrière la troisième porte est le plus lent.
Le chemin derrière la quatrième porte est le plus long.
Choisissez bien.
Une fois une porte fermée, elle ne se rouvrira pas.

Les délégués contemplèrent la plaque avec le même air de découragement. Ils relurent encore et encore le message, mais aucun d'entre eux n'en comprenait la signification.

– C'est censé nous donner des indications ? demanda Taloche.

– Non, c'est une énigme, répondit Brystal. Ce doit être l'épreuve mentale.

– Pourquoi les énigmes sont-elles toujours passives-agressives ? s'exclama Gobzella.

– Celle-ci me semble plutôt facile, lança Ryder. Si chaque porte conduit à la même destination, on nous laisse le choix de la route jusqu'à l'épreuve suivante.

– C'est trop facile, cela cache forcément quelque chose, répondit Brystal. Les énigmes sont formulées très précisément, et elles sont conçues pour nous mettre sur une fausse piste. Elle ne dit pas que chaque porte conduit à l'épreuve suivante, elle dit que chaque porte conduit à la même destination. Alors, quelle destination atteindrait-on si on ne choisissait pas la bonne porte ?

Tous les délégués se turent pour réfléchir à la question. Soudain, le fil de leur pensée fut interrompu par le prince Elron, qui fonça vers la première porte.

– Votre Majesté ? Qu'est-ce que vous faites ? s'écria Gobzella.

– Je choisis le chemin le plus rapide !

– Mais nous n'avons pas encore résolu l'énigme ! protesta Taloche.

Le prince Elron se figea dans l'entrebâillement de la première porte. Il regarda par-dessus son épaule avec un sourire fourbe.

– Je ne suis pas ici pour vous aider à arrêter le Juste Empire ni le Souffle du diable, confessa-t-il. Mon père m'a envoyé dans ce temple pour rapporter le *Livre des thaumaturges* pour les elfes, et si je survis, il m'a promis de me désigner comme héritier du trône ! Une fois ce livre en notre possession, la Terre des elfes deviendra la nation la plus puissante que le monde ait jamais portée !

– Saleté de petit parasite à feuilles ! hurla Lucy.

– Vous nous mentez depuis le début ? s'exclama Gobzella.

Les délégués se précipitèrent vers l'elfe, mais Brystal les arrêta d'un geste de la main.

– Elron, attendez ! supplia-t-elle. Je comprends votre désir de montrer ce que vous valez à votre père, croyez-moi ! J'ai passé toute mon enfance à chercher désespérément l'approbation du mien ! Mais cette porte n'est pas la solution ! L'énigme cherche à nous duper ! Et quoi que vous accomplissiez ici, cela ne vous garantit en rien le respect de votre père ! Certaines personnes ne seront jamais satisfaites, qu'importent tous nos efforts !

Le prince Elron baissa les yeux vers le sol en considérant les paroles de Brystal, mais un sourire sournois revint très vite sur son visage.

– Bien essayé. Je suis désolé, Bonne Fée, mais c'est là que votre histoire s'arrête et que la mienne commence enfin !

Le prince Elron emprunta la première porte et la referma violemment derrière lui. Dès que la porte fut close, elle se fondit dans le mur au point de disparaître. Derrière le mur, les délégués entendirent les pas de l'elfe qui s'enfonçait en courant dans le temple.

– Elron, revenez ! C'est dangereux ! cria Brystal.

– Je dirai au monde que vous avez tous péri d'une mort noble ! lança le prince Elron. On se souviendra de vous avec... Aaaaaaaaaah !

Soudain, la pièce se mit à trembler avec la puissance d'un véritable séisme. Un bruit tonitruant retentit derrière le mur ; une avalanche de pierres énormes venait d'ensevelir l'elfe. Le prince Elron hurla de plus en plus fort, et enfin il y eut un silence de mort. Les délégués se regardèrent les uns les autres avec de grands yeux horrifiés.

– C'était la mauvaise porte, dit Lucy.

– Hélas, le prince Elron vient de résoudre l'énigme à notre place, rebondit Brystal. La destination n'est pas l'épreuve suivante... c'est la mort. C'est la seule destination pour nous tous, qu'importent nos choix.

– Elron a choisi la porte avec le chemin le plus rapide, aussi il a connu une débâcle rapide, songea Ryder à haute voix. Alors maintenant, nous devons trouver si c'est le chemin le plus court, le plus lent ou le plus long qui conduit à l'épreuve suivante.

– Quelle est la différence entre une mort rapide et une mort courte ? demanda Gobzella.

– La taille, répondit Taloche avec conviction. Je parie que la deuxième porte cache des rasoirs qui nous couperont en deux ! Et Gobzella en trois !

– Alors, cela se joue entre la troisième et la quatrième porte, dit Ryder. Mais quelle est la différence entre une mort lente et une mort longue ? N'est-ce pas la même chose ?

Brystal se tut et fit les cent pas devant les portes en réfléchissant.

– Quand je pense au mot « lent », je pense au temps. Mais quand je pense au mot « long », je pense à la longueur. L'année dernière, quand j'étais dans le monde entre la vie et la mort, toutes les horloges sur les arbres tournaient à des vitesses différentes...

Ryder dut s'assurer d'avoir bien entendu.

– Pardon... tu as bien dit « le monde entre la vie et la mort » ?

– On t'expliquera plus tard, concentre-toi, lança Lucy. Continue, Brystal.

– Maîtresse Mara disait que les horloges tournaient à des rythmes différents parce que les gens avaient une perception du temps différente. Le temps est relatif, mais pas la longueur... La longueur est une mesure et les mesures, par définition, sont exactes. Et, techniquement, nous commençons à mourir dès notre naissance. Aussi, la vie et la mort peuvent être perçues comme la même chose. Alors, si l'on veut survivre à cette épreuve, il faut choisir l'option qui nous donne une mort longue !

Les délégués la fixaient comme si elle parlait une langue inconnue.

– En gros, il faut prendre la quatrième porte.

– Parfait, on a une porte ! se réjouit Gobzella.

Les délégués avaient confiance en la décision de Brystal et se dirigèrent vers la quatrième porte. Toutefois, Taloche resta immobile, se grattant la barbe en décortiquant l'analyse de Brystal.

– Attendez. Je comprends ce que dit la Bonne Fée, mais sa théorie dépend entièrement de la traduction. Et si « lent » et « long », ou « rapide » et « court » n'étaient pas synonymes dans la langue ancienne ? Et si la traduction avait pour but de nous duper ?

Les délégués poussèrent un soupir collectif ; c'était à s'arracher les cheveux. Toute cette confusion finissait par leur donner mal au crâne.

– Cette épreuve mentale va me rendre folle ! dit Gobzella.

– Je commence à penser que le prince Elron a choisi la bonne porte ! lança Lucy.

Calmement, Ryder leva les deux mains pour capter l'attention de tout le monde.

– Je crois que nous compliquons la chose plus que de raison. Même si la traduction était irréprochable, nous n'aurions aucune garantie que l'énigme soit honnête. Mais il reste trois portes et nous sommes cinq. Le plus logique serait de nous séparer. Ainsi, au moins l'un d'entre nous parviendrait à la prochaine épreuve.

Les délégués se regardèrent, espérant que quelqu'un fasse une meilleure suggestion, mais se séparer semblait le choix le plus sensé.

– Je crois que le garçon dragon a raison, déclara Lucy. Mince, si seulement la magie pouvait nous orienter dans la bonne direction !

Brystal se redressa tout à coup ; sans le vouloir, Lucy venait de lui donner une idée.

– À vrai dire, j'ai quelque chose qui pourrait nous orienter dans la mauvaise direction.

– Je te demande pardon ?

– Que tout le monde se taise une minute, j'ai un plan. C'est totalement fou, mais peut-être qu'un peu de folie nous servira à déjouer l'épreuve mentale.

Elle sortit alors la montre en argent de sa poche et la rapprocha de son oreille. *Tic… tac… tic… tac…* Le bruit menaçant provoqua une vague d'angoisse en son for intérieur. *Tic… tac… tic… tac…* Elle resta aussi immobile et silencieuse que possible, espérant que son plan fonctionne. *Tic… tac… tic… tac…*

Allons bon, une décision…
Tu perdras la tête bien avant de faire le bon choix.
Les thaumaturges savaient exactement ce qu'ils faisaient,
Ils voulaient que personne ne survive à ce temple.
Aucune de ces portes ne conduit à la prochaine épreuve…
La mort attend derrière chacune d'entre elles.

Pour la première fois depuis le début de la malédiction, Brystal était contente que les idées noires refassent surface. Elle se tint devant la deuxième porte et se concentra sur ce qu'elles lui racontaient.

Ah…
La mort la plus courte,
Le choix le plus sage à mon sens,
Certainement la moins douloureuse…
Pourquoi souffrir plus que nécessaire ?
Choisis la deuxième porte.

Brystal en prit bonne note et passa à la troisième porte.

Ah…
La mort la plus lente,

De loin la plus insoutenable,

Mais c'est plus de temps pour voir ta vie « défiler » devant tes yeux,

Et l'on se souviendra à jamais de toi en martyre...

Choisis la troisième porte.

Brystal en prit note également et se plaça devant la quatrième et dernière porte.

Ah...

La mort la plus longue...

Je ne le conseillerais pas.

Si j'étais toi, j'abrégerais la mort,

Pourquoi attendre ?

Choisis une autre porte.

Un grand sourire apparut sur le visage de Brystal, et elle rangea joyeusement la montre dans sa poche.

– J'avais raison, nous devons prendre la quatrième porte, annonça-t-elle aux autres.

– Comment tu le sais ? demanda Lucy.

– La malédiction veut que j'emprunte la deuxième ou la troisième porte, et elle ne me guiderait jamais dans la bonne direction.

– Sacré nom d'une psychologie inversée !

Ryder n'était pas sûr d'avoir bien compris.

– Pardon... tu as bien dit « malédiction » ?

– On a eu deux années chargées, répondit Lucy. On te fera un récap un peu plus tard. Pour l'instant, faut qu'on bouge.

Les délégués suivirent Brystal, qui traversa la quatrième porte d'un pas assuré. Quand ils furent de l'autre côté, la porte se referma derrière eux et se fondit dans le mur. Les délégués sentirent leur cœur s'emballer, craignant qu'un événement dangereux ne se produise. Après quelques instants de terreur, une rangée de torches s'alluma sur le mur à côté d'eux, éclairant un second couloir qui s'enfonçait encore plus loin dans le temple. *Brystal avait pris la bonne décision.*

– Joli travail, Bonne Fée ! la félicita Taloche.

– Deux épreuves passées, plus qu'une ! se réjouit Ryder.

– Et n'oubliez pas que l'on doit affronter la créature la plus dangereuse qui ait jamais existé ! s'écria Gobzella.

Brystal poussa un soupir nerveux.

– Croyez-moi, je n'avais pas oublié.

CHAPITRE 18

UN PLAN IMMORTEL

Au petit matin, le silence régnait au palais de l'Est. Alerte, la princesse Proxima tournait en rond dans le couloir devant les appartements de la reine Endustria. Le pas de la princesse était léger, certes, mais elle avait le cœur terriblement lourd. Très vite après leur retour de la Conférence des rois, sa grand-mère était tombée gravement malade et n'avait plus quitté le lit. Si les médecins étaient incapables de trouver la cause de sa maladie, la reine Endustria était si faible qu'elle parvenait à peine à soulever la tête de son coussin.

Compte tenu de son âge, sa santé fragile n'était pas une surprise. La princesse se préparait depuis des années à ce moment, mais l'idée de perdre sa grand-mère restait malgré tout aussi insupportable qu'autrefois. Elle ne pouvait imaginer la vie sans les conseils avisés et pleins de compassion de la reine. Au fond d'elle-même, Proxima avait toujours espéré que sa grand-mère vive éternellement, et que lui serait épargné son deuil.

La porte des appartements s'ouvrit et le médecin royal sortit discrètement dans le couloir, le visage sinistre.

– Comment va-t-elle ? demanda la princesse Proxima.

– Elle ne souffre pas. J'ai fait tout ce que je pouvais, mais elle n'en a plus pour longtemps.

Éclatant en sanglots, la princesse Proxima se retourna pour se cacher du médecin. Toutefois, elle s'obligea sans délai à réprimer sa tristesse. Bientôt, elle deviendrait la nouvelle reine et le royaume tout entier se tournerait vers elle pour qu'elle guide son peuple.

– Est-elle réveillée ?

Le médecin hocha la tête.

– Si vous souhaitez lui dire quelque chose, c'est le moment.

Proxima entra dans les appartements de sa grand-mère et referma délicatement la porte derrière elle. Tout le mobilier dans la chambre spacieuse était fabriqué dans des métaux du royaume de l'Est, de la coiffeuse en cuivre de la reine au sommier en acier de son grand lit. La pièce était également ornée des portraits des souverains passés remontant à plusieurs centaines d'années, dont celui de la reine Immortalia, la première femme à être jamais montée sur le trône du royaume de l'Est. Dès lors, le royaume ne fut plus gouverné que par des femmes, et tout comme la reine Endustria et la princesse Proxima, leurs ancêtres partageaient toutes une ressemblance familiale indéniable.

– Proxima, c'est toi ?

La voix de la reine Endustria n'était pas plus forte qu'un murmure.

– Oui, grand-mère, je suis là.

Proxima se précipita au chevet de la reine et tint la main froide de sa grand-mère. Les longs cheveux blancs d'Endustria recouvraient son oreiller, formant une auréole d'argent autour de son frêle visage. Si la vie semblait avoir pratiquement abandonné les yeux fatigués de la reine, son visage s'illumina tant à la vue de sa petite-fille qu'il aurait éclairé une tanière.

– J'ai bien peur que ce soit la fin, soupira Endustria.

– Vous avez vécu une vie longue et merveilleuse. Vous êtes la grand-mère la plus extraordinaire au monde et votre règne sera retenu par l'Histoire comme l'époque la plus prospère du royaume de l'Est. Vous avez mérité votre repos.

– Je suis très fière de toi, Proxima. Cela a été un privilège de te voir devenir la femme que tu es aujourd'hui. De tout ce que j'ai accompli au cours de ma longue existence, c'est toi ma plus grande victoire.

La princesse porta la main de la reine à son visage alors que des larmes coulaient sur ses joues.

– Je vous aime tant, grand-mère. Tout ce que je suis, tout ce que j'ai, c'est grâce à vous. Vous avez été si bonne avec moi, je vous promets de prendre soin du royaume après votre départ.

La reine Endustria poussa un long soupir d'effroi.

– Oui... À propos du royaume... Avant que nous nous séparions, je dois t'avouer quelque chose... Un lourd secret de famille dont je t'ai toujours préservée... Cela me trouble affreusement de t'accabler en cet instant, mais je reposerai bien mieux après t'en avoir parlé... Tu mérites de connaître la vérité...

Piquée de curiosité, Proxima pencha la tête.

– La vérité sur quoi, grand-mère ?

La reine Endustria désigna une armoire à alcools en acier dans le coin de sa chambre.

– Il te faudra un verre, dit-elle. Fort.

Le chagrin de la princesse laissa immédiatement place à l'inquiétude. Sa grand-mère et elle avaient toujours eu une relation très ouverte ; elle ne pouvait imaginer la reine lui cacher des secrets, et encore moins qu'elle en confesserait un sur son lit de mort. Proxima s'approcha de l'armoire et se servit une généreuse rasade de whisky. Elle en prit une gorgée puis s'assit sur la chaise à côté du lit de sa grand-mère.

– Très bien, je suis prête, annonça Proxima. Quel est ce secret ?

– Il s'agit de ta quinzième aïeule, la reine Immortalia. Que sais-tu sur elle ?

Proxima haussa les épaules.

– Simplement ce que les livres d'histoire en disent. Je sais qu'elle a hérité du trône lorsqu'elle avait à peu près mon âge et qu'elle fut la première femme à gouverner le royaume de l'Est.

La reine Endustria secoua lentement la tête.

– Immortalia n'avait pas trente ans quand elle est devenue reine... Elle en avait plus de trois cents.

La princesse scruta sa grand-mère avec un air de pitié et vérifia sa température ; de toute évidence, la maladie commençait à affecter son esprit.

– Grand-mère, vous n'êtes pas bien, et vos pensées se mélangent.

La reine Endustria agrippa soudain le poignet de Proxima et la tira plus près. La vieille dame fixa sa petite-fille avec un visage d'une gravité comme la princesse ne lui en avait encore jamais vu.

– T'ai-je jamais menti auparavant ?

– Jamais.

– Alors, pourquoi diable commencerais-je maintenant ?

Proxima ne savait pas quoi répondre. Sa grand-mère avait beau être sur son lit de mort, il n'y avait pas une once de malhonnêteté ni d'incertitude dans son regard affaibli. L'inquiétude de la princesse monta en flèche et elle prit une nouvelle gorgée de whisky.

– Poursuivez. Comment Immortalia a-t-elle pu vivre trois cents ans ?

– Avant que je ne te le raconte, je dois te poser une question. Te souviens-tu des histoires que je te racontais quand tu étais enfant ? En particulier l'histoire de la fille de la Mort ?

– Vaguement.

– Dis-moi ce dont tu te souviens. S'il te plaît... C'est important.

Proxima fit de son mieux pour se rappeler l'histoire, mais cela faisait des décennies qu'elle ne l'avait plus entendue.

– Au commencement du temps, la Mort donna à toute personne sur terre cent années à vivre, narra la princesse. Elle pensait qu'un siècle était une durée très convenable, mais les humains pleuraient toujours les défunts qui leur étaient chers, et ils espéraient toujours plus de vie. Pour l'aider à comprendre leur peine, la Mort envoya sa fille unique dans le monde des vivants. Par cette séparation, la Mort fit pour la première fois l'expérience du deuil. Hélas, sa fille apprécia tant le monde des vivants qu'elle apprit à éviter sa mère et vécut éternellement. Aussi la Mort inventa la maladie et la souffrance pour abréger la vie des gens, dans l'espoir qu'elle parviendrait ainsi à retrouver sa fille. Mais les deux ne se sont jamais retrouvées, et la Mort continue encore aujourd'hui de chercher sa fille.

– Tu as une bonne mémoire. Maintenant, que sais-tu du roi Démon ? Te souviens-tu également de cette histoire ?

Proxima dut se concentrer davantage pour se la rappeler.

– Je crois, oui. D'après la légende, il existe une civilisation de démons qui vit au centre de la Terre. Les démons sont comme les humains, mais leur corps est entièrement composé de flammes, et ils vivent dans un monde de chaos et de feu. Dans l'ancien temps, le roi Démon conduisit son peuple jusqu'à la surface pour tenter de conquérir le monde. Mais par chance, il fut vaincu par un groupe de très puissants thaumaturges. Ceux-ci emprisonnèrent les démons au centre de la Terre, mais au cas où ces démons s'échapperaient et remonteraient à la surface, les thaumaturges créèrent un sort pour les contenir.

Cependant, une prophétie dit qu'un jour un *nouveau* roi Démon naîtra parmi les hommes. Et lorsque le nouveau roi acceptera sa place et montera sur le trône, les démons cesseront de subir le sort des thaumaturges.

– Très impressionnant. Tu écoutais donc vraiment.

– Grand-mère, qu'est-ce que ces histoires ont à voir avec la reine Immortalia ?

Endustria se tut un instant, pour mobiliser les dernières forces qu'il lui restait.

– Immortalia est issue de l'époque des démons et des thaumaturges. Née esclave, elle a passé les premiers temps de sa vie à être achetée, vendue et échangée par des maîtres. En toute logique, Immortalia a développé une haine envers les humains et rêvait de vengeance, pas seulement contre ses geôliers mais contre le monde entier. Elle a fini par être vendue à un puissant groupe de thaumaturges, ceux-là mêmes qui avaient vaincu le roi Démon. Tandis qu'elle était entre leurs mains, ils ont rassemblé leurs sorts les plus puissants, dont le sort qui concernait les démons, dans un manuscrit unique qu'ils ont appelé le *Livre des thaumaturges*. Ils ont caché ce livre dans une chambre avec leurs biens les plus précieux et ont obligé leurs esclaves à construire un temple somptueux autour de la chambre pour le protéger. Immortalia savait que si elle mettait la main sur le *Livre des thaumaturges* rien ne pourrait l'empêcher de détruire le monde. Mais le temple était incroyablement dangereux : les thaumaturges ont conçu une série d'épreuves à accomplir avant d'atteindre la chambre, et pour survivre, Immortalia allait avoir besoin d'aide.

La princesse s'avança au bord de sa chaise.

– De qui ?

– *De la Mort*. Immortalia a échappé aux thaumaturges en sautant dans le cœur d'un volcan en fusion. Quand elle est passée dans le monde entre la vie et la mort, elle a supplié la Mort de la laisser vivre afin qu'elle puisse se venger. Face au refus de la Mort, Immortalia lui a fait une offre impossible à refuser. Elle lui a parlé du *Livre des thaumaturges* et a prétendu qu'il contenait un sort d'élimination capable de détruire n'importe quoi. En échange de la vie éternelle, elle a promis à la Mort de récupérer ce livre et d'utiliser le sort d'élimination sur la fille de celle-ci pour qu'elles soient enfin réunies.

– Et la Mort a accepté ?

– Comme une misérable. Et c'est ainsi que la Mort a offert à Immortalia le don de l'immortalité, un terme qu'elle a créé à partir de son nom. Immortalia a passé les deux premiers siècles de son existence à l'intérieur du temple, répétant chaque épreuve des milliers et des milliers de fois jusqu'à ce qu'elle atteigne la chambre. Lorsque enfin elle a mis la main sur le *Livre des thaumaturges*, ces derniers s'étaient éteints depuis longtemps et le monde avait radicalement changé, mais la soif de destruction d'Immortalia était plus forte que jamais. Elle a décidé de laisser tomber sa promesse à la Mort et de ne chercher qu'à obtenir le contrôle des démons.

– Et elle a réussi ?

– Il n'y avait qu'un seul problème. Pour obtenir le contrôle des démons, Immortalia devait d'abord les libérer. Les thaumaturges avaient scellé l'entrée du monde des démons par un puissant portail. Et trouver le portail n'était pas une affaire qu'Immortalia pouvait accomplir seule. Il lui fallait les ressources d'une reine. Alors Immortalia a passé tout un siècle à séduire et épouser des nobles, grimpant lentement l'échelle sociale qui finirait par faire d'elle une reine. Une fois sur le trône, elle a passé les deux siècles suivants à obliger des prisonniers à creuser de longs tunnels sous la terre, en quête du portail des démons.

– Mais comment a-t-elle pu vivre aussi longtemps sans jamais être démasquée ? Personne n'a remarqué une reine qui ne vieillissait pas ?

– Bien sûr que si, mais Immortalia savait exactement camoufler son immortalité. Au fil des ans, elle a eu de nombreuses filles et petites-filles. À mesure que sa descendance vieillissait, elle devait se travestir pour donner l'illusion qu'elle vieillissait aussi. Lorsqu'elle atteignait un âge suspect, elle tuait une de ses descendantes et s'emparait de son identité.

Proxima se tourna vers les portraits accrochés au mur et frissonna. Jusqu'à présent, elle n'avait jamais questionné la ressemblance étonnante entre ses ancêtres, mais soudain la similitude des visages de toutes ces reines prenait tout son sens.

– Vous voulez dire qu'Immortalia fut reine plus d'une fois ?

– Eh oui... De très, très, très nombreuses fois.

Cette découverte rendit la princesse malade et elle s'agrippa le ventre.

– Comment Immortalia a-t-elle été arrêtée ?

Une étincelle apparut dans les yeux de la reine Endustria et ses lèvres ridées s'étirèrent, formant un sourire sinistre. La vieille dame se redressa alors dans le lit avec l'agilité d'une jeune femme.

– Elle n'a pas été arrêtée.

– Attendez... *Immortalia est toujours en vie ?*

– En vie et en pleine forme. Et après des siècles de recherche, elle a enfin trouvé le portail des démons et les a libérés. Malheureusement, Immortalia ne serait pas bien avisée de dévoiler son identité avant que tous ses ennemis ne soient vaincus. Si elle entend conquérir le monde, elle doit usurper une nouvelle identité.

Soudain, la douleur dans le ventre de Proxima surpassa toutes les crampes d'estomac qu'elle avait pu connaître par le passé. Son verre de whisky glissa de sa main et éclata en morceaux sur le sol. La princesse tomba à genoux, les bras autour de sa poitrine, et gémit, à l'agonie.

– C'est... c'est... c'est vous ! Vous êtes Immortalia !

Le sourire d'Immortalia s'élargit face à la douleur de Proxima.

– Je suis ravie de m'être soulagée de ce poids. De toutes les descendantes que j'ai tuées au fil des années, tu as été de loin ma préférée. Je tenais à ce qu'il n'y ait aucun mensonge entre nous avant ta mort.

– Vous... vous... vous m'avez empoisonnée !

Proxima se mit à tousser.

– Tu seras gentille de saluer la Mort pour moi. Elle ne va pas me voir de sitôt.

Les paupières de Proxima se fermèrent et elle s'effondra sur le verre brisé. Quand la princesse cessa de respirer, Immortalia fit craquer ses cervicales et s'étira tranquillement sur son lit.

– Quel soulagement ! Ce déguisement finissait par devenir infernal.

Immortalia retira son masque ridé, sa perruque grise et ses gants à taches de vieillesse qui lui donnaient l'apparence de la vieille reine Endustria. Puis elle bondit hors du lit et revêtit Proxima de ce déguisement. Elle échangea également sa tenue avec celle de la princesse, puis hissa son cadavre sur le lit. En quelques minutes, les femmes avaient échangé leur identité à la perfection.

Un coup retentit à l'intérieur d'un mur recouvert d'une fresque colorée.

– Madame, vous avez terminé ? demanda une voix rauque.

– Oui, entre, répondit Immortalia.

Une porte secrète coulissa et un homme recouvert de terre entra dans la pièce. Ses yeux enfoncés s'écarquillèrent à la vue de la princesse décédée, et il baissa la tête en signe de respect.

– Ne joue pas les étonnés. Tu savais que cela adviendrait depuis sa naissance. Est-ce que tous les prisonniers ont été ensevelis ?

– Oui, Madame. Vous et moi sommes les seules personnes en vie qui soient au courant pour la porte.

– Excellent, alors l'heure est enfin arrivée.

L'Immortelle avança jusqu'à un bureau métallique dans un coin de la chambre. Elle tourna et tira les poignées des tiroirs dans un ordre particulier, et un compartiment secret jaillit sur le côté du bureau. Le compartiment ne contenait qu'un livre à la couverture en cuir décrépi, et des feuilles de parchemin en piteux état. La couverture présentait plusieurs symboles majestueux, dont la Terre, le Soleil et la Lune pour symboliser les moments du jour. Une pierre, un souffle de vent, une goutte et une flamme figuraient les éléments de la terre, de l'air, de l'eau et du feu. Il y avait également une fleur, une feuille verte, une feuille d'automne et un flocon pour représenter le printemps, l'été, l'automne et l'hiver. Immortalia caressa le livre comme un animal domestique adoré qu'elle retrouvait enfin.

– Madame, et moi ? demanda l'homme. Suis-je libre de partir ?

Immortalia lui jeta un regard espiègle.

– Bien sûr que tu es libre. Après une vie de servitude, tu as bien mérité le repos. Mais tu veux bien me rendre un dernier service avant de partir ?

– Quel genre de service, Madame ?

– Trinquons à notre réussite.

Immortalia servit deux verres du whisky empoisonné.

– À l'invocation des démons ! lança l'homme en levant son verre.

– À l'invocation des démons. Dieu sait que j'ai suffisamment attendu comme ça.

CHAPITRE 19

UNE MALÉDICTION BÉNIE

Au plus profond du Temple du Savoir, Brystal et les délégués descendirent prudemment le couloir qui les mènerait à l'épreuve suivante. Il conduisait à une pièce carrée de la taille d'une salle de bal. À l'extrémité de la pièce, des marches en pierre amenaient à une double porte fermée par des chaînes épaisses et un cadenas en acier. Un grand cœur de verre flottait au-dessus de leurs têtes. Le cœur creux contenait une clé en or si brillante qu'elle éclairait tout l'espace. Cinq traînées de fumée tournaient en orbite autour du cœur de verre, tels les fantômes d'étoiles filantes.

– À en juger par ce grand cœur, ce doit être l'épreuve émotionnelle, dit Lucy.

– J'imagine que la double porte cache la sortie, spécula Ryder.

– Je me demande comment on est censés récupérer la clé, songea Taloche.

– On dirait que c'est un travail pour un nain ! s'exclama Gobzella. Vas-y, Taloche !

Avant qu'il ait le temps de comprendre ce qui lui arrivait, la gobeline l'attrapa par la taille et le lança vers le cœur de verre, que Taloche essaya d'attraper. Mais ses mains passèrent au travers, comme si le cœur et la clé étaient constitués d'air. Gobzella rattrapa le nain dans sa chute.

– C'est peine perdue, le cœur et la clé ne sont pas solides, souligna Taloche. Comment déverrouiller la porte sans une vraie clé ?

– J'imagine qu'elle est plus symbolique que physique, répondit Brystal. Rappelez-vous, nous en sommes à l'épreuve émotionnelle, elle ne ressemblera pas aux précédentes. Elle va éprouver nos sentiments et notre caractère, elle va nous tourmenter par la peur et des questions existentielles, ou essayer de s'en prendre à notre confiance et briser nos croyances.

– Cela me rappelle un metteur en scène avec lequel j'avais travaillé, plaisanta Lucy.

– Bon, par où commencer ? demanda Ryder.

Les délégués demeurèrent plusieurs minutes sous le cœur, attendant qu'il se produise quelque chose, en vain. Ils sondèrent la pièce à la recherche d'un panneau ou d'une plaque avec des instructions, mais ils ne trouvèrent aucune explication.

– Regardez le sol, dit Taloche. Vous croyez que ça a une signification ?

Le nain pointait du doigt cinq carreaux noirs marqués par des empreintes de pas.

– Le temple doit savoir que nous ne sommes plus que cinq, répondit Brystal. Je parie que l'épreuve commencera lorsque chacun se tiendra sur un carreau.

– Ma foi, quand faut y aller ! s'exclama Lucy.

Chaque délégué prit place sur un carreau, calant ses pieds sur les empreintes gravées. Quand ils furent tous en position, les carreaux s'enfoncèrent de quelques centimètres dans le sol, comme les boutons d'une machine.

Shlack ! Soudain, quatre cages de métal tombèrent du plafond. Les cages emprisonnèrent Lucy, Ryder, Taloche et Gobzella… mais étrangement, aucune cage ne tomba sur Brystal. Les délégués levèrent les yeux vers le plafond, s'attendant qu'un autre dispositif tombe à tout instant, mais rien ne se produisit.

Pendant qu'ils regardaient en l'air, les cinq traînées de fumée blanche cessèrent de tourner en orbite autour du cœur de verre. Elles fusèrent à travers la pièce, rebondissant contre les murs et le plafond, et finirent par atterrir à l'intérieur des cages. La fumée blanche prit différentes formes et silhouettes, gagna en couleur et en texture ; très vite, des mirages de personnes et de créatures s'étaient matérialisés.

Ryder s'extasia devant le bel homme en uniforme de marin qui se manifesta devant lui.

– Père ? dit-il, incrédule. C'est bien vous ?

– Oui, mon fils, répondit le marin.

Ryder devint aussi pâle qu'un revenant. Il n'avait jamais rencontré son père auparavant, mais l'homme n'était pas difficile à reconnaître. Ils avaient de nombreux traits en commun, les mêmes yeux, le même nez, la même mâchoire. Ryder avait l'impression de se voir plus âgé.

– Attendez… vous savez qui je suis ?

– Je suis au courant de ton existence depuis le début. Ta mère m'a écrit pour m'annoncer qu'elle avait donné naissance à un fils.

– Pourquoi n'avez-vous jamais essayé de me contacter ? Pourquoi n'êtes-vous pas venu nous rendre visite ?

Le marin éclata de rire.

– Oh, je t'en prie ! Tu crois que je voudrais d'une déception comme toi dans ma vie ?

– Une déception ?

– Quel genre d'homme dédie sa vie à une espèce de monstres en voie de disparition ? lança le marin en pouffant de dégoût. Ta mère et toi, vous menez des existences idiotes et inutiles. J'ai honte de t'appeler « mon fils ».

Ryder était choqué par les paroles cruelles de son père et ne savait plus quoi dire.

Dans la cage de Lucy, la deuxième traînée de fumée prit la forme d'un homme et d'une femme. Lui portait un grand haut-de-forme et une boucle en or à l'oreille gauche. Elle arborait plusieurs colliers de perles et un fichu autour de la tête. Le couple portait un maquillage de théâtre, comme s'ils sortaient de scène.

– Maman ? Papa ? Qu'est-ce que vous faites ici ?

– Bonjour, Lucy, répondit M. L'Oie. Ça fait tellement longtemps !

– Pas suffisamment à mon goût, rétorqua Mme L'Oie.

– Comment ça ? demanda Lucy.

– Tu n'es pas au courant ? lança M. L'Oie. Les Musical'Oie sont devenus le groupe le plus populaire au monde ! On joue à guichets fermés tous les soirs, dans les plus grandes salles du monde !

– C'est formidable ! Peut-être que je pourrais vous rejoindre pour des retrouvailles sur scène ?

– Oh, mon petit, répliqua Mme L'Oie avec un rire condescendant. Pourquoi crois-tu que nous ayons autant de succès désormais ? Des hordes de spectateurs se précipitent pour nous entendre jouer parce que tu ne fais plus partie du groupe. Nous aurions dû te dégager des années plus tôt !

Lucy secouait la tête, abasourdie.

– Vous... vous... vous ne parlez pas sérieusement ?

– Soyons francs, tu jouais affreusement mal du tambourin, répondit M. L'Oie. Ta mère et moi étions impatients de nous débarrasser de toi. Nous avons eu de la chance de trouver l'excuse parfaite.

Les yeux de Lucy s'emplirent de larmes et sa lèvre inférieure se mit à trembler.

– Non... non... ce n'est pas vrai ! Vous m'avez envoyée vivre avec les fées parce que vous m'aimiez... Vous vouliez que je fréquente des personnes qui me comprenaient... Vous vouliez que Madame Mûredutemps m'aide à développer ma magie !

M. et Mme L'Oie s'échangèrent un regard avant de hurler de rire.

– Bien sûr, Lucy, répondit Mme L'Oie. On va dire ça.

Dans la cage de Gobzella, la troisième traînée de fumée se transforma en quatre garçons gobelins turbulents. Avec un sourire insidieux et une étincelle de perfidie dans le regard, ils sautèrent partout autour de Gobzella et grimpèrent aux parois de la cage.

– Je n'arrive pas à le croire... ce sont les garçons de l'école ! s'exclama Gobzella. Je ne les avais pas revus depuis que j'étais gobelinette !

– Une gobelinette ? ricana le premier garçon. Vous avez entendu ça, les gars ?

– Gobzella se prend pour une *gobelinette* ! s'écria le deuxième.

– Impossible, rétorqua le troisième garçon. Cela voudrait dire qu'elle a été petite un jour.

– Gobzella n'a jamais été petite ! rit le quatrième. Enfin, petite comme un hippopotame, peut-être !

Les garçons rirent comme des furies et leurs voix résonnèrent à travers la pièce. Le sang quitta le visage de Gobzella, qui passa à une teinte vert sombre, et ses fines narines fumèrent.

– Comment osez-vous ! Vous ne pouvez plus me parler comme ça ! Je suis grande, désormais !

– Là-dessus, on est bien d'accord, rétorqua le premier garçon.

– Oui, on peut le dire, tu es grande ! dit le deuxième.

– Ouais, aussi grande qu'une baleine ! lança le troisième.

– Enfin, les gars, ne soyez pas injustes, intervint le quatrième. C'est pas gentil pour les baleines !

Gobzella se couvrit les oreilles pour ne plus entendre leurs insultes.

– Ce n'est pas réel ! Ils font partie du passé ! Leur méchanceté ne m'atteint plus !

Dans la cage de Taloche, la quatrième traînée de fumée blanche se fondit dans le sol. Quelques instants plus tard, neuf petites créatures poilues en jaillirent et cernèrent le nain. Chacune avait un long museau, des griffes acérées et de longues dents de devant. Scrutant le nain de leurs petits yeux ronds, les créatures lui parlèrent d'une voix sinistre et stridente.

– Des hommes-taupes ! cria Taloche.

– Bonjour, Taloche, dit la première taupe. Nous nous rencontrons enfin.

– Je savais que vous existiez vraiment ! Vous pouvez tromper le monde entier, mais vous ne pouvez pas me tromper, moi !

– Tu essaies de révéler notre existence depuis des décennies, poursuivit la deuxième taupe.

– Comment ça se passe pour toi ? Tu t'en sors ? ajouta la troisième.

– Je rassemble des preuves ! gronda Taloche. Vous avez pu brouiller les pistes jusqu'à présent, mais un jour j'aurai suffisamment de preuves... Un jour, tout le monde connaîtra la vérité !

– Oh, Taloche, qu'est-ce que tu crois ? demanda la quatrième.

– Tu ne révéleras jamais notre existence puisque nous n'existons pas ! lança la cinquième.

– Pourquoi est-ce que tu continues à te mentir à toi-même ? demanda la sixième.

– Ne serait-il pas temps que tu regardes la vérité en face ? demanda la septième.

– Tu nous as inventées parce que tu étais incapable de prendre la responsabilité de tes erreurs ! lança la huitième.

– Nous ne sommes pas tes ennemis... nous sommes ton excuse ! conclut la neuvième.

Taloche devint tout rouge et des perles de sueur apparurent sur son front.

– Vous mentez ! Vous sabotez le monde depuis des siècles ! Et vous me piégez depuis que je suis enfant !

– Te piéger ? ricana la première taupe. Tu parles de la rentrée à l'école majeure des petits mineurs ? Quand tu as lâché un sac plein de diamants dans le puits ?

– C'était vous ! Vous vouliez m'attirer des ennuis !

– Et la fois où tu as renversé ce pauvre petit ourson innocent avec le chariot de la mine ? demanda la deuxième taupe.

– C'est vous qui l'avez poussé devant le chariot !

– Ou la fois où tu as raté ton examen pour devenir responsable, et où c'est M. Lauze qui a pris la tête de la mine ? demanda la septième taupe.

– Vous avez changé mes réponses ! C'est la seule raison pour laquelle je n'ai pas eu le poste ! C'était votre faute, tout est votre faute !

Soudain, les carreaux sous les pieds des délégués se transformèrent en sables mouvants. Ryder, Lucy, Gobzella et Taloche commencèrent lentement à s'enfoncer dans le sol. Mais comme ils portaient toute leur attention sur les apparitions dans les cages, aucun ne remarqua le sable. Plus les apparitions les tourmentaient, plus les délégués s'enfonçaient.

Les yeux de Brystal jonglaient des uns aux autres, cherchant désespérément à comprendre ce qui se passait, et pourquoi il ne lui arrivait rien.

– Je ne comprends pas, se dit-elle à voix haute. Pourquoi est-ce que cette épreuve ne m'affecte pas ?

– C'est assez évident.

Brystal bondit en entendant une voix très familière derrière elle. Elle regarda par-dessus son épaule et s'aperçut qu'une cinquième apparition était là pour elle. La Bonne Fée se vit elle-même, allongée sur les marches au fond de la pièce, mais cette version de Brystal était son opposé complet. Un maquillage sombre alourdissait ses yeux creux, elle était vêtue d'un tailleur pantalon d'un noir total et ses longs cheveux étaient décorés de fleurs fanées.

– Je sais qui tu es. Tu es la voix dans ma tête... Tu es la malédiction !

– Enfin, nous nous rencontrons en personne ! répondit la malédiction. À la bonne heure, je commençais à m'ennuyer terriblement, toute seule dans ton inconscient.

Brystal étudia l'apparition, et elle comprit peu à peu ce qui se passait.

– L'épreuve émotionnelle oblige les gens à affronter leurs démons intérieurs.

La malédiction applaudit avec condescendance.

– Très bien. Tu es maline, quand tu veux.

– Alors pourquoi ne sommes-nous pas en cage ensemble ? Pourquoi est-ce que je ne m'enfonce pas dans les sables mouvants comme les autres ?

– Cela va de soi, il me semble. Parce que toi, tu as déjà affronté tes démons intérieurs.

Brystal ne comprenait pas.

– Vraiment ?

– L'année dernière, dans la forteresse, tu as appris à me faire taire. Et si cela ne suffisait pas, lors de l'épreuve mentale, tu as appris à m'utiliser pour faire le bien. Je ne pourrai plus jamais te saboter après une telle démonstration. Malheureusement, tes amis sont encore vulnérables face aux pensées négatives dans leurs têtes. Jusqu'à ce jour, ils n'ont jamais eu à se confronter aux voix sombres qui les maintiennent éveillés la nuit. Alors l'épreuve les a piégés dans une cage d'insécurité, elle les provoque avec leurs plus grandes peurs, et ils sont en train de plonger dans les profondeurs de leur propre désespoir. C'est plutôt poétique, tu ne trouves pas ?

Brystal se tourna vers les délégués et vit que les sables mouvants leur arrivaient déjà à la taille. Dans un bref instant, ils disparaîtraient totalement.

– Que se passera-t-il lorsqu'ils seront totalement enfouis ?

– Ils mourront. Mais par chance, tu pourras continuer sans eux.

– Mais s'ils apprennent à faire taire leurs idées noires comme moi, ils auront surmonté l'épreuve, eux aussi ?

– Oui, mais si tu te souviens, c'est bien plus facile à dire qu'à faire. Il t'a fallu des mois pour me vaincre. Et parti comme c'est parti, tes compagnons n'ont que quelques minutes avant de disparaître à jamais. À ta place, je profiterais de ce temps pour leur faire mes adieux.

Brystal frémit en se rappelant la nuit où ses amis et elle avaient combattu la Juste Confrérie.

– C'était la pire nuit de ma vie.

– Oh, je m'en souviens ! Tu as franchi une barrière impressionnante, une barrière que les autres ne sont pas prêts à franchir.

– Oui, mais moi, je n'avais personne pour m'aider. J'ai appris à te faire taire toute seule. C'était difficile, c'était douloureux, j'ai dû mobiliser des forces que je ne soupçonnais pas, mais à présent, je sais exactement comment aider quelqu'un qui vit la même chose. Et peut-être est-ce là la bénédiction de cette malédiction ? J'ai vécu l'enfer, mais je sais comment en sortir !

Cette nouvelle prise de conscience donna à Brystal un sourire jusqu'aux oreilles, et à en juger par la réaction de la malédiction, elle se dit qu'elle tenait quelque chose. La malédiction poussa un long soupir de déception et secoua la tête lentement.

– Et tu recommences, à transformer le négatif en positif. Avec toi, on ne peut plus broyer du noir tranquille. Adieu, Brystal.

La malédiction s'évapora, formant un nuage de fumée blanche, et disparut de la pièce.

Motivée par cette nouvelle découverte, Brystal courut en haut des marches et se tint là où tous les délégués pouvaient la voir. Elle brandit son épée en os de dragon et la frappa contre la double porte enchaînée aussi fort que possible. Le bruit capta l'attention des délégués, qui se tournèrent vers elle.

– Que tout le monde m'écoute ! Je sais exactement ce que vous ressentez ! Autrefois, j'étais paralysée par la peur, j'étais assaillie par le doute, et je laissais mes angoisses dominer ma raison. Je pensais que mes idées noires disaient la vérité, je pensais que je méritais la douleur et la tristesse qu'elles me causaient, et je croyais que j'étais tellement brisée que je ne pourrais jamais m'en remettre, *mais rien de tout cela n'était vrai !* L'épreuve consiste à utiliser vos peurs et vos angoisses pour vous empêcher d'avancer ! Tout ce que les apparitions vous disent pour que vous vous sentiez rejetés, minables, moches ou honteux, tout est faux, mais vous êtes les seuls à pouvoir le prouver !

Comme si elle venait d'ôter un voile de leurs yeux, les délégués baissèrent enfin le regard et prirent conscience qu'ils s'enfonçaient dans des sables mouvants. Ils grommelèrent et crièrent en essayant de s'extirper du piège de l'épreuve, sur le plan autant physique qu'émotionnel.

– Ne fais pas attention à elle ! lança le marin à Ryder. Écouter les femmes, c'est ce qui te rend si faible ! Si tu avais été élevé par un père, tu ne serais pas une telle honte ! Tu serais un vrai homme et un fils dont je pourrais être fier !

Ryder resta silencieux. Les mots choisis par son père lui firent comprendre quelque chose pour la toute première fois.

– Oh, mais j'ai eu un père. Ma mère a été mon père, elle a été deux parents à la fois parce que tu m'as abandonné ! Elle m'a appris à être intelligent, charitable, fort, courageux, loyal et fier. Et si cela ne constitue pas un vrai homme, alors je n'ai aucune envie d'en devenir un !

– Non ! aboya le marin. Tu ne te sentiras jamais entier sans un père ! Tu as besoin de moi !

– Tu te trompes ! Je ne commettrai pas les mêmes erreurs que le prince elfe ! Je n'ai jamais eu besoin de ton assentiment, et je ne vais pas commencer aujourd'hui !

Tout à coup, Ryder cessa de s'enfoncer dans les sables mouvants. Sa cage de métal tomba en poussière et le marin disparut dans un brouillard de fumée. Brystal accourut auprès de lui et l'aida à s'extraire des sables mouvants.

– Tu as réussi, Ryder ! Tu as surmonté l'épreuve !

– Merci pour tes conseils. Je n'y serais pas arrivé sans toi.

De l'autre côté de la pièce, Lucy avait du sable jusqu'à la poitrine. Les apparitions de ses parents dominaient son corps enfoui, l'empêchant de voir ses amis.

– Tu ne t'en sortiras pas aussi facilement que lui, lança M. L'Oie.

– Au fond, tu sais que nous disons la vérité, ajouta son épouse. Tu sais que tu es une piètre musicienne et que notre vie est meilleure sans toi !

Lucy leva les yeux au ciel et poussa un long grognement.

– Et alooooooors ? Il y a pire que d'être rejetée de son groupe de musique familial ! Et qu'importe si je ne monte plus jamais sur scène ? Je n'ai pas besoin des applaudissements ni de l'affection d'inconnus pour me sentir entière, j'ai des amis ! Et grâce à eux, je me sens plus aimée que par une foule de spectateurs ! Vivre avec les fées est la meilleure chose qui me soit jamais arrivée ! Et je ne l'échangerais pas contre toutes les louanges et la célébrité du monde !

Tout comme Ryder, après avoir affronté les apparitions, Lucy cessa de s'enfoncer dans les sables mouvants. Sa cage se désagrégea et ses parents s'évaporèrent. Brystal et Ryder attrapèrent Lucy par les bras et la hissèrent hors des sables mouvants.

– Bravo, Lucy ! Je suis très fière de toi !

– Merci pour le coaching.

– Cela vaut ce que ça vaut, moi je trouve que tu es une grande musicienne.

– Non, les apparitions avaient raison, les Musical'Oie s'en sortent mieux sans moi. Mais pour ma défense, quel groupe de musique ne s'en sort pas mieux sans joueur de tambourin ?

Dans la cage voisine, les garçons gobelins devenaient de plus en plus turbulents et agités. Ils bondissaient de paroi en paroi, tapaient Gobzella sur la tête et la tourmentaient par de mauvaises plaisanteries. Gobzella essayait de toutes ses forces de se sortir des sables mouvants, mais elle s'enfonçait toujours plus profondément à chaque réplique cruelle.

– Gobzella est tellement grosse que quand elle s'est fait un manteau de fourrure, tous les mammifères se sont éteints ! lança le premier garçon.

– Gobzella est tellement moche que quand elle se regarde dans le miroir, elle dégobille ! lança le deuxième.

– Gobzella est tellement lourde que quand j'ai pensé à elle dans ma tête, je me suis cassé la nuque ! lança le troisième.

– Gobzella fait tellement peur que quand elle a visité une maison hantée, tous les monstres se sont évanouis !

Gobzella rugit de colère et frappa des mains dans le sable.

– Très bien, ça suffit ! Vos insultes m'ont peut-être fait mal quand j'étais jeune, mais elles m'ont aussi rendue forte ! Et je suis devenue la plus grande guerrière que la Terre des gobelins ait jamais vue ! Et maintenant, regardez-moi, j'explore des temples anciens et je sauve le monde ! Et vous, qu'est-ce que vous faites ? Qu'est-ce que vous avez fait de vos vies ? Vous êtes sans doute assis dans vos grosses maisons de gobelins, enfermés dans vos pauvres mariages de gobelins, avec une bande de gamins gobelins qui courent partout et cassent vos affaires ! Alors, qui est-ce qui rigole maintenant ?

L'un après l'autre, les quatre garçons gobelins disparurent, et la cage de Gobzella tomba en poussière. Elle cessa de s'enfoncer dans les sables mouvants et parvint à s'en extirper seule. Brystal, Lucy et Ryder félicitèrent la gobeline, mais ils manquaient de temps pour fêter sa réussite. Tournés vers la cage de Taloche, les délégués voyaient que le nain avait du sable jusqu'au cou. Les taupes l'encerclaient comme des prédateurs tandis qu'il luttait pour garder la tête dégagée.

– Pauvre, pauvre petit Taloche, dit la première taupe.

– Si seulement il était capable d'admettre ses erreurs, il survivrait à l'épreuve, ajouta la deuxième.

– Allez, admets simplement que tu t'es trompé, renchérit la troisième.

– C'est toi qui as laissé tomber les diamants dans le puits à cause de ta maladresse, lança la quatrième.

– C'est toi qui as écrasé l'ourson avec le chariot de la mine, à cause de ton inattention, dit la cinquième.

– Et c'est toi qui as raté l'examen à cause de ta bêtise, dit la sixième.

– Tu ne peux t'en prendre qu'à toi-même, lança la septième.

– Avoue-le, et tout s'arrêtera, conclut la huitième.

– Jamais ! cria le nain avec passion. Rien de tout cela n'est ma faute, c'est vous qui êtes derrière tout ça !

Alors que tous les autres délégués avaient remporté l'épreuve en regardant la vérité en face, Brystal prit conscience que l'épreuve de Taloche consistait à regarder sa mauvaise foi en face. Elle s'accroupit à côté de la cage, devant à tout prix lui faire entendre raison avant qu'il ne soit trop tard.

– Taloche, si les hommes-taupes disent la vérité, tu dois l'admettre !

– Il ne faut pas les croire ! répondit-il. Ne te laisse pas berner !

– Le nain vit dans le déni ! Le nain vit dans le déni ! Le nain vit dans le déni ! scandèrent les hommes-taupes.

– Taloche, il n'y a aucune honte à admettre les erreurs du passé. Nous avons tous fait des choses dont nous ne sommes pas fiers, et parfois ces choses sont si douloureuses qu'il est plus facile d'inventer des mensonges que de prendre ses responsabilités. Quand nous blâmons les autres pour nos fautes, quand nous inventons des complots pour justifier nos actes, nous n'apprenons jamais de nos erreurs ! Tu as la chance de pouvoir changer toute cette honte en quelque chose de positif !

– Je suis désolé, Bonne Fée. Je ne les laisserai pas gagner.

Le nain prit une profonde inspiration et se laissa engloutir par les sables mouvants. Il disparut sous les cris de Brystal, Lucy, Ryder et Gobzella. Au-dessus de leurs têtes, le cœur de verre flottant éclata en mille morceaux et la clé d'or vola à travers la pièce, déverrouillant la double porte. Les délégués entendirent les chaînes et le cadenas tomber, mais personne ne se retourna. Même s'ils avaient surmonté l'épreuve, ils retenaient leur souffle, priant pour que leur ami revienne, mais jamais le nain ne réapparut.

– Je n'arrive pas à croire qu'il ait choisi la mort plutôt que d'accepter la vérité, dit Lucy.

– Il a été victime de ses propres complots ! ajouta Gobzella.

Brystal essuya les larmes qui coulaient sur son visage, désespérée de ne pas avoir pu en faire plus pour aider le nain.

– Les mensonges les plus dangereux sont ceux que l'on se raconte, conclut-elle.

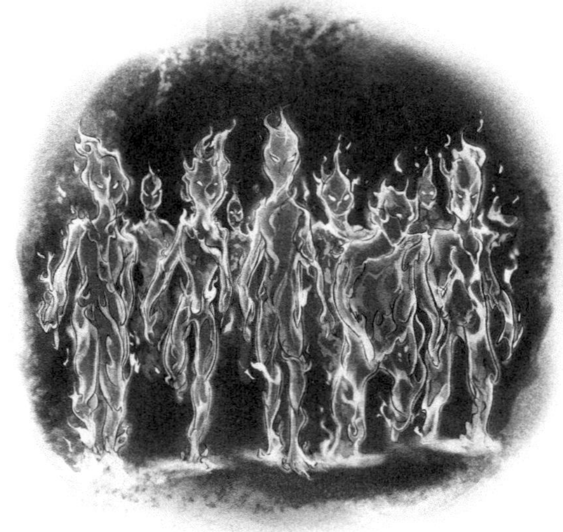

CHAPITRE 20

L'AVÈNEMENT DES DÉMONS

Les fées et les sorcières ne savaient plus où chercher Xanthous. Au cours des trois derniers jours, elles avaient passé au peigne fin les montagnes glaciales du Nord, les forêts denses de l'Ouest et les collines de l'Est, mais elles n'avaient toujours trouvé aucune trace de leur ami. Si elles ne s'étaient pas tant inquiétées pour lui, elles auraient été impressionnées par ses talents de dissimulation.

Le seul endroit où elles n'avaient pas cherché était le Juste Empire, et aucune d'entre elles ne souhaitait y mettre le pied. Toutefois, leur désir de retrouver Xanthous eut raison de leurs réserves et elles décidèrent d'y aller.

Pour attirer l'attention le moins possible, fées et sorcières attendirent la nuit pour entrer dans l'empire. Emerelda jeta un sort sur leur carrosse d'or et leurs licornes, les transformant en carriole et en chevaux ordinaires. Elles décidèrent d'entamer leurs recherches dans le sud de l'empire et de remonter vers le nord. Lorsque la carriole et les chevaux atteignirent le point le plus au sud de la baie du Sud, la vue d'un édifice abandonné leur donna des frissons dans le dos.

– La forteresse, bredouilla Germine avec un nœud dans la gorge. J'espérais ne jamais la revoir.

– Il faut vraiment qu'on y aille ? demanda Cielène.

– Ne vous inquiétez pas, elle est probablement déserte, les rassura Emerelda. La Juste Confrérie et l'armée des Morts sont à Hautrige avec l'empereur. Il n'y a aucune raison qu'on les croise ici. Regardez, leur drapeau n'est même pas hissé.

– Pourquoi est-ce que Xanthous irait se cacher là ? lança Mandarina. Il a été suffisamment traumatisé comme ça, non ?

– Aucune personne sensée ne s'attendrait que Xanthous se cache dans la forteresse. C'est bien pour cela que c'est la cachette idéale pour lui, répondit Emerelda. Cela vaut la peine d'y jeter un œil.

– Madame Vee ? Vous avez apporté des ustensiles de cuisine avec vous ? demanda Cielène. Cela nous avait vraiment sauvé la vie la dernière fois.

– J'ai emporté ma plus belle argenterie et mes meilleures casseroles et poêles, répondit Mme Vee. Je suis prête pour la bataille, et pour un dîner impromptu. Pour être honnête, je ne sais pas ce qui me fait le plus peur ! Ha ! Ha !

La carriole et les chevaux s'arrêtèrent près de l'entrée de la forteresse et les passagères descendirent. L'endroit était aussi intimidant que dans leurs souvenirs. La forteresse évoquait plus les restes d'une créature gigantesque que les ruines d'un vieux bâtiment. Les murs abîmés ressemblaient à la peau d'une carcasse en décomposition et les cinq tours décrépies s'étiraient vers le ciel noir tels les doigts d'une main de squelette géant.

– Cet en-en-endroit me donne les f-f-foies ! dit Isabeille en frissonnant.

Pip renifla.

– Ça pue la peur et la mort.

– Comme ça m'avait manqué, dit Suture avec un sourire malsain.

Fées et sorcières se divisèrent en groupes de deux pour fouiller la forteresse. Cielène et Mme Vee sondèrent les étages inférieurs, Isabeille et Pip fouillèrent les étages supérieurs, et Suture et Germine se chargèrent d'explorer les tours. Entre-temps, Emerelda et Mandarina traversèrent la grande cour intérieure. Tout était identique à cette horrible nuit où elles avaient failli périr aux mains de la Juste Confrérie et de l'armée des Morts. Hélas, elles ne trouvèrent pas la moindre trace de Xanthous.

– Il se fait désirer ! dit Mandarina en sondant la cour. Pourquoi fait-il tous ces efforts pour se cacher de nous ? Nous sommes ses amies ! Nous voulons l'aider !

– Il essaie de nous protéger de lui-même, répondit Emerelda. Mais si nous avons tant de mal à le retrouver, espérons qu'il en soit de même pour les alchimistes. Je prie simplement pour qu'il tienne jusqu'au retour de Brystal et de Lucy avec le *Livre des thaumaturges*.

– Si elles reviennent avec le livre... Nous devrions sans doute commencer à élaborer un plan B, au cas où elles ne reviendraient pas.

Emerelda poussa un soupir de défaite et s'assit sur un tas de gravier.

– Tu as raison. Mais Brystal a encore une semaine à vivre. Ne l'abandonnons pas tout de suite.

Depuis le toit de la plus haute tour, Suture attira leur attention. La sorcière sifflait et agitait les bras pour qu'elles la remarquent.

– Hé, dites, vous devriez voir ça !

– J'espère que ce n'est pas encore une de tes blagues, Suture ! l'avertit Mandarina. Si nous montons là-haut et qu'on trouve un autre squelette dans une position salace, je te pousse par la fenêtre !

– Non, ça n'a rien à voir. Attendez une seconde, vous n'allez pas pouvoir passer à côté !

Emerelda et Mandarina échangèrent un regard curieux, mais un instant plus tard, elles comprirent exactement ce dont parlait Suture. La baie du Sud fut recouverte par une ombre noire, portée par un amas de nuages duveteux arrivant depuis l'océan, et bloquant la pleine lune. Les filles virent les toits et les flèches de l'Institut d'alchimie qui perçaient à travers les nuages ; tout le campus flottait au-dessus de leurs têtes vers le Nord.

– C'est l'Institut d'alchimie ! s'exclama Emerelda.

– Mais pourquoi se déplace-t-il ? Où vont les alchimistes ? demanda Mandarina.

Se posant exactement la même question, Emerelda fut soudain prise d'effroi ; il n'y avait qu'une explication raisonnable.

– Oh, non. Xanthous ! Les alchimistes ont dû le trouver ! Nous devons les suivre !

★

Comme le Dr États et le Juste Empereur l'avaient décidé, ce soir-là à minuit, les alchimistes entrèrent à Hautrige pour éliminer en toute sécurité Xanthous Deschamps. L'Institut d'alchimie descendit sur la ville et survola la place principale. Le Dr États et les autres alchimistes s'étaient rassemblés sur un balcon en dessous de la sphère armillaire tout au centre du campus. De là, ils pouvaient voir la ville entière et la campagne alentour. Après une attente de quelques minutes, le Juste Empereur, son Haut Commandant et le reste de la Juste Confrérie apparurent sur le toit du Juste Palais pour saluer leurs visiteurs ; étrangement, pas un seul soldat de l'armée des Morts n'était présent.

– Bien le bonjour, messieurs ! lança Sept. Bienvenue à Hautrige ! J'espère que vous avez fait bon voyage.

– J'ai bien peur que nous n'ayons pas de temps pour des courtoisies, Votre Majesté, répondit le Dr États. Nous devons procéder à l'élimination sur-le-champ. Si vous aviez l'obligeance de nous livrer M. Deschamps, nous nous en occuperions sans attendre.

Un sourire narquois se dessina sur le visage de l'empereur.

– À vrai dire, docteur États, j'ai des hésitations au sujet de notre accord.

– Comment cela, des hésitations ?

– J'ai beaucoup réfléchi à la situation et j'ai décidé de garder le garçon pour moi. Je ne suis pas sûr de pouvoir vous faire confiance.

Le Dr États gronda d'impatience.

– Pour l'amour du ciel, ce n'est pas le moment de lancer un débat sur la confiance. Le monde est en danger ! Nous devons anéantir M. Deschamps avant qu'il ne nous anéantisse tous !

– Je suis d'accord, le monde est en danger, mais pas à cause du garçon. Après la visite de votre institut, je m'inquiète terriblement de vos intentions, à vous et vos collègues. Vous prétendez n'avoir aucun intérêt à gagner des pouvoirs, mais selon moi, la technologie que vous possédez témoigne d'une tout autre histoire. Selon moi, vous attendez simplement l'occasion de frapper et nous réduire tous en esclavage.

Le Dr États était visiblement consterné par les accusations de l'empereur.

– Votre Majesté, nous sommes des hommes de science ! Nous n'avons absolument aucun intérêt à vous attaquer, vous comme votre empire !

– Ce qui ne veut pas dire que vous ne changerez pas d'avis. Vous pourriez facilement utiliser vos sciences contre moi et mon peuple si vous le souhaitiez. Qu'est-ce qui vous empêcherait de faire de M. Deschamps le sujet d'une de vos expériences ? Qu'est-ce qui vous empêcherait de cultiver les pouvoirs du garçon et de faire de lui une arme ? Aucun homme ne devrait avoir ce genre de pouvoir, et pour l'intérêt du monde, je crois qu'il est de ma responsabilité de vous arrêter.

Boum ! Boum !

Les alchimistes entendirent des explosions tout autour d'eux.

Boum ! Boum !

L'armée des Morts apparut sur les toits de la place principale et ils tirèrent avec des canons sur l'institut.

Boum ! Boum !

À la place de boulets, les canons tiraient de gigantesques harpons attachés à de longues chaînes.

Boum ! Boum !

Les harpons percèrent les murs des différents départements.

Boum ! Boum !

Les soldats morts tirèrent sur les chaînes avec d'énormes tourets, dirigeant l'Institut d'alchimie vers la place principale. Les alchimistes fulminèrent en voyant l'armée des Morts attaquer leur campus. Le Dr États et le Juste Empereur se regardèrent droit dans les yeux, échangeant un regard enflammé.

– Vous nous avez attirés dans un piège. J'aurais dû m'en douter. Les hommes comme moi combattent les hommes comme vous depuis l'aube des temps. Depuis bien trop longtemps, les alchimistes restent dans l'ombre tandis que les tyrans diffusent l'ignorance et la haine. Il est temps de nous dresser et d'y mettre un terme ! Vous voulez la guerre ? Vous allez l'avoir !

L'alchimiste frappa le sol avec sa canne, quatre fois. Soudain, une marche résonna dans tout l'institut, mais au lieu d'un bruit de bottes, le Juste Empereur entendit le claquement du métal. Toutes les portes du campus s'ouvrirent d'un coup et des centaines de Magbots en jaillirent. Les Magbots formèrent une ligne de défense autour de l'Institut d'alchimie, prêts à protéger le campus à tout prix.

Le Juste Empereur fit un signe de tête impatient à son Haut Commandant.

– Lancez l'assaut !

★

Les fées et les sorcières filaient à travers la campagne du Juste Empire à bord de leur carrosse déguisé. Elles avaient suivi l'Institut d'alchimie depuis le sol en restant aussi près que possible, mais le campus flottant avait fini par les devancer et disparaître à l'horizon. Très vite, la ville de Hautrige apparut au loin et Emerelda aperçut l'institut flottant au-dessus dans le ciel.

– Le voilà ! Ils se sont arrêtés à Hautrige !

Elle claqua des doigts et les chevaux se précipitèrent, accélérant encore la cadence. Toutefois, à quelques kilomètres de la ville, ils se mirent à hennir de frayeur et pilèrent.

– Qu'est-ce qui leur prend ? demanda Cielène.

Les fées et les sorcières passèrent la tête par la fenêtre pour voir ce qui effrayait les chevaux. À quelques centaines de mètres, elles virent une femme debout, seule au beau milieu de la campagne. La femme portait une robe métallique, un serre-tête en forme de clé à griffe, et tenait un vieux livre serré contre sa poitrine.

– C'est la princesse Proxima du royaume de l'Est ! s'écria Mandarina. Qu'est-ce qu'elle fabrique ici toute seule ?

Les fées et les sorcières descendirent pour la voir de plus près. La princesse ouvrit le livre et en lut un passage à haute voix.

– *Demis-dule demis-dole, demis-see demis-sole !* scanda-t-elle.

– Qu'est-ce qu'elle a dit ? demanda Germine.

– En d'autres circonstances, je dirais qu'elle vient de réciter un sort ancien, dit Mme Vee.

Pip sentit quelque chose dans l'air.

– C'est moi, ou il y a comme une odeur de fumée ?

Avant que les autres n'aient le temps de sentir, le sol se mit à trembler sous leurs pieds. Les fées et les sorcières virent des rayons de lumière éclatante traverser la campagne. Quand leurs yeux se furent adaptés, elles s'aperçurent que du feu jaillissait du sol ! En quelques secondes, toute la campagne fut en flammes ! Même si le feu le plus proche était à des centaines de mètres de là, elles pouvaient sentir la chaleur comme si elles en étaient tout près.

– Pourquoi y a-t-il du feu qui sort de terre ? s'écria Mandarina.

Emerelda comprit instantanément – elle n'oublierait jamais un tel feu de toute sa vie.

– C'est le feu qui a attaqué le royaume de l'Est !

– Mais Xanthous n'est pas là ! s'exclama Cielène. C'est la preuve qu'il est innocent !

– C'est Proxima, la responsable de l'incendie ! C'est elle qui était derrière le feu depuis le début !

– Hé, les filles, vous ne trouvez pas qu'elles ont un drôle d'air, ces flammes ? demanda Suture.

Dans un premier temps, les fées et les sorcières ne saisirent pas ce que Suture racontait, mais en étudiant les flammes, elles comprirent. Le feu n'était pas simplement plus chaud qu'un incendie ordinaire : le feu se composait de centaines de personnes dont les corps étaient entièrement en flammes.

Les fées et les sorcières ne pouvaient en croire leurs yeux et se regardèrent les unes les autres avec stupéfaction.

– Ce feu est vivant ! lança Germine.

– Je n'ai jamais vu une chose pareille de toute ma vie ! s'exclama Mme Vee.

– Quelle est cette magie ? s'interrogea Mandarina.

– Voilà pourquoi le feu nous pourchassait à Poignefer... il a des jambes ! s'écria Emerelda.

La princesse Proxima était folle de joie en voyant toujours plus d'êtres de feu s'extirper du sol pour la rejoindre. Bientôt, elle fut cernée par des milliers et des milliers de corps enflammés, mais étrangement, ni la princesse ni le livre n'étaient affectés par la chaleur qu'ils émettaient. Proxima se mit à marcher vers Hautrige et le peuple de feu la suivit. Évoluant à travers les terres, il laissa une traînée de destruction derrière lui. Le sol brûla sous ses pieds, le ciel se remplit de fumée noire, et des petits feux de brousse se répandirent dans toutes les directions. Si rien ne mettait un terme à l'incendie, bientôt tout le Juste Empire, peut-être le monde même, serait réduit en cendres.

– Le Dr États avait raison, dit Emerelda. Le feu va détruire le monde !

– Comment pouvons-nous l'arrêter ? demanda Mandarina.

Emerelda réfléchit en silence. Elle se rappela une déclaration du Dr États qui avait retenu son attention, et cela lui donna une idée très particulière. C'était absurde, c'était irresponsable, et elle en était malade rien que d'y penser, mais Emerelda ne voyait pas d'autre solution.

– Le feu détruit... la glace préserve. Et nous allons avoir besoin de beaucoup de glace.

Mandarina se crispa de pied en cap.

– Em, dis-moi que tu ne dis pas ce que je crois que tu es en train de dire...

– À vrai dire, si.

– Non... Non, un point c'est tout ! protesta Mandarina. Il y a forcément une autre option !

– Nous n'avons pas le temps d'y penser ! Si nous ne frappons pas un grand coup, tout le royaume va partir en fumée !

répondit Emerelda qui se tourna subitement vers les sorcières. Suture ? Germine ? Isabeille ? Pip ? Vous avez apporté vos balais ?

– N-n-nous ne quittons jamais la maison s-s-sans, répondit Isabeille.

– Bien. J'ai besoin que vous nous transportiez jusqu'aux montagnes du Nord. *Maintenant !*

CHAPITRE 21

LA CHAMBRE DES THAUMATURGES

Dans la salle de l'épreuve émotionnelle, Brystal et les délégués se tenaient devant la double porte au sommet des marches. Ils étaient à la fois motivés et épuisés après avoir déjoué les épreuves physique, mentale et émotionnelle, mais rien ne pouvait les préparer physiquement, mentalement et émotionnellement à ce qui les attendait. La créature la plus dangereuse, la plus mortelle qui ait jamais existé se terrait quelque part derrière la porte, et si le groupe ne savait pas à quoi s'attendre, tous avaient la sensation qu'elle les attendait de pied ferme.

– Rappelez-vous que nous sommes à la fin, dit Brystal. Si nous survivons à ce qui se trouve derrière cette porte, nous gagnons.

Lucy, Ryder et Gobzella inspirèrent profondément et raffermirent leur prise sur leurs armes.

– On parie sur l'identité de la créature ? proposa Lucy.

– Je dirais que c'est une espèce éteinte de dragon, répondit Ryder. Auquel cas nous devrions rester aussi immobiles et silencieux que possible. Les dragons n'attaquent que s'ils se sentent menacés, mais à la minute où ils vous prennent pour un ennemi, plus rien ne peut les arrêter.

– Peut-être que c'est un animal de la mythologie ! lança Gobzella. J'imagine une créature avec une tête de lion ! Le corps d'un ours ! Les crocs d'un serpent ! Les pattes d'un cheval ! Je dois pouvoir me mesurer à une créature comme ça, ça me rappelle un gobelin que je fréquentais !

– Je persiste avec mon idée de diva, répliqua Lucy. Si c'est le cas, que tout le monde m'appelle « Madame la metteuse en scène », et préparez-vous à une audition retorse.

– Au point où nous en sommes, rien n'est pire que le suspense, conclut Brystal. Allons-y.

Brystal tourna lentement les poignées, poussa les panneaux de la porte et les délégués la suivirent dans la pièce voisine. De l'autre côté, ils découvrirent une salle immense et très sombre, mais une fois avoir passé la porte, ils s'aperçurent que ce n'était pas une pièce... Ils étaient entrés dans un *espace infini* qui s'étirait sur des kilomètres dans toutes les directions.

Le sol était inondé par une eau cristalline qui leur montait jusqu'à la cheville. Elle reflétait parfaitement les milliers d'étoiles du ciel de la nuit étincelante au-dessus de leurs têtes. Le reflet donnait l'illusion que les étoiles se multipliaient à l'infini autour d'eux, mais l'illusion fut interrompue par les ondulations provoquées par leurs pas.

La double porte se referma derrière eux avant de plonger dans l'eau et de disparaître. Le groupe erra dans l'espace sans fin, mais ne trouva rien hormis un grand miroir rectangulaire. Brystal jeta un œil dans le miroir mais y vit simplement son reflet et celui de ses amis.

– Pourquoi la créature la plus dangereuse de l'Histoire aurait-elle besoin d'un miroir ? songea Ryder.

– Ou de toute cette eau ? demanda Gobzella.

Lucy haussa les épaules.

– C'est peut-être un requin qui s'aime trop ?

Ils se séparèrent et continuèrent à fouiller l'espace, mais Brystal se sentit clouée face au miroir. Une étrange sensation lui disait qu'il avait plus de signification qu'ils ne le pensaient ; elle n'arrivait simplement pas à savoir laquelle. Après plus d'une heure à faire des éclaboussures, les délégués n'étaient tombés sur rien ni personne.

– Et si la créature n'était pas là ? demanda Ryder. Elle est peut-être morte ou elle s'est peut-être échappée du temple.

– Tu veux dire que tout ce périple aurait été une perte de temps ?

– Nom d'une procrastination ! s'exclama Lucy. Gobzella, tu as peut-être raison ! Peut-être que la créature la plus dangereuse et la plus mortelle de la planète, c'est le temps !

Ryder et Gobzella se grattèrent le front.

– Le temps ?

– Tu as pondu ça comment ?

– Madame Mûredutemps, notre ancienne professeure avec Brystal, nous a dit que rien n'était plus complexe dans l'univers que le temps. C'est à la fois le responsable de tous les problèmes et la solution, on en a toujours trop ou pas assez, jamais la quantité voulue, et à la fin, le temps nous tue tous !

Les délégués réfléchirent à la théorie de Lucy et finirent par se persuader qu'elle avait raison, mais Brystal n'était pas de cet avis. Elle restait face au miroir, sans jamais détacher les yeux des reflets d'elle-même et des autres.

– Mais alors, qu'est-ce que le miroir aurait à voir avec le temps ? pensa-t-elle à haute voix. Si le temps était la créature la plus mortelle, le temple nous mettrait certainement une horloge sous le nez plutôt que notre propre...

Brystal se tut, soudain piquée par sa propre théorie. L'idée était si choquante que la Bonne Fée porta une main à sa bouche.

– Oh, mon Dieu ! se murmura-t-elle à elle-même. Je crois que j'ai trouvé !

Les délégués se rassemblèrent autour d'elle et inspectèrent le miroir, à la recherche de quelque chose de caché dans le reflet.

– Où est-ce, Brystal ? demanda Ryder.

– Je ne vois rien à part nous, ajouta Lucy.

– C'est parce que *c'est* nous, répondit Brystal.

– Comment ça, c'est nous ? demanda Gobzella.

– La créature la plus dangereuse et la plus mortelle de la planète n'est pas un animal... ce sont les gens. Réfléchissez ! Sauriez-vous désigner une autre espèce qui fasse plus de mal à elle-même ou à la planète ? Les gens polluent les airs, ils déversent leurs déchets dans les océans et chassent des animaux jusqu'à l'extinction ! Les gens se déclarent la guerre, ils font de la haine un passe-temps et sont les seules créatures sur terre qui mentent.

Les délégués se contemplèrent un long moment dans le miroir et sentirent leurs estomacs se nouer : Brystal avait raison.

– Mais comment pouvons-nous vaincre la créature, si la créature, ce sont les gens ? demanda Lucy. Même pour les thaumaturges, ça me semble exagéré.

– La légende ne dit pas que l'on doit vaincre la créature, elle dit que nous devons l'affronter, rappela Brystal. Peut-être que cela explique le miroir ? Avant d'accéder à la chambre, nous devons prendre nos responsabilités et reconnaître les dégâts que provoquent les gens. Et comme nous l'avons appris de Taloche, parfois rien n'est plus difficile que de regarder la vérité en face.

Soudain, le miroir plongea dans l'eau et disparut, comme la double porte avant lui. Ils sentirent de puissantes vibrations sous leurs pieds et l'eau se mit à ondoyer furieusement. Des milliers et des milliers de grands piliers d'or jaillirent de l'eau et s'étirèrent haut dans le ciel noir. Puis l'eau se retira et les délégués se retrouvèrent sur une étoile d'argent gravée dans un sol de marbre blanc. L'étoile pointait dans quatre directions, semblable à une boussole, et ils s'aperçurent que les piliers formaient quatre couloirs infinis autour d'eux.

Tandis qu'ils admiraient ce décor incroyable, des millions d'objets commencèrent à se matérialiser dans les quatre couloirs. Tout, de l'or à la poussière, apparut sous leurs yeux, remplissant les vastes espaces.

– Nous avons réussi ! s'écria Brystal, éberluée. Nous sommes dans la chambre des thaumaturges !

Les délégués firent éclater leur joie et Gobzella les souleva tous du sol pour une embrassade collective.

La gobeline reposa ses amis et un tourbillon de lumière étincelante apparut à côté d'eux. Les lumières tourbillonnèrent de plus en plus vite, et avant qu'ils puissent comprendre ce qui se passait, un grand homme se présenta devant eux. Il avait un visage ridé, une longue barbe argentée, et portait une épaisse robe marron à capuche. Intimidés par son allure omnisciente et solennelle, les délégués reculèrent d'un pas. Brystal le reconnaissait, c'était le même visage que celui d'une des sept statues à l'entrée du temple.

– Vous êtes un thaumaturge ? lui demanda-t-elle.

– J'étais.

Lucy déglutit.

– Donc vous êtes un fantôme ?

– Je ne suis ni vivant ni mort, je suis un souvenir. Maintenant que vous avez surmonté les épreuves, vous pouvez prendre un objet du temple. Je suis ici pour vous épauler dans votre décision et vous aiguiller dans notre chambre. Voulez-vous que je vous montre ce que le temple a à offrir ?

– Oui, s'il vous plaît ! s'exclama Gobzella.

Le thaumaturge se tourna vers le premier couloir avec un geste théâtral. Il y avait des montagnes de pièces d'or, de bijoux, de meubles, de vêtements, de nourriture, de vin, de carrosses et de navires.

– Si ce sont les *biens matériels* que vous désirez, en voici la galerie. Tout ce dont une personne pourrait avoir besoin ou qu'elle pourrait convoiter se trouve ici. Tous ces objets ont appartenu à des thaumaturges de notre vivant, et tout est encore en excellent état.

Le thaumaturge contourna les délégués et fit un signe en direction du deuxième couloir, qui contenait une bibliothèque interminable dont les étagères étaient si hautes qu'elles disparaissaient dans le ciel.

– Si c'est le *savoir* qui vous intéresse, voici la Bibliothèque de la vie. Elle contient un exemplaire de tous les ouvrages jamais publiés, écrits et même imaginés dans l'esprit d'un auteur. Même si les fondateurs sont décédés il y a des siècles, vous verrez que notre catalogue est parfaitement à jour.

Le thaumaturge s'avança devant l'entrée du troisième couloir. Des rangées de placards contenaient des milliards de rouleaux, et dans les airs, des plumes prenaient des notes sur des morceaux de parchemin flottant.

– Si ce sont des *réponses* que vous recherchez, voici le Centre des faits. Tout ce qui s'est produit, se produit ou se produira est documenté dans nos archives. Les parchemins des thaumaturges contiennent les réponses aux plus grands mystères de la Terre.

Il fit ensuite un geste vers le quatrième et dernier couloir. Celui-ci comportait cinq grandes portes, dont chacune conduisait à un espace recelant des milliers et des milliers de bulles.

– Si c'est de la *clairvoyance* qu'il vous faut, voici les Corridors de l'humanité. En regardant dans les bulles, vous pourrez voir toutes les émotions présentes sur terre. Dans le couloir des rêves, chaque bulle renferme une vue sur les plus grands désirs des hommes. Dans le couloir des cauchemars, chaque bulle renferme une vue sur leurs plus grandes peurs. Dans le couloir des idées, chaque bulle offre une vue de leurs pensées et opinions. Dans le couloir de l'amour, chaque bulle offre une vue sur l'objet de leur affection. Et dans le couloir de la haine, chaque bulle offre une vue sur leurs pires préjugés.

Brystal fut attirée par les Corridors de l'humanité comme un insecte par une flamme. Elle jeta un coup d'œil par chaque porte, admirant la beauté et le caractère unique de chaque bulle. Les rêves étincelaient et flottaient librement dans les airs ; des cauchemars nébuleux volaient de façon imprévisible dans l'espace ; les idées étaient des éclairs et rebondissaient les unes contre les autres ; les bulles d'amour semblaient rougir et se tourner autour nonchalamment ; enfin, les bulles de haine, toutes noires, restaient figées.

– Pourquoi le couloir des cauchemars et le couloir de la haine sont-ils plus remplis que les autres ? demanda-t-elle au thaumaturge.

– C'est une malheureuse réalité de l'humanité. Les rêves, les idées et l'amour n'ont jamais surpassé la haine ni les peurs. Et jusqu'à ce que cela change, je crains que les humains ne restent l'espèce la plus mortelle et la plus dangereuse de la planète.

Ses mots firent à Brystal l'effet d'un coup de poing, non pas sur son corps mais dans son âme. Elle savait l'humanité capable de changer ; elle avait vu de ses propres yeux le monde effectuer de profonds changements. Mais hélas, Brystal savait qu'elle ne vivrait pas assez pour voir le jour où les couloirs des rêves, des idées et de l'amour deviendraient les plus fournis. Elle n'avait plus qu'une semaine à vivre, et en cet instant, elle ne pouvait pas en gâcher une seule seconde.

– Monsieur, nous savons exactement ce que nous voulons prendre, dit-elle.

– Ah ? s'étonna le thaumaturge qui lui adressa un regard curieux. Êtes-vous sûrs de ne pas vouloir plus de temps pour explorer les couloirs ?

– Malheureusement, le temps est un luxe que nous n'avons pas. Nous sommes venus dans le Temple du Savoir pour récupérer le *Livre des thaumaturges*.

Le thaumaturge leva un sourcil et se frotta la barbe.

– Voilà qui est intéressant. De tous les biens présents dans la chambre, le *Livre des thaumaturges* est le seul objet qui ait déjà été pris.

– On l'a pris ? s'exclama Gobzella.

– Vous voulez dire que tout cela était une perte de temps ? demanda Lucy.

– Mais qui a remporté toutes les épreuves avant nous ? s'interrogea Ryder.

– Seule une personne a survécu jusqu'à aujourd'hui, répondit le thaumaturge. Il y a plusieurs siècles de cela, une femme est venue au temple et a surmonté les épreuves, seule. Il lui a fallu trois cents ans pour y arriver, mais elle a fini par atteindre la chambre.

Brystal et Lucy poussèrent un cri à l'unisson, traversées par la même idée :

– *L'Immortelle !*

– Elle a donc bien mis la main sur le *Livre des thaumaturges* ! s'écria Brystal.

– Mais si l'Immortelle détient le livre, pourquoi est-ce qu'elle ne l'a pas utilisé pour anéantir la fille de la Mort ? Pourquoi ne pas avoir rempli sa part du marché ? rebondit Lucy.

Ryder n'en revenait pas.

– Pardon... vous venez de dire « la fille de la Mort » et « l'Immortelle » ?

Lucy balaya le sujet d'un revers de la main, comme si de rien n'était.

– Un jour, on t'invitera à déjeuner et on t'expliquera tout.

– L'Immortelle a dû le convoiter avant de conclure un marché avec la Mort, dit Brystal. Sinon, comment aurait-elle su le réclamer ? Peut-être que l'immortalité ne l'intéressait pas en soi, peut-être qu'elle avait simplement besoin de l'immortalité pour l'aider à obtenir le *Livre des thaumaturges* !

– Tu es en train de me dire qu'il y a quelque chose dans ce livre qui serait encore plus classe que l'immortalité ? demanda Lucy.

Brystal se crispa en y songeant et se tourna vers le thaumaturge.

– Monsieur, vous rappelez-vous qui était cette femme ? Ou ce qu'elle aurait pu faire du livre ?

– Je suis désolé, je ne me souviens pas de son nom.

– Monsieur, j'ai travaillé dans une bibliothèque. Si la Bibliothèque de la vie est aussi grandiose que vous le dites, il y a forcément un *catalogue de fiches* pour suivre les sorties des livres.

Le thaumaturge lui adressa un nouveau regard curieux, mais cette fois il était impressionné.

– Suivez-moi.

Les délégués suivirent le thaumaturge dans la Bibliothèque de la vie. Après plus d'un kilomètre d'étagères interminables, ils s'arrêtèrent devant un placard immense. Le placard renfermait des milliers de petits tiroirs, et comme les étagères autour, le meuble était si haut qu'il disparaissait dans le ciel de la nuit. Le thaumaturge se souleva jusqu'à disparaître, flottant vers les tiroirs les plus hauts, et quelques minutes plus tard, il revint avec la fiche.

– Voici.

Brystal prit la fiche des mains du thaumaturge et lut le nom inscrit dessus.

– « Immortalia ».

– On dirait le nom d'une chanteuse de cabaret, dit Lucy.

– Attendez une seconde, j'ai déjà entendu ce nom. Vite ! Il me faut un livre d'histoire !

Le thaumaturge conduisit les délégués un kilomètre plus loin dans la Bibliothèque de la vie, dans une section qui contenait des centaines de milliers de livres d'histoire. Brystal fouilla jusqu'à en trouver un dédié au royaume de l'Est. Elle trouva le nom de la reine Endustria au pied d'un arbre généalogique royal qu'elle remonta petit à petit. Son doigt finit par atteindre le portrait d'une jeune reine aux traits particulièrement familiers. Brystal retourna le livre pour le montrer aux autres.

– Je savais que je connaissais ce nom. La *reine Immortalia* était la première femme à être montée sur le trône du royaume de l'Est ! Et depuis, le trône n'a été occupé que par des femmes !

– Waouh ! s'exclama Lucy. Elle ressemble trait pour trait à la reine Endustria !

– Immortalia ressemble à *toutes* les reines !

Brystal parcourut les pages du livre et montra à ses amis les portraits de toutes les reines des trois siècles passés.

– Quelque chose me dit que ce n'est pas qu'une question de gènes, dit Lucy.

– L'Immortelle était sous notre nez depuis le début ! Nous devons nous rendre au plus vite au royaume de l'Est ! La reine Endustria détient le *Livre des thaumaturges* !

CHAPITRE 22

LE ROI DES DÉMONS ET LA REINE DES NEIGES

Xanthous ignorait totalement pourquoi on l'avait conduit au Juste Empire, mais il savait que ses chances de s'échapper étaient presque nulles. Il restait recroquevillé dans sa petite cage, les mains et les pieds ligotés derrière le dos, un bâillon sur la bouche. Il était le seul prisonnier dans le donjon du Juste Palais et sa cage était cernée par une douzaine de soldats de l'armée des Morts. À tout instant, il s'attendait que le Juste Empereur descende à pas lourds les marches du donjon et se serve de lui dans un projet macabre, et encore, seulement si les alchimistes ne le trouvaient et ne l'exécutaient pas d'abord. Dans tous les cas, Xanthous allait avoir besoin d'un miracle pour survivre à cette nuit.

Alors même qu'il commençait à accepter son triste sort, un grand *boum !* éclata en haut des marches. Deux soldats morts se précipitèrent pour chercher la source de ce bruit et disparurent. Un instant plus tard, un nouveau *boum !* retentit et le premier soldat dégringola dans l'escalier, sans crâne rattaché à la nuque. Un jeune homme en armure à damier noir et blanc descendit les marches, utilisant le second soldat comme une planche de surf. Il brandit une fronde, tira des pierres sur les gardes squelettes, et un par un envoya valdinguer leurs crânes hors de leurs cous.

– *Mmmhhhk !* marmonna Xanthous dans son bâillon.

Tandis que les squelettes décapités étaient occupés à chercher leurs crânes dans le donjon, Elrik arracha un jeu de clés à la ceinture d'un soldat et se précipita vers la cage de Xanthous.

– Xanthous ! Dieu merci, tu es encore en vie ! Je craignais d'arriver trop tard !

L'elfe ouvrit la cage et détacha le bâillon de la bouche de la fée.

– Elrik ! Comment es-tu arrivé jusqu'ici ? Ton père m'a dit qu'il t'avait enfermé !

– Ah, en effet, mais je me suis échappé. Les elfes ont de bien piètres tailleurs, mais par chance, ils ont encore de pires architectes. Nos prisons sont faites en bâtons, tu le crois ?

Xanthous était fou de joie, et des larmes emplirent ses yeux.

– Je suis tellement heureux de te voir ! Merci d'être venu à ma rescousse !

– C'est bien normal. Je n'allais pas laisser le Juste Empereur s'en prendre à un si beau...

– *Elrik, derrière toi !*

Les soldats morts avaient revissé leurs crânes et fondaient sur l'elfe. Elrik plongea de côté, évitant de justesse leurs épées tranchantes. Les soldats percutèrent les barreaux de la cage de Xanthous et la renversèrent. Xanthous tomba au sol et essaya désespérément de se relever, mais ses entraves l'en empêchaient.

– Elrik, il faut que tu m'aides ! Je dois me détacher du sol ou les feux recommenceront !

– Une seconde… je suis un peu occupé !

L'elfe repoussait les soldats à douze contre un. Il tira des coups rapides avec sa fronde, les visant aux bras et aux jambes, mais il ne pouvait pas tenir le rythme des attaques. Un squelette le fit trébucher, l'elfe atterrit lourdement sur le dos, et sa fronde lui fut arrachée des mains.

– *Laissez-le tranquille !* hurla Xanthous.

La fée roula à travers la pièce et fit tomber les soldats, lesquels se remirent rapidement debout. Les squelettes encerclèrent Xanthous et Elrik, avançant vers eux, leurs épées brandies haut au-dessus de leurs têtes. Les garçons tressaillirent, s'imaginant déjà coupés en deux, mais soudain, le donjon sombre fut éclairé par des lumières éblouissantes. Xanthous et Elrik se protégèrent les yeux, et quand leur vue se fut adaptée, ils virent du *feu* jaillissant du sol tout autour d'eux ! Le feu détourna l'attention des squelettes qui regardèrent les flammes, épouvantés.

La température dans le donjon atteignit des sommets. Xanthous se mit à genoux et fit à Elrik un rempart de son corps pour le protéger de la chaleur.

– Quitte le donjon avant que le feu ne te tue !

L'elfe se décrocha la mâchoire en voyant l'incendie.

– Tu veux dire avant qu'eux ne nous tuent, répondit-il en désignant les flammes.

Xanthous se tourna vers le feu et plissa les yeux. À y regarder de plus près, il comprit pourquoi Elrik était abasourdi. Le donjon n'était pas aux prises avec un feu puissant, mais bien avec douze petits feux, et chaque ensemble de flammes avait la forme d'une personne.

– Mon Dieu, s'écria Xanthous, ce sont des gens !

Les soldats morts fondirent sur leurs nouvelles cibles, agitant leurs épées et pointant leurs boucliers vers les êtres de feu, mais les armes des squelettes leur passèrent au travers. Chaque être de feu attrapa un soldat, enroulant ses bras et ses jambes autour de son torse creux. Les soldats coururent partout, essayant d'éteindre les flammes, se jetant contre les murs et les uns contre les autres, mais les êtres de feu ne lâchèrent pas prise. Ils s'accrochèrent aux soldats jusqu'à réduire leurs corps en une pile d'os brûlés. Les restes en cendre des squelettes s'animaient encore d'un peu de vie, mais ils étaient bien trop endommagés pour se régénérer.

Quand les êtres de feu eurent vaincu les soldats morts, ils se réunirent autour d'Elrik et de Xanthous. L'elfe s'empressa de dénouer les liens de ce dernier et ils tentèrent de fuir le donjon, mais les feux les piégèrent dans un coin. Les gens de feu ne cherchèrent cependant pas à s'en prendre aux garçons ; au contraire, ils gardèrent leurs distances pour s'assurer qu'Elrik ne se brûle pas.

Ils restèrent étrangement immobiles, leurs têtes de feu tournées vers Xanthous. Plus il attendait qu'ils agissent, plus Xanthous sentait la colère monter en lui.

– *Vous m'avez gâché la vie !* hurla-t-il. *Pourquoi vous me faites ça ?*

Un des êtres de feu s'approcha du mur le plus proche et agita la main pour graver un message brûlant dans les briques :

NOUS SAVONS QUI TU ES.

Frustré, Xanthous se leva et s'approcha du mur. Il étudia le message, comme si la réponse se cachait derrière les lettres de feu.

– Je ne comprends pas. Qui êtes-vous ? Et vous me prenez pour quoi ?

L'être de feu agita à nouveau la main devant le mur et un nouveau message apparut :

NOUS SOMMES TA FAMILLE.
NOUS TE CHERCHIONS.
NOUS AVONS BESOIN DE TON AIDE.

– Quoi ? s'écria Xanthous. Comment ça, « nous sommes ta famille » ?

TU ES UN DÉMON PARMI LES HOMMES.
ET L'HÉRITIER DU TRÔNE DES DÉMONS.
TON DESTIN EST DE NOUS GOUVERNER.

Interloqué, Xanthous sentit la tête lui tourner.

– Je suis désolé, mais il doit y avoir méprise. Je ne sais même pas ce qu'est un démon.

– Ooooh ! s'exclama Elrik. Ce sont des démons ?

– Elrik ? Tu sais qui sont ces gens ?

– Oui, enfin, en quelque sorte... Je ne savais pas que ces histoires étaient vraies !

– Quelles histoires ?

– Tu n'as jamais entendu la légende du roi Démon ?

Xanthous fixa Elrik comme s'il parlait une langue étrangère.

– C'est une fable que me racontait ma maman quand j'étais petit. D'après un vieux mythe, le centre de la Terre est habité par une race de feu connue sous le nom de « démons ». Ils protègent le noyau de notre planète et font tourner le monde. Ils ont toujours été un peuple de paix, mais il y a un millier d'années, le roi Démon s'est fourvoyé et a lancé une guerre contre l'humanité. Il a conduit ses démons à la surface et a provoqué des feux qui ont pratiquement détruit la planète.

Heureusement, un groupe de thaumaturges l'a tué et a emprisonné son peuple. Privés de chef, les démons vivent depuis dans le chaos le plus total, mais la légende du roi Démon dit qu'un jour un *nouveau roi* naîtra parmi les hommes. Son destin est de monter sur le trône et de faire des démons la race paisible qu'elle était autrefois.

– Et ils pensent que c'est moi, le roi Démon ?

– Cela t'étonne ? Tu es une fée qui maîtrise le feu ! Je ne vois pas de meilleur candidat.

L'être de feu agita encore une fois la main pour écrire un autre message :

REGARDE DANS TON CŒUR, XANTHOUS.
TU NOUS AS CHERCHÉS
AUTANT QUE NOUS T'AVONS CHERCHÉ.
NOUS SOMMES CE QUI TE MANQUAIT.

Xanthous restait sans voix. Depuis toujours, il avait cherché à combler un vide dans son cœur. Au fil des ans, il avait essayé de le remplir par l'approbation des autres, par l'amitié, par l'aventure, et plus récemment par l'amour. Pourtant, peu importait où il vivait ou qui il rencontrait, le vide persistait. Et si Xanthous n'était pas censé s'épanouir par la magie, ni avec les fées ni même avec Elrik ? Peut-être que les démons étaient bel et bien ce qui lui manquait depuis le début.

Malheureusement, Xanthous n'eut pas le temps de le savoir. Comme tirés sous terre par un lasso invisible, les démons s'enfoncèrent subitement dans le sol. Ils s'agrippèrent de toute leur énergie, s'accrochant désespérément pour rester à la surface, mais ils n'étaient pas de taille à combattre la force qui les attirait vers les profondeurs.

– Qu'est-ce qui se passe ? s'écria Xanthous.

Le dernier démon présent utilisa ses ultimes ressources pour brûler un nouveau message sur le mur à côté de lui :

ELLE NOUS CONVOQUE !
TU DOIS NOUS DÉLIVRER D'ELLE !

Xanthous se jeta au sol et attrapa la main du démon avant qu'il ne disparaisse sous terre.

– Vous délivrer de *qui* ? Qui vous convoque ?

CELLE QUI NOUS A LIBÉRÉS DU NOYAU !
ELLE NOUS CONTRÔLE AVEC LE LIVRE !
ELLE VA ATTAQUER LA VILLE !
ELLE VA TOUT DÉTRUIRE SI TU NE L'ARRÊTES PAS !

Xanthous était assailli par des dizaines de questions mais il savait qu'il avait le temps de n'en poser qu'une seule avant que le démon ne soit englouti.

– Comment je peux l'arrêter ?

TROUVE LE LIVRE !
PRONONCE LE SERMENT !
ET LE TRÔNE SERA À TOI !

La main enflammée du démon glissa de celle de Xanthous et il plongea dans les profondeurs de la Terre.

– Il faut que nous trouvions ce livre.

– Tu es prêt pour cela ? As-tu seulement envie d'être le roi Démon ?

La question n'avait jamais traversé l'esprit de Xanthous.

– Est-ce que j'ai le choix ? Tu as vu ce que les démons ont fait aux soldats... Si nous n'arrêtons pas celle qui les contrôle, le monde entier va partir en fumée !

Boum ! Boum !

Les garçons entendirent un puissant vacarme à l'extérieur.

Boum ! Boum !

Ils accoururent à la fenêtre à barreaux du donjon et jetèrent un coup d'œil à la place principale de Hautrige.

Boum ! Boum !

Xanthous et Elrik découvrirent, stupéfaits, une ville d'or, d'argent et de bronze perchée sur les nuages au-dessus de la capitale.

Boum ! Boum !

Plus choquant encore, l'armée des Morts était en train de l'attaquer avec des canons et des harpons.

– Ce doit être l'Institut d'alchimie ! s'exclama Xanthous.

– Que fait-il à Hautrige ?

– Voilà pourquoi l'empereur voulait que je sois ici. Il m'utilisait comme appât pour attirer les alchimistes ! Il les a conduits dans un guet-apens !

– Mais pourquoi le Juste Empereur s'en prend-il aux alchimistes ?

– Sept veut éliminer tous ceux qui présentent une menace pour lui. Bon, c'est peut-être la diversion idéale pour nous ! Pendant que les alchimistes et l'armée des Morts sont occupés à se battre, quittons le Juste Palais et cherchons la femme qui contrôle les démons ! Il faut qu'on la trouve avant qu'elle n'atteigne la ville ! Viens !

★

Descendant le tunnel de glace dans les montagnes du Nord, fées et sorcières restaient collées les unes aux autres pour se tenir chaud et se protéger. Les filles s'attendaient que la terrifiante Reine des neiges jaillisse de l'ombre à tous les virages, aussi elles avançaient sur la pointe des pieds, le plus discrètement et prudemment possible. Pip menait le cortège tremblant et frémissant, en reniflant l'air à chaque pas.

– Ça y est, tu la sens ? demanda Mandarina.

– Tu peux arrêter de me poser la question ? rétorqua Pip.

– Je suis désolée, mais ces montagnes sont gigantesques ! Je veux juste m'assurer qu'on va bien dans la bonne direction.

– Je te l'ai dit, c'est le seul tunnel où j'aie capté un bout de quelque chose entre les pierres et les stalactites. Soit la Reine des neiges est en train de pourrir au bout de ce tunnel, soit on va tomber sur un renne en décomposition.

– Dans tous les cas, on y gagne ! s'exclama Suture.

Les fées et les sorcières arrivèrent enfin au bout du tunnel et pénétrèrent dans une grande caverne gelée. Emerelda agita les mains et recouvrit stalagmites et stalactites de joyaux brillants pour éclairer l'endroit.

– Je ne peux pas imaginer que Madame Mûredutemps vive ici, dit Mme Vee. M'enfin, il est vrai que les gens feraient n'importe quoi pour plus de mètres carrés et un haut plafond ! Ha ! Ha !

– *Vivre n'est pas exactement le mot.*

Les fées et les sorcières se tournèrent vers la voix inattendue. Elles s'émerveillèrent devant une belle femme aux cheveux noirs apparue au fond de la grotte. Elle arborait une tenue couleur prune, un élégant bibi, et un sourire plus éclatant que tous les joyaux d'Emerelda réunis.

– Madame Mûredutemps ! s'écrièrent Mandarina et Cielène.

Les filles s'empressèrent d'aller serrer leur ancienne professeure dans leurs bras, mais hélas, elles passèrent directement au travers.

– Désolée, j'ai failli oublier, dit Cielène. Brystal nous a dit que vous aviez des *problèmes dimensionnels*.

– Hélas... Mais c'est fantastique de vous voir, les filles ! Je n'arrive pas à croire que vous soyez déjà devenues de si belles jeunes femmes ! Qui sont vos amies ?

– Voici Suture, Germine, Isabeille et Pip, répondit Emerelda. Elles sont venues vivre avec nous après la fermeture de l'école de sorcellerie Corbastion.

– Vous voulez savoir pourquoi on m'appelle « Suture » ? demanda la sorcière.

– Ne faites pas attention à elle, nous, on a arrêté, rétorqua Mandarina.

– Mesdemoiselles, c'est un plaisir de faire votre connaissance. Brystal m'a tenue au courant de vos tribulations. Je suis très fière de tout ce que vous avez accompli. J'avais espéré que vous me rendiez visite avec Brystal un jour pour que je puisse vous féliciter personnellement.

Madame Mûredutemps regarda ses invitées mais ne vit pas toutes les personnes auxquelles elle s'attendait.

– Une minute, pourquoi Brystal et Lucy ne sont-elles pas avec vous ?

Les fées et les sorcières se regardèrent avec une angoisse évidente. Madame Mûredutemps sut tout de suite que quelque chose n'allait pas.

– Ce n'est donc pas une visite de courtoisie. Dites-moi ce qui se passe.

Emerelda résuma rapidement les événements de la semaine qui venait de s'écouler. Elle raconta à Madame Mûredutemps l'incendie qui avait détruit plus de la moitié de Poignefer, comment les dirigeants du monde avaient été conviés à la Conférence des rois à l'Institut d'alchimie pour discuter de la question, comment les alchimistes prévoyaient d'éliminer Xanthous, et comment Brystal menait actuellement une équipe de délégués à travers le Temple du Savoir à la recherche du *Livre des thaumaturges*.

– Nous savons toutes que Xanthous est innocent mais il y a encore deux heures, nous n'en avions pas la preuve. En ce moment même au Juste Empire, nous avons vu la princesse Proxima allumer le feu à l'aide d'un sort ! Les alchimistes ont beau se tromper sur Xanthous, ils ont raison au sujet de l'incendie ! Il se répand à travers la campagne du Sud à l'heure même où nous parlons et il détruit tout sur son passage ! Si nous ne l'arrêtons pas rapidement, le monde entier sera la proie des flammes !

– Alors pourquoi êtes-vous venues jusqu'ici ? demanda Madame Mûredutemps.

Emerelda se crispa.

– Parce qu'il n'y a qu'une seule personne que nous connaissions qui soit suffisamment puissante pour arrêter un tel feu.

Madame Mûredutemps se raidit elle aussi en comprenant de qui parlait Emerelda. La fée jeta un regard par-dessus son épaule vers la Reine des neiges piégée dans la glace. Ses invitées poussèrent un cri en découvrant la monstrueuse sorcière dans la paroi gelée derrière elle.

– Vous êtes donc venues la libérer.

– Cela paraît insensé, mais je ne sais pas quoi faire d'autre, répondit Emerelda. Il est impossible de savoir si et quand Brystal rapportera le *Livre des thaumaturges*, alors nous devons frapper un grand coup avant que...

Emerelda s'interrompit en remarquant quelque chose d'étrange avec la prison de glace de la Reine des neiges. La paroi coulait et une des mains gelées de la sorcière pointait déjà hors de la glace.

– Madame Mûredutemps, vous êtes en train de la dégeler ?

La fée se retourna vers les filles et poussa un long soupir.

– En effet.

– Mais… mais… mais pourquoi ? demanda Mandarina.

– J'ai mes propres raisons de la libérer. Même si les vôtres ont l'air plus pressantes que les miennes.

Fées et sorcières n'en croyaient pas leurs oreilles.

– Vous voulez dire que vous n'allez pas nous en dissuader ? insista Cielène.

Bien au contraire, Madame Mûredutemps aurait voulu le faire avec toutes les cellules de son corps. Cependant, la fée avait son propre projet, et elle savait qu'elle y parviendrait plus vite avec l'aide de ses anciennes élèves.

– Je crains d'être d'accord avec vous, répondit-elle. Si le monde est en danger, nous devons faire tout ce qu'il faut pour le sauver. Mais si vous libérez la Reine des neiges, vous devez également être parées à l'arrêter par tous les moyens nécessaires. Êtes-vous prêtes à cela ?

Emerelda déglutit.

– Oui, nous le sommes, affirma-t-elle avec un hochement de tête assuré.

– Bien, conclut Madame Mûredutemps avant de s'écarter de leur chemin. Libérez-la.

CHAPITRE 23

UNE GUERRE DE FEU, DE GLACE ET D'ALCHIMIE

Couvre-feu ou pas, les habitants de Hautrige sortirent de chez eux. Peu après minuit, tous les citoyens de la capitale avaient été réveillés par des coups de canon tonitruants tirés sur la place principale. Regardant par la fenêtre la cause de ce fracas, ils furent hébétés en découvrant l'Institut d'alchimie qui flottait au-dessus de leur tête. Toutefois, le choc vira rapidement à la terreur quand ils virent l'armée des Morts attaquer le campus avec des harpons. En quelques minutes, la capitale endormie se transforma en dangereux champ de bataille. Les habitants furent pris de panique, conscients que s'ils ne quittaient pas d'emblée Hautrige, ils risquaient de ne pas survivre jusqu'au matin.

Dans le chaos des rues où couraient les citoyens, l'armée des Morts continuait son assaut contre l'Institut d'alchimie. Les soldats morts tirèrent sur les chaînes attachées aux harpons jusqu'à ce que les treize bâtiments s'écrasent sur la place principale. À l'impact, les nuages sous le campus s'évaporèrent complètement. Les alchimistes étaient encore sur le balcon sous la grande sphère armillaire, d'où ils assistaient horrifiés à la marche de l'armée de squelettes sur la place principale, avançant vers l'institut.

– Nous sommes encerclés ! s'écria le Dr Ébullition.

– Comment pourrions-nous les arrêter ? s'affola le Dr Éclair.

– Nous sommes des scientifiques, pas des soldats ! renchérit le Dr Ethnie.

Le Dr États ne semblait pas s'alarmer autant que ses collègues. L'alchimiste contemplait leurs ennemis en approche comme il aurait étudié les pions de son adversaire aux échecs. Il donna trois coups de canne dans le sol et tous les Magbots le long du périmètre du campus se prirent par le bras, formant une barrière de protection autour de l'institut.

– Les Magbots ne tiendront pas longtemps ! s'exclama le Dr Enzyme.

– Les soldats sont dix fois plus nombreux ! ajouta le Dr Égal.

– Les Magbots ne sont pas censés arrêter les soldats, répondit le Dr États. Ils ne sont qu'une diversion pendant que nos troupes se préparent.

– Enfin, monsieur, nous n'avons pas d'armée ! rétorqua le Dr Étoile.

– Bien sûr que si ! grommela le Dr États. Cessez d'être des scientifiques une minute et usez de votre imagination ! Nous avons la plus grande armée que le monde ait jamais vue à portée de main ! Que tout le monde retourne à son département sur-le-champ et attende mes ordres ! L'armée des Morts nous dépasse certes en nombre, mais nous la surpassons en intelligence ! Allez !

Les alchimistes se dispersèrent, décampant vers leurs départements. Sur la place principale, sur le toit du Juste Palais, le Juste Empereur était perché sur un trône douillet à se faire servir du vin et des desserts tandis qu'il observait le début de la bataille. Les hommes de clan de la Juste Confrérie encourageaient l'armée des Morts comme s'ils assistaient à une rencontre sportive.

– Haut Commandant, faites apporter le champagne, ordonna Sept. La bataille sera terminée en un rien de temps.

De là où il était, le Juste Empereur avait de bonnes raisons de se croire victorieux. Son armée des Morts assaillait les Magbots avec ses épées et ses boucliers, cabossant et déformant leurs membres de métal. Les soldats morts finirent par percer au travers de la barrière de robots magiques. Tous les squelettes fondirent alors sur l'institut sans rien pour les arrêter... ou du moins, c'était ce qu'ils pensaient.

Le Dr États scrutait l'armée en approche.

– Vous autres barbares avez violé les lois de la nature, dit-il à mi-voix. Mais voyons comment vous vous débrouillerez contre les lois de la physique.

L'alchimiste frappa le sol avec sa canne à trois reprises et les portes du département de physique s'ouvrirent grand. Des milliers de balles rouge vif, des centaines de yo-yo jaunes et des dizaines d'aimants vinrent percuter les soldats en approche. Les balles rouges rebondirent sur les corps osseux des squelettes, brisant leurs doigts et leurs orteils. Les yo-yo jaunes s'enroulèrent autour des pieds des soldats et les firent trébucher dans leur course. Les aimants magnétisèrent les armures des squelettes, si bien que les soldats s'entrechoquèrent et se retrouvèrent collés entre eux.

Le Juste Empereur se gaussa face à la première défense de l'institut.

– Les scientifiques résistent mieux que je ne l'avais envisagé. Mais ils vont avoir besoin de plus que des jouets pour nous vaincre.

– Docteur Enzyme ! Lâchez les micro-organismes ! ordonna le Dr États dont la voix résonna à travers l'institut.

Le biologiste ouvrit à coups de pied les portes du département de biologie et une nuée de cellules, de bactéries et de virus géants chargea en direction de l'armée. Des globules blancs gobèrent les soldats morts et les retinrent prisonniers dans leurs noyaux. Des neurones utilisèrent leurs corps longilignes comme des fouets et s'enroulèrent autour des squelettes. Les virus passèrent à travers l'armée, infectant chaque soldat qu'ils touchaient, et les articulations des squelettes devinrent trop douloureuses pour qu'ils bougent. Une petite bactérie se retrouva coincée par une douzaine de soldats morts, mais elle se mit alors à se multiplier et les dépassa rapidement en nombre.

Le Juste Empereur recracha son vin en voyant les micro-organismes repousser son armée.

– La chance du débutant ! s'exclama Sept avec un rire arrogant. Cette bataille s'annonce plus divertissante que nous ne le pensions !

– Docteur Éclair ! Déchaînez la tempête ! ordonna le Dr États.

Le toit en parapluie du département de météorologie se souleva comme le couvercle d'une théière et plusieurs tourbillons miniatures en sortirent. Les tornades parcoururent l'institut, aspirant les soldats dans leur vortex. Une mini tempête souffla sur l'armée, envoyant valdinguer les militaires à travers la ville. Des nuages noirs planèrent au-dessus d'eux, les inondant d'averses et les frappant à coups d'éclair. Des tempêtes de glace pourchassèrent les squelettes sur le campus et gelèrent leurs pieds au sol.

À chaque seconde, le Juste Empereur et les hommes de clan devenaient plus tendus.

– Ce doit être terminé ? demanda Sept à ses hommes. Ils ne peuvent quand même pas avoir d'autres tours dans leurs manches !

– Docteur Ethnie, lâchez les artefacts ! ordonna le Dr États. Et docteur Élytre, libérez les colonies !

Les restes d'un T-rex, d'un mammouth laineux et d'une douzaine d'hommes des cavernes déboulèrent hors du département d'anthropologie. Le dinosaure aplatit les soldats morts avec sa queue gigantesque, le mammouth en percuta avec ses défenses immenses, et les hommes des cavernes en assaillirent, armés de leurs gourdins. À côté, les fenêtres du département d'entomologie s'ouvrirent grand et des nuées de sauterelles, de guêpes, et des colonies de fourmis s'abattirent sur les soldats morts. Les sauterelles s'accumulèrent sur les squelettes au point de les empêcher de bouger, les guêpes recouvrirent leurs corps de nids, et les fourmis dépiautèrent leurs os.

Le Juste Empereur gronda de colère et s'arracha des poignées entières de cheveux.

– Dois-je renvoyer le champagne, Monseigneur ? demanda le Haut Commandant.

– Il nous faut plus de soldats ! Envoyez tous les hommes que nous avons !

– Sire, nous n'avons plus de soldats.

– Alors, prenez les arbalètes et les canons ! Les hommes de clan vont attaquer depuis les toits !

– Monseigneur, vous avez équipé l'armée des Morts avec tout notre arsenal. Il n'y a plus ni arbalètes ni canons.

Les yeux du Juste Empereur s'écarquillèrent et les veines de son cou gonflèrent. Il attrapa le Haut Commandant par le col de son uniforme et le tint par-dessus le rebord du toit.

– Tu veux dire que nous n'avons plus rien pour nous défendre ?

– Il reste quelques couteaux à beurre dans la cuisine.

– Monseigneur ? intervint un homme de clan. Pardonnez mon interruption, mais nous avons un problème plus grave que les alchimistes.

– Tu es devenu fou ? hurla Sept. Qu'est-ce qui pourrait être plus grave ?

Les hommes de clan s'écartèrent sur le toit pour laisser le Juste Empereur constater par lui-même. Tandis qu'ils étaient restés focalisés sur la bataille de la place principale, la campagne de l'Est s'était transformée en un immense brasier. Le ciel était rempli d'une épaisse fumée noire, des feux de forêt se répandaient rapidement, et de là où se tenait le Juste Empereur, il semblait que les flammes venaient droit sur eux.

– Qu'est-ce que c'est que ça encore ?

★

Brystal, Lucy, Ryder et Gobzella survolèrent l'océan du Nord-Est à dos de Minette. Ryder dirigea le dragon dans la direction sud-ouest, vers les royaumes et les territoires, volant aussi vite que le permettaient ses ailes. Le continent finit par apparaître à l'horizon. Le dragon survola la frontière entre les royaumes du Nord et de l'Est, avant de descendre vers la ville de Poignefer.

– Nous devrions atterrir dans vingt minutes ! annonça Ryder aux autres.

Les délégués étaient si haut qu'ils pouvaient voir à des centaines de kilomètres à la ronde. Sondant les montagnes glaciales du Nord à sa droite, Brystal poussa soudain un cri, non pas à cause de ce qu'elle voyait, mais plutôt de ce qu'elle ne voyait pas.

– Qu'est-ce qu'il y a ? demanda Lucy. Tu as le mal de l'air ?

– Non ! Regarde !

Brystal pointa du doigt les montagnes du Nord, visiblement troublée.

– Je ne vois rien.

– Exactement ! Les aurores boréales ont disparu !

Les filles étaient horrifiées, mais leurs amis ne comprenaient toujours pas.

– Qu'est-ce qu'elles ont de si spécial, ces aurores boréales ? demanda Gobzella.

– Les aurores boréales témoignent de la présence de la Reine des neiges ! expliqua Lucy. Tant qu'elles apparaissent dans le ciel, cela signifie que la Reine des neiges reste piégée dans les montagnes du Nord !

– Et si les aurores boréales n'apparaissent plus dans le ciel ?

– Cela veut dire qu'elle s'est échappée ! s'écria Brystal.

Ryder était perdu.

– Pardon... mais c'est qui, la Reine des neiges ?

Lucy leva les yeux au ciel.

– Écoute, il faut vraiment que tu sortes de ton île de temps en temps !

Tout le monde à bord du dragon se tut soudain. Quelque chose s'élevant droit devant eux à l'horizon capta l'attention de tous. Un nuage monumental d'épaisse fumée noire planait sur la campagne, passant devant la pleine lune telle une montagne flottante.

– Je n'ai jamais vu autant de fumée de ma vie ! s'exclama Ryder. Et je vis sur un volcan avec des dragons !

– Ce n'est pas un feu ordinaire ! dit Brystal. Le Souffle du diable est revenu !

– Oh non... Xanthous ! lança Lucy. Il va encore être accusé !

– Changement de programme : le *Livre des thaumaturges* attendra demain ! Pour l'heure, on doit arrêter le feu avant qu'il n'engloutisse le monde entier ! Suivons cette fumée !

★

Immortalia guida triomphalement les démons à travers la campagne, en direction de Hautrige. Vers deux heures du matin, ils avaient enfin atteint la périphérie de la capitale, et la reine arrêta la procession de feu au sommet d'une colline. De là, elle avait une vue sur toute la cité en contrebas. Elle fut ravie de découvrir que la bataille faisait rage entre l'armée des Morts et l'Institut d'alchimie.

– Eh bien, quelle chance ! dit-elle aux démons. Nous allons pouvoir nous débarrasser simultanément du Juste Empire et de l'Institut d'alchimie.

Un rire mauvais éclata dans sa bouche. Enfin, le moment qu'elle attendait depuis des siècles était arrivé. Elle allait pouvoir se venger en attaquant une des plus grandes villes du monde, et aucun obstacle ne se dressait sur son chemin, sinon quelques hectares de culture.

– Démons ! Réduisez cette ville en cendres !

Par magie, les démons furent contraints d'obéir à ses ordres et se dirigèrent vers la ville. Cependant, peu après avoir entamé leur marche, tous les démons pilèrent : quelque chose de très étrange planait dans le ciel au-dessus d'eux. Un bloc de glace gigantesque était apparu dans le brouillard de fumée. La glace pendait sous quatre balais volants. Chaque balai était conduit par une sorcière et transportait une fée comme passagère.

– Qu'est-ce que c'est que ça ? s'écria Immortalia.

– Posez-la par là ! lança Emerelda à ses amies.

Les sorcières posèrent délicatement le bloc de glace dans le champ entre les démons et Hautrige. La glace arrivée au sol, les sorcières et les fées descendirent des balais et se mirent en rang derrière. Depuis la colline, Immortalia vit une silhouette *monstrueuse* à l'intérieur de la glace. Un seul coup d'œil à la couronne en flocons de la créature, et elle sut exactement de qui il s'agissait.

– N'est-ce pas mignon, marmonna Immortalia. Elles ont ressuscité la Reine des neiges pour m'arrêter, mais elles vont avoir besoin de bien plus qu'un peu de glace pour éteindre mes feux. Démons ! Vaporisez cette sorcière frigide !

Les démons foncèrent vers le bloc, et les fées et les sorcières reculèrent. Les démons formèrent un cercle étroit autour de la glace, avant d'y presser leurs corps enflammés. De la vapeur monta dans le ciel de la nuit tandis que la glace fondait rapidement.

– C'est parti ! lança Emerelda à ses amies. Rappelez-vous de la garder concentrée sur le feu ! Et ne la laissez pas approcher de la ville !

Soudain, toute la campagne fut inondée par un éclat de lumière blanche. Les démons autour de la glace furent projetés dans le champ. Quand la lumière s'éteignit, le bloc de glace avait disparu, et la Reine des neiges était *réveillée*. Dans un horrible gémissement, la sorcière étira son corps raide pour la première fois depuis deux ans. Elle serra ses dents pourries, renifla l'air enfumé et gronda de colère tel un animal qui sortirait d'une cage.

– Ne restez pas là ! cria Immortalia. Démons, anéantissez-la !

Qu'importait sa cécité, la Reine des neiges pouvait sentir la chaleur émanant des corps des démons. La sorcière tendit le bras droit et un sceptre de glace flambant neuf se forma dans sa paume. Elle frappa alors le sol avec, envoyant un givre puissant dans toutes les directions. Le souffle glacial fit tomber les fées, les sorcières et les démons. Le givre se répandit à travers la campagne et éteignit instantanément tous les feux de l'empire. Seuls les démons eux-mêmes restèrent en flammes.

Les fées et les sorcières s'entraidèrent pour se relever et scrutèrent la Reine des neiges avec horreur.

– Elle a l'air plus puissante que jamais ! s'exclama Mandarina.

– Elle est plus furieuse que jamais ! répondit Emerelda.

Les démons, à nouveau debout, fondirent sur la sorcière. La Reine des neiges visa le sol avec son sceptre, créant d'épais murs de glace sur leur chemin. Ils percutèrent les barrières de glace, mais leurs corps étaient si chauds que celles-ci ne résistèrent pas longtemps. Le spectacle de ce duel soulagea les fées et les sorcières.

– Ça marche ! s'écria Cielène.

– Elle a arrêté les feux *et* elle les retient loin de la ville ! dit Mme Vee.

– Espérons que ça tienne, répondit Emerelda.

Les fées et les sorcières sentirent alors un vent puissant ; une forme immense descendait du ciel. Elles levèrent les yeux et furent choquées de voir un dragon massif voler au-dessus de leurs têtes, mais elles s'inquiétèrent plus encore de voir les quatre personnes qui chevauchaient le dragon.

– Brystal ! s'écrièrent les fées.

– Lucy ! s'exclamèrent les sorcières.

– Vous êtes en vie ! se réjouirent les filles d'une seule voix.

Minette atterrit dans le champ derrière les fées et les sorcières. Brystal, Lucy, Ryder et Gobzella descendirent en vitesse du dragon. Les fées et les sorcières étaient tellement contentes de revoir Brystal et Lucy qu'elles les firent tomber à la renverse. Toutefois, les retrouvailles furent de courte durée quand les nouveaux venus remarquèrent la présence de la Reine des neiges.

– Quelqu'un veut bien m'expliquer ce qu'elle fait là ? demanda Brystal.

– Toi d'abord ! rétorqua Mandarina. D'où vient ce dragon ?

– C'est une longue histoire, on discutera plus tard, interrompit Lucy.

– Vous avez trouvé le *Livre des thaumaturges* ? demanda Emerelda.

– Non, quelqu'un l'avait déjà pris ! répondit Brystal.

– Qui ? demanda Cielène.

Lucy plongea son regard à l'horizon et montra la colline d'un geste théâtral.

– Elle ! déclara-t-elle.

– Attendez, c'est la princesse Proxima qui possède le *Livre des thaumaturges* ? demanda Mme Vee.

– Ce n'est pas la princesse Proxima, expliqua Brystal. C'est la reine Immortalia, c'est elle, l'Immortelle ! Elle a pris le *Livre des thaumaturges* dans le Temple du Savoir il y a plusieurs siècles !

– Alors c'est ça, le livre dans lequel elle lisait ! s'exclama Pip. Le *Livre des thaumaturges* doit renfermer un sort qui contrôle les êtres de feu !

– Attendez, les « êtres de feu » ? demanda Lucy.

Pip pointa du doigt les démons qui se battaient contre la Reine des neiges. Lucy et Brystal en eurent le souffle coupé.

– Le feu se comporte comme des personnes ! s'exclama Lucy.

– Stylé, non ? fit Suture.

– Cela p-p-prouve que Xanthous est i-i-innocent ! dit Isabeille.

– Nous avons vu Proxima invoquer le feu dans la campagne ! raconta Emerelda. Nous avions peur qu'il détruise tout l'empire. Alors nous sommes allées dans les montagnes du Nord et nous avons ramené la Reine des neiges.

– Madame Mûredutemps vous a laissées faire ? demanda Brystal.

– Tu veux rire ? Elle nous y a encouragées ! répondit Mandarina.

– Et pour l'instant, tant mieux ! dit Cielène.

C'était beaucoup d'informations à digérer pour Brystal. Ses yeux sondèrent la campagne, de la Reine des neiges aux êtres de feu en passant par le *Livre des thaumaturges* entre les bras serrés d'Immortalia, tandis qu'elle réfléchissait à l'étape suivante.

– Tout d'abord, nous devons récupérer ce livre des mains d'Immortalia, dit-elle. Il s'y trouve un sort qui peut arrêter et la Reine des neiges et les feux !

– Alors il va falloir se dépêcher, rebondit Lucy. On dirait que quelqu'un va nous couper l'herbe sous le pied !

Les fées et les sorcières regardèrent vers la colline où se tenait Immortalia. À leur grande surprise, une carriole tirée par quatre énormes lapins à cornes était apparue derrière elle. Les bêtes étaient conduites par un jeune homme en armure à damier noir et blanc, accompagné par un autre, debout derrière lui. Avant qu'Immortalia ne les entende arriver, la carriole passa juste à côté d'elle et le second jeune homme lui arracha le *Livre des thaumaturges* des mains.

Reconnaissant le passager, fées et sorcières firent éclater leur joie.

– Xanthous !

– Il va bien ! lança Mandarina.

– Et il a le livre ! ajouta Cielène.

– Attendez, pourquoi voudrait-il le livre, lui ? demanda Emerelda.

– On s'en fiche ! À canard donné on ne regarde pas les dents ! dit Lucy.

L'Immortelle enragea en voyant l'elfe et la fée s'échapper.

– *Noooooooooon ! Démons ! Tous sur eux ! Rapportez-moi mon livre !*

À son commandement, les démons abandonnèrent leur combat contre la Reine des neiges et se lancèrent à la poursuite de la carriole. Les silhouettes humaines des démons devinrent des silhouettes de tigres. Les félins de feu pourchassèrent les garçons. Elrik fit tourner prestement ses lapins à cornes pour éviter les coups de griffes enflammées des démons.

– Ils ont besoin de nous ! lança Brystal à ses amies. Suture, Germine, Isabeille et Pip, montez sur vos balais et essayez de récupérer le livre auprès de Xanthous ! Ryder et moi, on vous suit ! Emerelda, Mandarina, Cielène et madame Vee, assurez-vous que la Reine des neiges ne fuie pas la campagne ! Lucy et Gobzella, gardez un œil sur l'Immortelle !

Sans un instant à perdre, tout le monde se sépara selon les instructions de Brystal. Les fées formèrent une ligne derrière la Reine des neiges, Lucy et Gobzella coururent en direction d'Immortalia, et les sorcières grimpèrent sur leurs balais et volèrent au secours de Xanthous. Le temps qu'elles le rejoignent, les démons avaient rattrapé la carriole et s'apprêtaient à frapper.

– Hé, Xanthous ! lança Suture. Par ici !

Xanthous fut surpris de voir les sorcières le suivre depuis les airs.

– Qu'est-ce que vous fichez là ?

– On est venues t'aider ! dit Germine.

– Envoie le *Livre des thaumaturges* avant que les feux ne vous atteignent ! dit Pip.

– Attendez, c'est ça, le *Livre des thaumaturges* ?

– Juste p-p-passe-nous ce fichu b-b-bouquin ! s'écria Isabeille.

Quelques secondes avant que les démons ne s'attaquent à la carriole, Xanthous jeta le livre aussi haut que possible. Pip plongea et le rattrapa avec sa queue de putois.

– Ne les laissez pas s'échapper ! cria Immortalia depuis la colline. Démons ! Envolez-vous !

À nouveau, les démons changèrent de forme, et les félins de feu se transformèrent en une nuée de faucons enflammés ! Les oiseaux de feu s'envolèrent, pourchassant Pip dans les airs. Comme ils la rattrapaient, la sorcière jeta rapidement le livre à Isabeille. Les faucons virèrent subitement, mais Isabeille lança le livre à Germine avant qu'ils ne soient trop près. Germine tendit le livre à Suture en passant devant elle, et les démons en perdirent la trace.

Les sorcières s'échangèrent le *Livre des thaumaturges* d'Isabeille à Germine, de Germine à Pip, de Pip à Isabeille encore, d'Isabeille à Suture ; les démons furent perdus. Enfin, ils comprirent ce qui se passait et virent Suture récupérer le livre. Les faucons cernèrent la sorcière et l'empêchèrent de le passer aux autres.

– Suture ! À ta gauche !

Minette fit une vrille dans les airs et le vent puissant créé par ses ailes imposantes souffla les démons à travers le ciel. Suture vit Brystal et Ryder sur le dos de Minette et leur envoya le *Livre des thaumaturges.* Le dragon gagna en altitude, mais les démons le suivirent sans répit.

Brystal essaya de frapper les faucons avec sa baguette, mais ils étaient bien trop nombreux pour qu'elle les combatte seule.

– Brystal ! Par ici ! appela Xanthous depuis le sol. Je sais comment arrêter les démons !

– Les « démons » ?

– C'est une longue histoire ! Passe-moi le livre !

Brystal laissa tomber le *Livre des thaumaturges*. Xanthous plongea et l'attrapa. Les démons firent un virage serré et tombèrent en piqué vers le livre. Les faucons fonçant droit sur lui, Xanthous parcourut rapidement les pages, mais le livre était entièrement écrit dans une langue qu'il ne comprenait pas.

– À quelle page se trouve le serment ? cria-t-il.

– Est-ce qu'il y a au moins quelques mots que tu reconnaisses ? demanda Elrik.

– Non ! Qu'est-ce que je fais ?

Parcourant le livre à toute vitesse, les garçons remarquèrent que chaque passage comportait une illustration. Il y avait des images de squelettes et de nouveau-nés, une pleine lune et un soleil brillant, des fleurs et des plantes, et tous les animaux et les insectes du monde.

– Oublie les mots, concentre-toi sur les dessins. Ils doivent te donner un indice sur les sorts qu'ils illustrent !

Xanthous trouva l'image d'un trône entouré de feu. Il la montra à Elrik et les garçons se regardèrent avec de grands yeux, ce devait être ça ! Au-dessus de leurs têtes, les démons descendaient de plus en plus vite. Xanthous prit une profonde inspiration et lut le passage du livre, priant pour qu'il s'agisse du serment du roi Démon.

– Demonous karta, demonous marta ! Demonous infintay en demonous traynata !

Xanthous et Elrik se prirent dans les bras, s'attendant à être frappés par des milliers de faucons enflammés en même temps. Toutefois, au lieu de fondre sur les garçons, les démons atterrirent en cercle autour d'eux, et chacun toucha le sol en reprenant la forme d'une personne. Xanthous glissa hors des bras d'Elrik et flotta dans les airs. Ses yeux se mirent à briller, une couronne d'or apparut, flottant au-dessus de sa tête telle l'auréole d'un ange, et une longue cape de feu poussa dans son dos comme les ailes d'un phénix.

– Ça fonctionne ! s'écria Elrik. Tu as réussi, Xanthous !

Les démons étaient enfin libérés du sort de l'Immortelle et s'agenouillèrent devant leur nouveau chef. Minette atterrit à côté des démons et Brystal et Ryder fixèrent Xanthous avec admiration.

– Qu'est-ce qu'il lui arrive ? demanda Brystal. Pourquoi le feu se prosterne-t-il devant lui ?

– Parce qu'il est le nouveau roi Démon ! répondit Elrik.

Ryder n'en croyait pas ses oreilles.

– Pardon... il a bien dit « roi Démon » ?

– Cette fois, je suis aussi larguée que toi, répondit Brystal.

Xanthous retoucha lentement le sol et admira sa couronne et sa cape.

– De quoi j'ai l'air ?

– On dirait que tu es né avec, répondit Elrik en souriant.

Avant que Brystal ne puisse poser la moindre question, Immortalia apparut de nulle part et la dépassa à toute allure. L'Immortelle arracha le *Livre des thaumaturges* des mains de Xanthous et courut dans l'autre direction.

– Je ne vous laisserai pas gâcher ce moment ! hurla-t-elle par-dessus son épaule. J'ai attendu trop longtemps pour vous laisser me...

– Pas si vite, vilaine vieille peau !

Gobzella et Lucy bondirent devant Immortalia, qui percuta le corps musclé de la gobeline, aussi dur qu'un mur de brique, et tomba en arrière. Lucy frappa le sol avec le poing et une doline s'ouvrit. L'Immortelle tomba dans le trou et percuta le fond dans un bruit sourd. Elle gémit et gronda en essayant de s'extraire du trou, mais ses parois étaient trop raides ; elle était prise au piège.

– Vous me le payerez !

– Ouais, ouais, ouais, tu nous enverras la facture, répondit Lucy.

Gobzella plongea la main dans le trou et reprit sans difficulté le livre à Immortalia.

– Hé, Bonne Fée ! cria la gobeline, qui le lui fit passer.

Brystal n'arrivait pas à croire qu'elle tenait le *Livre des thaumaturges*. Tout ce dont les fées avaient besoin pour vaincre l'armée des Morts était enfin entre ses mains. Elle parcourut les pages de parchemin ancien et, comme pour Xanthous, les images l'aidèrent à comprendre le sujet de chaque passage. Elle supposa que la fleur fanée était un sort d'affaiblissement, le dessin d'un crâne, un sort de destruction, et le dessin d'un nouveau-né, un sort de résurrection.

Hélas, Brystal fut aussi défaite que soulagée. Maintenant que le livre était en sa possession, ses amis s'attendaient qu'elle tue l'Immortelle, et Brystal allait être obligée de les décevoir.

– Qu'est-ce que tu attends ? demanda Lucy. L'Immortelle est juste devant toi ! Fais-lui sa fête à la vieille, c'est le moment !

Brystal se tourna vers son amie avec des yeux emplis de larmes, et secoua lentement la tête.

– Je ne peux pas.

Lucy resta interdite.

– Quoi ? Mais tu dois le faire, sinon tu mourras !

– Je préfère mourir plutôt que de passer le reste de ma vie dans la peau d'une meurtrière.

– Tu ne parles pas sérieusement ! Cette femme a essayé de cramer la Terre entière ! Elle ne mérite pas de vivre ! Toi, si !

– Mais je ne veux pas vivre avec la culpabilité d'avoir ôté une vie. Essaie de comprendre.

Les filles furent distraites par des cris. Elles regardèrent de l'autre côté du champ, se rappelant que la bataille était seulement à moitié terminée.

Emerelda, Mandarina, Cielène et Mme Vee tentaient tant bien que mal d'empêcher la Reine des neiges d'entrer à Hautrige, mais la sorcière était trop puissante. Emerelda l'avait barricadée derrière de hauts piliers d'émeraudes mais la reine les avait démolis avec des jets de glace de son sceptre. Mandarina essaya de clouer la sorcière au sol, mais cette dernière gela les abeilles de la fée avant qu'elles ne soient assez près d'elle pour l'arroser de miel. Cielène la frappa avec des jets d'eau, mais celle-ci gela à son contact et se brisa au sol. Mme Vee lui cogna la tête avec toutes sortes de soucoupes, ce qui agaça grandement la Reine des neiges mais ne la retint en rien.

La sorcière agita son sceptre et congela les fées dans d'énormes blocs de glace. Un ricanement rauque éclata du fond de sa gorge, elle entra dans Hautrige et échappa à la vue de Brystal.

– Démons ! Libérez mes amies ! commanda Xanthous. Et faites vite !

Pendant que les démons couraient à la rescousse des fées, Brystal et Lucy savaient que leur discussion au sujet de l'Immortelle allait devoir attendre.

– Il faut arrêter la Reine des neiges ! cria Brystal.

– Ça ne veut pas dire que cette conversation est terminée.

– Gobzella, attends là et veille à ce qu'Immortalia ne bouge pas, dit Brystal. Ryder, il faut que Minette et toi m'ameniez en ville. Vite !

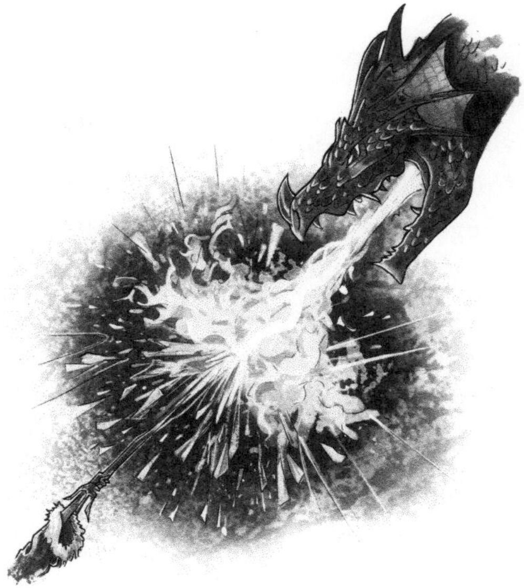

CHAPITRE 24

D'ARDENTS ADIEUX

Le Juste Empereur voyait sa chance tourner. Dans la campagne alentour les feux s'étaient miraculeusement éteints grâce à un givre inattendu, et en ville l'armée des Morts prenait enfin l'ascendant sur les alchimistes. Qu'importait le nombre de fois où les soldats morts étaient poussés à terre par des balles rouges, ou piégés par des globules blancs géants, ou encore électrocutés par des éclairs, les squelettes se relevaient toujours.

Tous les robots, aimants, micro-organismes, tempêtes, artefacts et insectes avaient été lâchés et les alchimistes étaient à court de méthodes pour se défendre. Les squelettes bloquaient les entrées des treize départements, piégeant les alchimistes à l'intérieur.

– C'est fini, docteur États, lança Sept depuis le toit du Juste Palais. Rendez-vous et je vous promets de vous offrir, à vos collègues et vous, une prompte exécution.

– Vous pouvez nous anéantir, mais vous n'anéantirez jamais ce que nous défendons ! Qu'importe la haine que vous répandrez, qu'importent les mensonges que vous direz, qu'importent les livres d'histoire que vous réécrirez, la science est vérité, et vous ne pouvez pas vaincre la vérité !

– C'est ce que nous verrons. Gardes ! Achevez-les !

Pile au moment où l'armée des Morts s'apprêtait à saccager l'Institut d'alchimie, un vent se mit soudain à souffler. La température chuta tout à coup, et les soldats morts claquèrent des mâchoires. Le Juste Empereur et la Juste Confrérie tremblèrent, cherchant sur la place principale la cause de ce froid.

– D'où vient ce vent glacial ? demanda Sept à ses hommes.

– Je l'ignore, Monseigneur, répondit le Haut Commandant. Ce doit être à cause d'eux.

Il pointait du doigt les alchimistes, mais les scientifiques étaient aussi surpris que les hommes de clan.

– Docteur Éclair, est-ce vous ? demanda le Dr États.

– Nullement, répondit le météorologue. Mes blizzards sont à court de glace.

Un instant plus tard, les hommes de clan et les scientifiques eurent la réponse, et pour la première fois de la nuit, ils furent unis dans la peur. Depuis une allée, la Reine des neiges émergea sur la place principale, gelant les pavés sous ses pieds au fil de sa marche.

– La Reine des neiges ! s'écria le Haut Commandant. Elle est de retour !

– Gardes ! Débarrassez-vous de la sorcière ! ordonna Sept.

L'armée des Morts quitta l'Institut d'alchimie et entoura la Reine des neiges. La sorcière pouvait entendre les squelettes approcher, elle pouvait sentir leurs os en décomposition, mais elle ne pouvait pas percevoir leurs corps froids aussi bien que ceux des démons. Les soldats morts chargèrent leurs arbalètes et lui tirèrent dessus une série de carreaux en pierre de sang. La sorcière se protégea derrière un mur de glace, mais les carreaux percèrent à travers sa magie et pénétrèrent sa peau mordue par le froid. La Reine des neiges hurla de douleur, des carreaux plantés dans son épaule et ses jambes.

– Beau travail ! se réjouit Sept. Maintenant, visez le cœur !

La Reine des neiges dirigea son sceptre vers le son de la voix du Juste Empereur. Un jet de glace jaillit de la pointe et gela Sept et tous les hommes de clan présents sur le toit. Tous gémirent en essayant de rompre la glace qui emprisonnait leurs corps, mais elle était trop épaisse pour qu'ils puissent bouger le moindre cil.

L'armée des Morts rechargea ses arbalètes et tira de nouveaux carreaux, perçant cette fois le dos et le ventre de la sorcière. Cette dernière geignit, du sang noir coulant de ses blessures le long de son corps. Elle agita le sceptre en un grand cercle, gelant tous les squelettes alentour, mais il en restait encore des centaines.

Minette descendit du ciel, Ryder et Brystal sur son dos. Brystal poussa un cri en voyant les soldats morts assaillir la sorcière. Si les squelettes la tuaient, Madame Mûredutemps mourrait dans le processus.

– Rapproche-moi le plus possible de la Reine des neiges ! dit Brystal à Ryder.

Il agrippa les rênes du dragon et dirigea Minette vers le centre de la place principale. Le dragon atterrit à côté de la Reine des neiges, faisant trembler l'Institut d'alchimie. Les alchimistes furent ébahis en voyant la créature.

– Monsieur, la Bonne Fée est de retour avec un dragon ! s'écria le Dr Érosion.

Le Dr États s'intéressait davantage au livre que Brystal tenait entre les mains.

– Mon Dieu, elle a réussi... elle a trouvé le *Livre des thaumaturges* !

– Que faisons-nous, monsieur ? demanda le Dr Estuaire.

– Nous ne pouvons rien faire. C'est à elle de décider, à présent.

L'armée des Morts continua de tirer des carreaux en pierre de sang sur la Reine des neiges. Brystal ouvrit le *Livre des thaumaturges* à la page du dessin du crâne. Elle pointa sa baguette sur les squelettes et lut le passage à haute voix, le plus fort possible.

– *Eliminous pardomous, mortamay pardomous !*

Un silence troublant envahit la place principale. Brystal craignit d'abord d'avoir lu le mauvais passage, mais enfin, comme si la vie était aspirée hors des soldats, une épaisse fumée noire s'échappa de leurs squelettes. La fumée monta au ciel, tournoyant comme un cyclone monstrueux, puis disparut dans la lumière de la pleine lune. Un par un, les soldats lâchèrent leurs armes et s'effondrèrent, formant une pile d'ossements. Cette fois, l'armée des Morts ne se releva pas.

– *Mmmmmmhhhhmmmmm !* gronda Sept.

La précieuse armée du Juste Empereur venait de s'écrouler devant ses yeux et il ne pouvait rien faire pour l'en empêcher. Sept se mit dans une telle rage que la température de son corps monta en flèche et que la glace qui le retenait prisonnier se mit à fondre. Même si sa bouche était encore couverte, ses cris furieux résonnaient sur toute la place.

– C'est fini, Sept, déclara Brystal. Tu as perdu.

Lucy, Xanthous et Elrik accoururent, suivis par les fées et les sorcières. Le groupe fut frappé par les dégâts autour de la place, en particulier l'institut en ruine. Toutefois, leur malaise se changea rapidement en euphorie lorsqu'ils remarquèrent les tas d'os autour d'eux.

– Ils sont partis ! s'écria Emerelda, les larmes aux yeux. L'armée des Morts a enfin disparu !

Fées et sorcières firent éclater leur joie et se prirent dans les bras. Brystal aurait voulu se joindre à la fête, mais la Reine des neiges était toujours en liberté. Elle ouvrit le *Livre des thaumaturges* à la page de la fleur fanée et se mit à lire le passage à côté, pressée de mettre un terme au règne de terreur de la Reine des neiges une bonne fois pour toutes.

– *Inferness infanata, inferne dull…*

– Brystal, attention ! hurla Lucy.

Avant qu'elle ne puisse se retourner, Brystal fut frappée de plein fouet. La Reine des neiges venait de lancer sur Ryder, Minette et elle un jet de glace les propulsant à travers la place. Le dragon s'écrasa dans le mur en verre du département de botanique et atterrit au milieu des plantes. Brystal et Ryder s'aplatirent contre le département d'astronomie et se retrouvèrent coincés sous une couche de glace. Le *Livre des thaumaturges* était gelé contre le mur au-dessus de la tête de Brystal, à quelques mètres d'elle. Brystal lutta contre la glace qui la contraignait, mais Ryder ne bougeait pas ; le choc lui avait fait perdre connaissance.

– Ryder ? Tu es blessé ? demanda-t-elle, mais il ne répondit pas.

La Reine des neiges retira les carreaux de son corps puis avança sur Brystal, son sceptre brandi. Alors que la sorcière était sur le point de lui asséner un nouveau coup, son épaule blessée fut frappée par une boule de feu.

– Laissez-la tranquille ! cria Xanthous.

La Reine des neiges tourna la tête en direction de sa voix. Elle pointa son sceptre sur lui et un puissant jet jaillit de la pointe. Xanthous leva les mains et se protégea, lui et ses amis, avec un bouclier de feu. Cependant, le jet de glace de la sorcière persistait et Xanthous eut bien du mal à maintenir son bouclier.

– Elle est trop puissante... Je ne pourrai pas la retenir éternellement !

– Ne reste pas là comme ça ! Demande à tes nouveaux copains de nous aider ! s'écria Lucy.

– Excellente idée ! Démons ! J'aurais besoin d'un coup de main !

À cette injonction, les êtres de feu se soulevèrent de terre tout autour de lui. Les démons pressèrent leurs corps enflammés contre le bouclier de Xanthous, renforçant son pouvoir de protection. Hélas, même avec l'aide des démons, il ne pouvait résister à la magie de la Reine des neiges.

Brystal se débattait dans la glace qui la maintenait au sol dans le département d'astronomie et la couche se mit à craquer. Enfin, la glace éclata et elle parvint à s'en extraire. Elle pointa sa baguette vers le *Livre des thaumaturges,* cherchant à le libérer de la glace, mais des pas lourds la firent sursauter. Minette sortait du département de botanique, couverte des pieds à la tête d'éraflures et de feuilles. Le dragon rugit furieusement en fonçant sur la Reine des neiges, de la fumée s'échappant de ses narines. La sorcière était tellement décidée à anéantir Xanthous qu'elle ne remarqua pas la créature gigantesque surgissant derrière elle. Minette prit une profonde inspiration et souffla par la gueule un immense jet de feu.

– *Noooooooooon !* cria Brystal.

Elle pointa sa baguette sur la Reine des neiges pour créer une bulle de protection autour d'elle. Ne comprenant pas pourquoi son feu ne la touchait pas, Minette réessaya. Le dragon inspira profondément et un jet encore plus fort jaillit de sa gueule.

– Ryder ! Réveille-toi ! Tu dois dire à Minette de se calmer !

Reprenant conscience, Ryder marmonnait mais gardait les yeux clos.

Le souffle du dragon était si puissant que Brystal avait du mal à tenir debout, sans parler de maintenir sa baguette en position. Plus le temps passait, plus la bulle de Brystal se fragilisait, mais la Reine des neiges, elle, n'en devenait que plus forte. Son jet de glace repoussa les démons, les fées et les sorcières jusqu'au Juste Palais. Ils étaient piégés !

– Brystal, baisse ta baguette.

La voix douce prit Brystal par surprise. Elle regarda par-dessus son épaule et vit Madame Mûredutemps à son côté.

– Je ne peux pas ! Si je baisse ma baguette, le dragon tuera la Reine des neiges !

– Je sais. Je *veux* que la Reine des neiges meure.

– Mais, mais... mais vous mourrez avec elle !

Madame Mûredutemps acquiesça d'un air grave.

– Il est temps que l'histoire de la Reine des neiges se termine. Et la mienne avec.

Brystal pensait que son ouïe lui jouait des tours ; elle n'avait pas pu entendre correctement la fée.

– Madame Mûredutemps, vous ne devez pas mourir ! Je n'ai que sept jours à vivre ! Les fées auront besoin de vous quand je ne serai plus là !

– Elles n'auront pas besoin de moi, car tu n'iras nulle part.

– Si ! J'ai conclu un marché avec la Mort !

– Oui, et j'ai moi aussi conclu un marché avec la Mort. Lorsque tu m'as annoncé que tu ne tuerais pas l'Immortelle, je ne pouvais pas attendre que tu meures. J'ai contacté la Mort et lui ai fait une offre. Je l'ai convaincue que tant que la Reine des neiges resterait dans la glace, elle et moi serions *aussi* des Immortelles. En avoir plus d'une sur la Terre ne lui a pas plu, alors elle a accepté de t'épargner en échange de nous. J'ai entrepris de dégeler la Reine des neiges imperceptiblement, jusqu'à ce qu'elle suffoque lentement dans la glace. Juste avant qu'elle et moi ne passions de l'autre côté, tes amies sont arrivées et m'ont demandé de l'aide. Et nous y voici... c'est à toi de terminer le travail.

Brystal était si troublée qu'elle en perdait sa prise.

– Non ! Je ne pourrais jamais vous faire de mal !

– Brystal, nous n'avons pas le temps. Tes amis sont en danger. La Reine des neiges est encore plus puissante qu'avant, elle a deux années de colère contenues en elle, et cette fois je ne peux pas t'aider à la vaincre. C'est peut-être notre seule chance de l'anéantir définitivement.

Brystal secoua la tête, des larmes coulant sur son visage.

– Je vous en prie, ne m'obligez pas à faire ça ! Je ne veux pas vous tuer !

– Tu ne me tues pas, tu me libères. Chaque journée que j'ai passée dans cette caverne était un cauchemar, et un rappel incessant du monstre que j'ai créé. Je suis lasse de vivre dans la culpabilité et je suis lasse de vivre dans la honte. Mais tu peux mettre un terme à mes souffrances... Tu peux me sauver d'une douleur éternelle.

Fées et sorcières hurlaient tandis que le bouclier de Xanthous cédait sous le jet implacable de la Reine des neiges. Un instant plus tard, elles allaient être éliminées. *Brystal savait ce qu'elle avait à faire.*

– Je ne me le pardonnerai jamais !

– Tu n'as rien à te faire pardonner. Éradiquer la Reine des neiges est la seule façon de vous sauver, tes amies et toi. Baisse ta baguette, et tout sera terminé. Baisse ta baguette et je trouverai enfin la paix.

Brystal sanglotait si fort que son corps tout entier tremblait.

– *Je vous aime, madame Mûredutemps !*

– *Je t'aime aussi.*

Brystal, après avoir mobilisé toutes ses forces pour maintenir sa baguette levée, recourait à sa dernière once de volonté pour la baisser. La baguette retomba lentement à son flanc, la bulle disparut autour de la Reine des neiges, et le souffle du dragon consuma la sorcière. Alors qu'elle brûlait vive, ses cris à glacer le sang résonnèrent à des kilomètres. Cependant, tandis qu'elle s'anéantissait, Madame Mûredutemps n'avait jamais paru aussi sereine. La fée rayonnait de gratitude et de paix, la culpabilité, la honte et la douleur l'ayant quittée.

Madame Mûredutemps passa ses derniers instants à poser sur Brystal et les fées un regard de tendresse et un sourire de fierté.

– Vous êtes mes plus grands rêves devenus réalités, leur dit-elle.

Tel un magnifique arc-en-ciel à la fin d'une longue tempête, Madame Mûredutemps s'évapora lentement, et quand le dragon eut terminé son attaque de feu, il ne restait plus une seule trace de la fée ni de la Reine des neiges. Brystal tomba à genoux et pleura de manière incontrôlable. Les fées et les sorcières se réunirent autour d'elle, mais en essayant de la réconforter, elles ne purent contenir leur propre tristesse.

★

Après la défaite de la Reine des neiges, Xanthous et Cielène travaillèrent ensemble, créant de l'eau chaude pour faire fondre toute la glace qui recouvrait Hautrige. Au lever du soleil, toute la ville avait été dégelée, y compris le Juste Empereur et la Juste Confrérie. Emerelda, Mandarina, Germine et Mme Vee prirent un malin plaisir à ligoter les hommes de clan avec des émeraudes, du miel, du lierre et des nappes. Une fois les hommes captifs, le Dr États et les Magbots leur firent traverser la place en ruine et les jetèrent dans la prison qu'ils avaient gérée autrefois.

Entre-temps, les alchimistes nettoyèrent leur institut dévasté et soignèrent les blessés. Le Dr Enveloppe s'occupa de la commotion de Ryder, lui faisant compter sur ses doigts et marcher en ligne droite. Le Dr Élan pansa les blessures de Minette et parvint en toute discrétion à prendre un échantillon de sang du dragon sans éveiller son attention.

Les sorcières firent un seul grand tas avec tous les restes de l'armée des Morts, et Suture récupéra même quelques crânes pour sa collection personnelle.

Tout le monde s'impliquait pour ranger après la bataille, mais Brystal n'avait pas bougé depuis la mort de la Reine des neiges. Elle restait assise par terre, scrutant en silence l'endroit où la sorcière avait brûlé. Brystal priait de tout son cœur pour qu'une partie de Madame Mûredutemps ait survécu à la disparition de la Reine des neiges. Elle espérait voir la fée se soulever des cendres d'un instant à l'autre, mais celle-ci ne revint jamais.

– Eh bien, cette semaine aura été plus douloureuse qu'un gavage, dit Lucy. Je ne sais pas toi, mais moi, je vais me prendre des vacances bien méritées.

Lucy s'assit par terre à côté de Brystal, mais cette dernière ne leva pas les yeux.

– Tu as fait ce qu'il fallait, tu sais.

– Vraiment ?

– Bien sûr. Tu nous as sauvé la vie. Si tu n'avais pas baissé ta baguette, la Reine des neiges nous aurait tués, et Dieu sait ce qu'elle aurait fait après.

– Alors, pourquoi est-ce que moi, je me sens comme une meurtrière ?

Lucy passa le bras autour des épaules de Brystal.

– Parce que tu es une bonne personne, et que les bonnes personnes peuvent se sentir coupables à regarder une salade de travers, plaisanta Lucy. Je sais que c'est difficile à avaler maintenant, mais Madame Mûredutemps *s'est sacrifiée* pour te sauver, voilà la vérité. C'était son choix, pas le tien. Et si je dois te le rappeler toutes les heures de tous les jours du reste de ta vie, alors soit.

– Merci, Lucy.

– Je t'en prie. Et je vais te dire un truc : de toutes les personnes que je connaisse qui ont dû laisser un dragon cracheur de feu brûler le corps dissocié par magie de son ancien mentor, tu es celle qui le vit le mieux.

Un petit sourire se dessina sur le visage de Brystal.

– Tu dois avoir raison. Madame Mûredutemps m'a fait un cadeau, ce serait une insulte à sa mémoire de le gâcher par la culpabilité.

– Exactement ! répondit Lucy en lui tapant dans le dos. Grâce à Madame Mûredutemps, nos aventures ne font que commencer. Et nous lui en serons toujours reconnaissantes.

Sans signe avant-coureur, la place principale vibra soudain avec l'intensité d'un séisme. Le sol s'ouvrit, dévoilant l'entrée d'un tunnel au milieu de la ville. Les fées et les sorcières se rassemblèrent autour de ce mystérieux tunnel pour regarder à l'intérieur. Il semblait s'étirer sur des kilomètres sous terre, sans issue visible.

Les démons marchèrent dans la ville et se mirent en ligne face à l'entrée. Rejoignant Xanthous, un démon agita la main devant le mur du Juste Palais pour brûler un message dans la brique :

C'EST L'HEURE DE RENTRER.

– C'est pour moi, lança Xanthous aux autres.

– Je n'arrive pas à croire qu'on soit copines avec l'héritier du trône des démons ! s'exclama Mandarina.

– Qui l'aurait cru ? ajouta Cielène.

– Mon père disait toujours qu'un garçon comme moi brûlerait au milieu des démons, mais il ne m'a jamais dit que je les gouvernerais.

– Tu es sûr de vouloir vivre avec eux ? demanda Emerelda. Je veux dire, tu ne pourrais pas gouverner les démons à distance ?

Xanthous sourit en regardant les démons qui descendaient dans le tunnel.

– À vrai dire, j'ai hâte d'y être. Regarde-les, Em. J'ai trouvé un autre monde qui m'aime et m'accepte comme je suis. Tu imagines la chance que j'ai ? La seule différence, c'est que celui-là a besoin de moi. Et je crois qu'une partie de moi a toujours eu besoin de lui aussi.

– Tu vas beaucoup nous manquer, dit Brystal.

– Amuse-toi bien dans ton rôle de roi, mon pote, dit Lucy.

– N'oublie pas de nous écrire ! intervint Mme Vee. Je veux savoir comment les démons s'habillent, ce qu'ils mangent, et s'il y a des démons célibataires de mon âge ! Ha ! Ha !

– Ne vous inquiétez pas, je vous raconterai tout ça quand je vous rendrai visite, c'est promis.

Xanthous serra fort chacune de ses amies. Quand il dit au revoir aux fées et aux sorcières, il remarqua Elrik qui boudait près du tunnel.

– Il faut croire qu'on se dit adieu, déclara l'elfe.

Les garçons échangèrent un regard doux-amer, ne sachant pas quoi dire.

– Pas forcément... répondit Xanthous. Tu pourrais venir avec moi.

Elrik rit comme si c'était une blague.

– Je suis sérieux, reprit Xanthous. Nous pourrions gouverner les démons ensemble. Qui sait ? Je pourrais avoir besoin de ton aide, là-dessous.

– Tu veux que je vienne avec toi ? Au centre de la Terre ?

– À moins que tu n'aies envie de retourner à la Terre des elfes.

– Bien sûr que non ! Mais je ne risque pas de me brûler, là-dessous ?

Xanthous tendit la main à Elrik avec un sourire de tendresse.

– Je contrôle les feux, désormais. Je peux te protéger.

Elrik réfléchit à la proposition, un sourire jusqu'aux oreilles ; il ne mit pas longtemps à se décider. L'elfe prit la main de la fée avec entrain et ils suivirent les démons dans leur nouveau chez-eux, au centre de la Terre. Les fées et les sorcières saluèrent Xanthous et Elrik tandis qu'ils s'enfonçaient dans les profondeurs souterraines. Quand ils furent loin, le tunnel se referma et disparut.

Les garçons partis, les fées et les sorcières observèrent la place ravagée, l'Institut d'alchimie endommagé, et poussèrent un soupir collectif.

– Quel bazar ! s'exclama Lucy. On dirait qu'un groupe d'enfants de stars vient de faire une soirée.

– Il va falloir des mois pour tout remettre en état, ajouta Brystal.

Ryder et Minette échangèrent un regard avec le même sourire en coin, pensant exactement la même chose.

– À vrai dire, on pourrait bien vous aider pour ça, dit Ryder.

CHAPITRE 25

UNE SCIENCE NÉGLIGÉE

Si la Bienfaitrice suprême était furieuse que son fils soit entré dans le Temple du Savoir contre sa volonté, et furibonde à l'idée qu'il ait emmené un dragon hors de l'archipel sans sa permission, elle fut très fière d'apprendre que sa désobéissance avait participé à sauver le monde. Ryder et Brystal lui racontèrent les dégâts provoqués par l'armée des Morts à Hautrige et à l'Institut d'alchimie, et ils persuadèrent la Bienfaitrice suprême de leur prêter un grand dragon albinos. Six jours plus tard, après que le dragon eut consumé la ville et le campus à l'aide de ses flammes réparatrices, la capitale semblait flambant neuve, et l'institut retrouva son emplacement habituel au-dessus de la mer du Sud.

En remerciement pour les avoir sauvés de l'armée des Morts, le Dr États invita Brystal à l'Institut d'alchimie pour le thé. L'alchimiste était particulièrement impatient de lui présenter le nouvel occupant du département de biologie. Brystal regarda dans la cellule de Carole, le rhume, et trouva le Juste Empereur en disgrâce qui renâclait par terre.

– Nous l'appelons « virus de la haine ». Nous avons pensé que le département de biologie serait l'endroit idéal pour le conserver. Ainsi, nous nous assurons qu'il ne se diffuse pas à la manière des autres micro-organismes contagieux.

– C'est parfait, répondit Brystal. Où avez-vous décidé de mettre Immortalia ?

– Elle se trouve dans le département d'anthropologie avec les autres vestiges. Le Dr Ethnie est vraiment ravi d'avoir un manuel d'histoire vivant à sa disposition.

– Tout le monde en sort gagnant.

Sept leva les yeux au ciel face à son enthousiasme et soupira avec agacement.

– Qu'as-tu fait de mon empire ?

– J'ai bien peur que ce ne soit plus ton empire, répondit Brystal avec un grand sourire. Le trône est passé à ton héritière.

– Mon héritière ? pouffa Sept. Je n'ai pas d'héritière !

– Bien sûr que si. Tu te souviens de ta cousine Penny Charmant ?

Sept devint tout rouge.

– Cette petite peste de Penny va devenir impératrice de mon Juste Empire ?

– Oh, mon Dieu, non ! répondit Brystal en riant. Penny va devenir « Reine du royaume Charmant ». Elle a décidé de restaurer le royaume, et après tout ce que son pauvre peuple a enduré, elle va aussi lui donner un nom plus heureux.

– Mais cela veut dire que ton frère, cette ficelle, va devenir...

– Roi consort ! Je sais ! N'est-ce pas merveilleux ? Le pauvre Barrie est une vraie boule de nerfs depuis qu'il a appris la nouvelle. D'ailleurs, le couronnement de Penny a lieu cet après-midi. Je ferais mieux d'y aller si je ne veux pas être en retard.

– Je vous raccompagne, dit le Dr États.

L'alchimiste escorta Brystal hors du département de biologie, laissant Sept ruminer dans son coin. Pendant qu'elle marchait avec le Dr États sur le chemin flottant de l'institut, Brystal plongea la main dans son sac en bandoulière et en sortit le *Livre des thaumaturges*.

– Avant que je ne parte, je voulais vous confier ceci.

Le Dr États fut pris de court par sa proposition.

– Vous êtes sûre de vouloir que nous le conservions ?

– Je crois que cela vaut mieux. Ces pages contiennent des sorts auxquels personne ne devrait jamais avoir accès. Nous ne pouvons pas nous permettre que ce livre tombe entre de mauvaises mains. Et elles sont bien moins nombreuses ici que sur la terre ferme.

Le Dr États sembla touché par cette preuve de confiance.

– Nous le protégerons au risque de nos vies. Avant que vous ne partiez, je souhaiterais vous adresser nos excuses, à vous et vos amis.

– À quel sujet ?

– Nous avons eu tort de tenir M. Deschamps pour responsable des incendies, tout comme nos ancêtres avaient eu tort d'en tenir les dragons pour responsables par le passé. Nous avions également tort de tourner le dos à la tyrannie et d'ignorer les dictateurs comme le Juste Empereur. En intervenant plus tôt, nous aurions sans doute évité l'attaque contre notre institut. Ce fut pour nous un choc bien malheureux, mais nécessaire. Par chance, tous ces événements nous ont obligés, mes collègues et moi-même, à reconnaître une science que nous avions négligée, une science qui, avec l'attention et les efforts adéquats, garantira que nous prenions de meilleures décisions à l'avenir.

– De quoi s'agit-il ?

– De la science des erreurs. Une erreur peut nous en apprendre autant que n'importe quelle expérience. Et peut-être que la plus grande erreur que les alchimistes aient commise au fil des siècles a été d'oublier d'inclure la compassion dans leurs analyses. L'humanité a ses défauts, certes, mais garder nos distances avec le reste du monde n'a pas eu les bienfaits escomptés. De nombreuses façons, nous avons oublié ce qu'être humain voulait dire. Mais nous aimerions changer cela.

– Je suis ravie de vous l'entendre dire. Même si je ne suis pas sûre d'avoir quelque chose à redire concernant vos vues sur l'humanité. Du moins, pour le moment.

– Ah ?

– Lorsque nous étions au Temple du Savoir, nous avons vu quelque chose dans la chambre des thaumaturges qui m'a perturbée. C'étaient les Corridors de l'humanité. Il s'agissait de cinq couloirs, et chacun renfermait la représentation vivante de tous les rêves, tous les cauchemars, toutes les idées, tout l'amour et toute la haine que vit l'humanité. Tristement, le couloir des cauchemars et le couloir de la haine étaient les plus remplis.

– Hélas, cela ne me surprend pas.

– Eh bien, ce fut un bouleversement pour moi. Depuis, cela me hante. Aussi, j'ai décidé de consacrer le reste de ma vie à changer ça.

L'alchimiste ricana.

– Vous projetez de changer l'humanité ? À vous toute seule ?

– Je ne suis pas seule. Avant que nous ne partions du temple, le thaumaturge que nous avons rencontré a insisté pour que nous prenions quelque chose dans la chambre. Et puisque le *Livre des thaumaturges* n'y était plus, j'ai décidé de prendre la seule chose qui permettrait à coup sûr de changer l'humanité pour le meilleur.

Curieux, le Dr États écarquilla les yeux.

– Qu'avez-vous pris ?

– Le couloir des rêves. J'ai vu comme une petite touche de gentillesse pouvait changer le monde. L'humanité n'est pas une espèce cruelle, et elle n'est pas vouée à l'autodestruction. Elle a simplement manqué de bons exemples à suivre. Elle a besoin de quelqu'un qui nourrisse les idées, de quelqu'un qui encourage les ambitions et qui soigne ses fragilités. Avec un peu de chance, grâce au couloir des rêves, nous allons être en mesure de répandre tant de joie et de lumière que des gens comme le Juste Empereur ne pourront plus jamais s'imposer.

– Voilà qui est sacrément ambitieux de votre part.

– Même si je n'y arrive pas, je pourrais peut-être inspirer celui ou celle qui y parviendra.

– J'admire votre dévouement, mais je suis trop sceptique. Il faut croire que c'est pour cela que vous êtes la Bonne Fée, et pas moi.

– Tout le monde ne peut pas tout sauver, docteur États. Occupez-vous de la planète et je m'occuperai de son peuple.

– Voilà un objectif que je peux défendre.

La Bonne Fée et l'alchimiste se serrèrent la main pour se saluer. Brystal suivit le chemin flottant qui serpentait à travers l'Institut d'alchimie et se dirigea vers la piste d'atterrissage à l'avant du campus. Ryder et Minette l'y attendaient pour la raccompagner.

Brystal s'arrêta net, surprise par un soudain silence. Elle n'entendait plus que la brise marine qui sifflait entre les tours et les flèches de l'institut... Sa montre à gousset avait cessé de fonctionner. Cela lui fit un drôle d'effet. Elle ouvrit la montre et vit que le mécanisme était à l'arrêt. Pourtant, Brystal était encore là. Le sacrifice de Madame Mûredutemps avait servi.

Un immense sourire se dessina sur son visage et des larmes de joie lui montèrent aux yeux.

– Pourquoi tu souris comme ça ? demanda Ryder.

– Je viens juste de réaliser que j'allais pouvoir continuer à vivre le reste de ma vie.

Ryder aida Brystal à monter sur le dos de Minette et le dragon s'envola. L'Institut d'alchimie disparut rapidement à l'horizon et ils ne virent plus à des kilomètres que l'océan scintillant et la mer de nuages blancs duveteux. Brystal irradiait en admirant la beauté qui l'entourait.

– Tout va bien derrière ? demanda Ryder.

– Tout va très bien !

Brystal allait mieux encore que « très bien ». Volant à travers ce paysage pittoresque, sentant le vent souffler dans ses cheveux et la chaleur du soleil sur sa peau, Brystal profitait d'une sensation exaltante de joie, d'excitation et de ferveur. C'était une sensation qu'elle connaissait bien, mais pour laquelle elle n'avait jamais été aussi reconnaissante.

Brystal était en vie.

REMERCIEMENTS

Je tiens à remercier toute mon équipe, en particulier Rob Weisbach, Derek Kroeger, Alla Plotkin, Rachel Karten et Heather Manzutto.

Je souhaite également remercier les membres extraordinaires de chez Little, Brown Books for Young Readers, dont Alvina Ling, Megan Tingley, Siena Koncsol, Stefanie Hoffman, Shawn Foster, Jackie Engel, Emilie Polster, Janelle DeLuise, Hannah Koerner, Ruqayyah Daud, Jen Graham, Sasha Illingworth, Ching Chan, Lindsay Walter-Greaney, Andrea Colvin, Jake Regier, Virginia Lawther, Chandra Wohleber, Regina Castillo et Rosanne Lauer.

Enfin, je dois remercier Brandon Dorman pour son superbe travail d'illustration, et Jerry Maybrook pour ses formidables conseils pendant l'enregistrement du livre audio.

pca
cmb
édition pré-presse
livres numériques

44400 Rezé

IMPRIM'VERT® PEFC™ 10-31-1510

Imprimé en France
par Corlet Imprimeur
14110 Condé-en-Normandie
Dépôt légal : février 2022
N° d'impression : 21120558
ISBN : 978-2-7499-4939-0
LAF : 3213